Hannes Presslauer

HERBSTWASSER IM SPAEHE

Hannes Presslauer

Herbstwasser im Spaeher

Roman

Hannes Presslauer, HERBSTWASSER IM SPAEHER. Roman.

Lektoriert von Konstanze Ourednik,
Bild auf der Titelseite Heidi Presslauer, Gestaltung Rok Mareš.

Gesamtherstellung:
Druckerei Hermagoras/Mohorjeva, Viktring bei Klagenfurt

Gedruckt mit freundlicher Unterstützung der Stadt Villach
und der Kulturabteilung des Landes Kärnten

ISBN 3-7086-0023-1

Für Benjamin, Heidi und Lukas

Verträumen

Das ungeborene Leben im wohlig warmen Bauch hatte in der Finsternis noch seine Ruhe, denn das grelle, kalte und laute Dasein stand erst bevor.
Es würde der Tag kommen, an dem es geboren werden sollte. Welche Sehnsucht lag in diesem ersten Lebensziel?
Des Lebens Neugierde wurde geweckt, es brannte darauf. Alles andere wäre wohl nicht natürlich gewesen. Wie jeder Spross wollte es ausbrechen, einfach nicht mehr eingegrenzt sein. Davon unabhängig wurde es im Bauch der Mutter immer enger.
Wenn man es genau nahm, hatte es in seinem pränatalen Erleben bereits etliche Erfahrungen gemacht, natürlich keine direkten, aber es hatte Anteil an gewissen Abläufen sinnlich erworben.
So konnten sie auch genannt werden – Erfahrungen, und es blieb nur zu hoffen, Möglichkeiten zu finden, diese auch umzusetzen. Würde das bedeuten, dass es bereits abgehärtet auf die Welt käme? Es wäre wünschenswert, denn Erkenntnisse jeglicher Art und Weise sind immer vorteilhaft.

Geburt bedeutet den Beginn einer neuen Lebendigkeit auf dieser Welt. Sterben heißt immer loslassen, und alles deutet im Kreislauf des Geistes auf neue Wege hin. Es sind jene Formen der menschlichen Vollendung, welche die Inhalte des Lebens begrenzen.
Das in diesem Fall ungeborene Leben hatte sein irdisches Entstehen gleich einer eigenartigen Sogwirkung empfunden. Erst noch gänzlich befreit, ohne Grenzen – unbeschreiblich der Zustand – bemerkte es plötzlich den inneren Drang getrieben zu werden. In

einen soghaften Strudel geraten, abgezogen und urplötzlich wieder mit Begrenzungen versehen.
Ungern spürte es dies, die Notwendigkeit der Situation gebot das jedoch. Es fügte sich in den veränderten, ungewöhnlichen Zustand, denn es stand fest, dass es da durch musste, niemand sonst würde es stattdessen tun.
Es ist schon klar, dass kein einziges Leben leicht ist, denn es bedeutet immer Bemühungen, dabei oft ungewollte, verhaltene Entwicklung und somit Leid.

Doch was hier dem zu erwartenden Leben bevorstehen sollte, war in der Tat hart. Zuviel hatte sich angesammelt, etliches war aus dem Gleichgewicht geraten – wie würde wohl der künftige Weg zu beschreiten sein?
Es spürte schon in diesem embryonalen Zustand, wie es sich schwer tat; unwillkürlich stemmte es sich dagegen, als ob es etwas zu verhindern galt. Kein Funken kommendes Lebensglück schien es zu erwarten.
Die körperliche Beengtheit machte die neue, sinnlich wahrnehmbare Situation nicht leichter. War es schon der eigene Körper, welcher es einschloss, so nicht genug damit, denn dieser wuchs unaufhörlich, sodass es zusehends immer enger wurde. Da es ja an Kräften gewann, trat es nach allen Seiten und das immer fester, aber es half nichts. Das einzig Schöne war die Wärme und Ruhe, wenn es nicht allzu angestrengt nach draußen horchte. Dort wartete eine Welt, die es nicht unbedingt fröhlich stimmen sollte.
Die Alternative sich zu weigern, freiwillig diesen Ort hier zu verlassen, wieder zurückzukehren in jene Welt, woher es gekommen war, war nicht ausgeschlossen. Es würde ja nicht zum ersten Mal geschehen, aber was

bliebe übrig? Ungelöstes für die Seele – und der Weg wäre nur aufgeschoben.
Das beklemmende Gefühl kam jedoch unweigerlich im Moment der Gebundenheit der Seele. Nun stand Vorgegebenes einzulösen bevor; und je mehr Unerledigtes, desto schwieriger die Aufgabe.

Diese abscheuliche, körperliche Enge, die als Symbol jeden Lebens gilt. Denn was ist schon diese vielgepriesene Freiheit? Doch nichts anderes als geistige Enge. Keiner kommt davon, jedem wird sein Schicksal in irgendeiner Form präsentiert, holt ihn ein. Ob man es nun annimmt oder nicht, den Gesetzen der Schöpfung kann niemand entkommen; und doch ist es nicht gleichgültig, wie man den eigenen Weg beschreitet. Im Grunde ist jeder in der Lage zu entscheiden, ob er selbst geht oder gegangen wird. Einen gewissen Gleichklang in des Menschen Konzept zu bringen, würde wohl jedem zum Vorteil gereichen.

Die verborgenen Muster einer aufkeimenden Persönlichkeit fanden – wo auch immer – ihren Ursprung. Der Geist des Ungeborenen stand sehr nahe zur inneren Bereitschaft zum Leben selbst. Ahnungsvoll fühlte es die Möglichkeiten der Veränderung nahen.

Bald sollte es soweit sein. Naturgemäß näherte sich der Tag der Niederkunft, der zweifellos kritische Punkt schlechthin. Eine alltägliche, aber einmalige Art des Überschreitens einer Situation im Grenzbereich stand unmittelbar bevor.
Zu einem Zeitpunkt, wenn die Vorsätze umgesetzt, eben gelebt werden sollen, beginnen die

Schwierigkeiten. Spätestens dann bemerkt der Mensch, wie bedeutungslos, wie spärlich sein Einfluss und wie schwach er selbst ist.
Die bevorstehende Geburt sollte Ausgangspunkt für neue Wege werden. Wege, welche das Leben unterstützen, um Vorgenommenes umzusetzen. Eine der ersten harten Prüfungen wartete – die Geburt als extremer Vollzug einer sehr langen Vorbereitung.
Es spürte nun, wie im Umfeld alles nach außen drängte. Der Druck hatte das Limit erreicht, es wollte dem irgendwie entkommen. Auch glaubte es einen Mechanismus wahrzunehmen, durch welchen die Verbindung zum Mutterleib zu versiegen drohte. Die Abhängigkeit, in der es sich befand, die gegenseitige Bereitschaft sich zu ergänzen, der Einklang, den es fühlte, nahm ab, schwand spürbar. Der eigene Lebenswille wurde entfacht, der natürliche Instinkt angeregt – oder würde der Zweifel, welcher noch immer auf dem ungeborenen Leben lastete, die Oberhand behalten?

Es wollte sich strecken und dehnen, hatte aber so gut wie keine Bewegungsfreiheit mehr. Zusätzlich bemerkte es, wie der Körper sich wand. Die Situation wurde zusehends schwieriger. Längst hatte es instinktiv versucht, eine vorteilhafte Position zu erlangen. Mit gesamter Kraft bemühte es seine Energie zu konzentrieren, streckte und zog sich wie eine Feder wieder zusammen.
Noch wähnte es sich im Wasser, das die Bewegungen dämpfte, und gleichzeitig überraschte es auch die Dehnbarkeit der umgebenden Hülle. Es spürte, wie es an Kopf und Füßen spannte, wie auch dahingehend seine Freiheit eingeschränkt war. Dabei bewegte es sich

spielend, aber die harten, der Belastung kaum standhaltenden Momente würden erst kommen und es gewissermaßen als Bewährungsprobe einer extremen Situation aussetzen ...

Der Hochschwangeren ging es in den Momenten der zu erwartenden Niederkunft sehr schlecht. Sie wälzte sich in liegender Position, hatte große Schmerzen und war nervlich am Ende.
Eine bescheidene Kammer, weiß getüncht, das Bettzeug bestand aus weißen Laken, ein hohes, dunkles, fast zu kurzes Bett, darüber, an der sonst kahlen Wand ein schlichtes Holzkreuz. Neben einem gedrungenen Kasten stand ein einfacher Holztisch, weiße Tücher darauf, auch eine Schüssel ohne Wasser. Weiters befanden sich Heiligenbilder an den Wänden, auf dem Nachttisch lag ein verwaister Rosenkranz neben einem schlichten Kerzenständer. Bald sollte man die Kerzen brauchen, denn es dunkelte schon, und in dieser Nacht stand neues Leben bevor.

Die Umstände gaben Anlass zu überdenken, wie unmittelbar Geburt und Tod nebeneinander lagen. Selbst das Geburtszimmer konnte durchaus als Sterbekammer dienen. Es war kaum zu unterscheiden, ob ein Mensch seinen Todeskampf durchfocht oder in den Wehen lag, wäre die Schwangerschaft einer Frau nicht offensichtlich. Merkmale eben, die schlicht auf das Leben hinwiesen.

Das blasse Mädchen, dessen Gesichtszüge dramatisch von der Furcht einer ihm bevorstehenden, noch unbekannten Extremsituation gezeichnet waren, schien noch äußerst jung, und nicht nur das, sie war auch von ebenmäßiger Schönheit. Ihr langes, verschwitztes, dichtes, von Natur und Sonne stark gebleichtes Haar klebte in blonden Strähnen an Stirn und Wangen. Ihr

Alter ließ sich in diesen Momenten schwer deuten, doch mochte sie wohl kaum älter als sechzehn sein.
So karg wie diese Kammer, in der sie lag, nun einmal war, so bedauernswert war auch ihr eigener Zustand – mutterseelenallein. Doch sie war tapfer, nur ihre Nasenflügel bebten und flatterten, und ihre Brüste, die aus dem Leinenhemd zu quellen schienen, hoben und senkten sich immer stärker. Auch sie verrieten die bevorstehende Mutterschaft, ihre gespannte Festigkeit war unübersehbar. Die Brustwarzen zeigten die ersten überschüssigen Milchtropfen und warteten nur darauf, von dem suchenden Mund eines Säuglings benetzt zu werden.
Hier erwiesen sich die ersten schmerzvollen Momente als banges Warten ohne erkennbares Ende.

Plötzlich ging die Atmung in ein Stöhnen über – gehetzt und angstvoll klang es – bald setzten die Wehen alle paar Minuten ein, aus dem Stöhnen wurde ein Gurgeln und schließlich ein Schreien.

Draußen wurde es immer dunkler. Zwei Klosterschwestern, ebenfalls jung und in weitem Ordensgewand, kamen mit heißem Wasser und brennender Kerze. Der Raum tauchte in fahles Licht.

Die Zeit des Aufbruchs näherte sich langsam. Die stille Abgeschiedenheit, in der es sich befand, sollte nicht mehr lange währen. In dem unmittelbaren Wunsch voranzukommen, merkte es durch seine körperliche Verbindung gleichsam die Bereitschaft seiner Mutter. Es spürte den Gleichklang mit ihr, welcher durch eine

innere Verständigung im Laufe dieser gemeinsamen Zeit starkes, gegenseitiges Vertrauen barg.
Es durfte sich nun nicht verschließen, musste bereit sein, die Herausforderung anzunehmen.
Der Druck wurde immer größer, der endgültige Augenblick kam immer näher, es war schier unmöglich dem zu entkommen. Im Grenzbereich dieser Wandlung ließ es sich einfach fallen. Der Wunsch nach Vertrauen war groß, die Angst vor der Endgültigkeit des Lebens ebenso. Es begriff seine noch immer allgegenwärtige Unentschlossenheit sehr deutlich. Es war ein Kampf Leben gegen Tod und ein heroischer für den Zustand des Menschseins, für die Menschlichkeit.
Diese Situation, unter Schmerzen erfahren, war der Auftakt zu einem neuen, fordernden Leben.

Der Druck am Kopf wurde immer intensiver, das Dröhnen und Rauschen in den Ohren immer lauter. Es glaubte aus seinem eigenen Körper gepresst zu werden, meinte dies aus großer Entfernung wahrzunehmen. Es schien einfach zerdrückt zu werden.

Mit einem Mal spürte es Entlastung. Leicht, ganz leise und zart, bewegte es sich der ihm unbekannten Welt entgegen. Ein Unbehagen von unerwartetem Gefühl empfing es, auch kalt war es ihm mitunter geworden – und plötzlich war es vorbei ...

So jung die Gebärende auch war, so tapfer war sie auch. Das Ungeborene war überaus groß für ihr schmales, noch nicht ausgereiftes Becken. Unwillkürlich und instinktiv rollte sie sich zur Seite, um die Schmerzen leichter zu ertragen. Die Ordensschwestern,

die zugleich als Hebammen Erfahrung besaßen, brachten sie allerdings aus Gründen der eigenen Bequemlichkeit wieder in Rückenlage.
Ihre weiße, makellose Haut an den Schenkeln ließ ihr zartes Alter erahnen. Auch die Zeichnung ihrer Vulva wollte auf Jungfräulichkeit schließen lassen; flüchtiges, blassfarbenes Haar umgab ihre straffe Weiblichkeit. Dieses Wesen strahlte eine eigenwillige, archaische Intimität aus. Irgendwie kam von diesem Körper trotz bevorstehenden Gebärens eine bizarre Erotik.
Sie hielt sich mit beiden Händen am Kopfende des Bettes fest. Ihre Brüste hoben und senkten sich, die Atmung kam stoßweise, ihr graziles Geschlecht spannte und weitete sich unter unglaublicher Anstrengung den Grenzen der Belastbarkeit entgegen.
Eine der beiden Geburtshelferinnen, die sehr ruhig ihre Arbeit verrichteten, fasste sie an Stirn und Händen, die andere legte vorsichtig die rechte Hand auf ihren Bauch, mit der anderen öffnete sie leicht den Schambereich der Gebärenden. Erstes Blut und ein Teil der Schädeldecke des Kindes zeigten sich.

Nachdem es dramatisch kälter geworden war, begann das Los des Menschseins, nackt und ungeschützt dieser Welt ausgesetzt zu werden, um diese irgendwann, vermutlich ebenso schutzlos ausgeliefert, wieder verlassen zu müssen – immer den Drang mit sich tragend, Nutzen aus der verfügbaren Zeit zu ziehen.
Und das noch Namenlose errang über sich selbst die Hoffnung auf ein Leben in Freude. Mit einer inneren, letzten Anstrengung trieb es seinen schon leicht deformierten Kopf in das kalte, helle Neue und fühlte

sich schlagartig erleichtert, als der Druck unmittelbar nachließ. Endlich ein Zustand der Befreiung.

Die junge Mutter mit Namen Elsbeth ließ sich, nachdem der Kopf des Kindes im Freien war, erschöpft zurückfallen. Doch die beiden Schwestern forderten sie auf, weiterzupressen. Es lag nun an ihr, den zermürbenden Kampf zu einem guten Ende zu bringen.
Am Kopf des Neugeborenen waren blaue Äderchen zu sehen, scheinbar stark angeschwollen, Fruchtwasser und Blut der Gebärenden flossen auf das weiße Laken.
Der kleine Körper schien zu klemmen, doch mit der nächsten Presswehe wurde das Kind unter Mithilfe der Ordensschwestern endgültig in die Welt gezogen. Wasser der Fruchtblase begleitete den letzten Kraftakt, und es schoss förmlich mit dem Kinde auf die Laken. Blut sickerte nach.
Nur noch die Nabelschnur verband Mutter und Kind. Die Schwestern trennten sie und lösten so die letzte körperliche Verbindung der beiden.
Sofort verlangte Elsbeth nach ihrem Kind und erhielt es auch. Sie legten es ihr auf den schlaffen Bauch. Die Mutter bedeckte das Neugeborene mit beiden Armen und dankte in Gedanken Pater Nikodemus, ohne den sie mit ihrem unehelichen Kind in einer äußerst schwierigen Situation gewesen wäre.

Elsbeth schloss die Augen. Sie dachte an die kurze, heftige, aber sehr tiefe Liebe zum Vater ihres Kindes. Es kam ihr alles wie ein Traum vor, der zuerst unglaublich schön gewesen war, um dann doch seinen Preis zu fordern.

Es hatte gar keine andere Wahl gegeben, als in das Kloster zu flüchten, denn ihr eigener Vater hätte sie wohl samt dem Ungeborenen erschlagen. Ein Gedanke, der ihr Angst machte. Doch musste sie zur heruntergekommenen Schmiede zurück, denn ihr trunksüchtiger und gewalttätiger Vater brauchte sie dort als Arbeitskraft. Das Kind wollte er aber auf keinen Fall durchfüttern, was auch der hauptsächliche Grund war, weshalb es nicht bei ihr bleiben durfte. Die Schande der unehelichen Empfängnis, die Sorge um die befleckte Reinheit waren nur vorgeschützt.
Elsbeth tröstete sich damit, dass ihr versprochen worden war, ihr Kind, so oft es eben möglich war, besuchen zu dürfen. Später, wenn sie in der Lage wäre, für das Kleine selbst zu sorgen, würde sie es ganz zu sich nehmen.
Sie wollte das Kind aber nicht ohne Namen zurücklassen.
Es war eigenartig, durch die ersten Berührungen den Bezug zu einem Wesen zu finden, dessen Persönlichkeit noch im Verborgenen lag.

Mit der Nachgeburt verließ nun auch der letzte Rest von Schuld oder auch Wehmut Elsbeths erschöpften Körper. Ihre Reinheit war wieder zurückgekehrt. Ein Kind, ihr Fleisch und Blut, war ins Leben getreten, auch in ihr eigenes. Sie ahnte nicht die Herausforderung, der sie sich stellen musste, doch sie wollte sich bemühen, eine gute Mutter zu sein.

Der Schritt ins Leben war geschafft. Er war nun befreit von Druck und Gegendruck, dafür erfuhr er zum ersten Mal, was Helligkeit und Kälte bedeuteten. Ungeahnt

wohlige Empfindungen überkamen ihn bei den Berührungen mit seiner Mutter.
Er räkelte und krümmte sich auf ihrem Leib. Suchend und mit geschlossenen Augen nahm er die Umgebung, die neuen Gerüche wahr. Der Drang, diese Erfahrung intensiv in sich aufzunehmen, wurde immer stärker.
Es war der Moment, in dem er Mensch geworden war, in dem die zum Menschen gehörenden Triebe einsetzten und es einen entsprechend nach dem Leben dürstet.

In der Kammer ebbte die unmittelbar hochgekommene emotionale Stimmung wieder ab. Das besondere Ereignis hatte seinen Lauf genommen. Die Schwestern wuschen Mutter und Kind, bevor sie beide mit frischer Wäsche versorgten. Das Kleine war hellwach, seine Augen glänzten, und man sah, dass es nur an die Brust seiner Mutter wollte. Ohne gröbere Schwierigkeiten fand es das gewünschte Ziel. Gierig saugte es an den prall gefüllten Brüsten. Elsbeth fühlte sich glücklich.

Stille hatte sich mittlerweile in der Kammer breit gemacht. Mutter und Kind wurden allein gelassen, Elsbeth war auch noch an ihre Gedanken gebunden.
Sie dachte an ihre Begegnung mit dem jungen französischen Offizier – Senah Reauserp. Eine Liebe, die von ihrer beider Leidenschaft gelebt hatte.
Als blutjunges Mädchen fühlte sie sich unreif. Fehlende Zuneigung zeit ihres Lebens hatte Spuren in ihrer Persönlichkeit hinterlassen – sie tat sich im Zugang zu den Menschen nicht leicht. Sehr vorsichtig tastete sie sich an ihre Umgebung heran. Es war ungemein schwer für sie, jemandem zu vertrauen.

Auch die Sprache war in ihrem bisherigen Leben zu kurz gekommen. Elsbeth litt außerordentlich stark darunter, als sensibles Wesen inmitten dieses sturen Bauernvolkes leben zu müssen. Rohheit prägte seit jeher ihren Alltag. Die Sprachlosigkeit, die ihren Geist drückend und dumpf überzog, bewirkte Niedergeschlagenheit. Was hätte sie nur für ein wenig Aufmerksamkeit gegeben, wie sehr vermisste sie Einfühlsamkeit.

Kindheit und Jugend waren geprägt von Arbeit, Sturheit, Gewalt und Lieblosigkeit. Das Fehlen ihrer Mutter machte diese Belastungen noch unerträglicher, wenn auch dieser Verlust nie so einschneidend war, denn Elsbeth verlor ihre Mutter bereits zur eigenen Geburt.

1786 in Möschach, einem Dorf im Kärntner Gitschtal. Elsbeth sah sich in Gedanken als ganz junges Mädchen. Ihre frühesten Erinnerungen reichten in ein Alter zwischen drei und vier Jahren zurück.
Ihre blonden Haare waren meist verschmutzt, barfüßig lief sie umher und war überall zu finden, nur nicht zu Hause. Ihr Vater, der Hufschmied des Dorfes, zwar gewalttätig und ständig betrunken, war ob seiner Arbeit jedoch zumindest respektiert.
Das kleine, blonde Mädchen hatte große Angst vor seinem Vater, denn es gab immer einen Grund für Schläge. Zwei Schwestern hatte sie noch, beide älter, viel älter als Elsbeth selbst; dreizehn und fünfzehn und einen Bruder von neun Jahren. Die Schwestern mussten als die ältesten der vier Geschwister noch mehr erdulden.
Wenn der Vater schwitzend und fluchend vor Amboss und Glut stand, trauten sich die Mädchen nicht nach Hause. Je länger der Tag währte, desto größer war die Möglichkeit, den Schmied betrunken anzutreffen. Kaum dass er mit der Arbeit fertig war, grollte er nach den Seinen. Die älteren Mädchen schufteten von früh bis spät und konnten es doch nie recht machen. Von Elsbeths Bruder ganz zu schweigen – der arme Junge war Arbeitstier und Sündenbock zugleich.
In diesem Umfeld wuchs das Mädchen heran, gepeinigt von Hasstiraden, als Last empfunden von den älteren Schwestern. Nur mit ihrem Bruder, der ohnedies mit sich selbst am meisten zu tun hatte, gab es ein stilles Einvernehmen. Trotz seines eigenen unglücklichen Daseins kümmerte er sich so gut es ging um sie. Viel bewirkte es nicht, aber zumindest versuchte er Liebe zu geben, in Erinnerung an seine Mutter. Das war es auch,

was er seiner kleinen Schwester zu vermitteln versuchte. Er erzählte und Elsbeth hörte aufmerksam zu. Er erzählte von Mutters Liebe und wie sehr diese ihm nun fehle.
Seine Verzweiflung ging oft so weit, dass er davon sprach, tot sein zu wollen, um wieder bei ihr sein zu können.
So gaben sich die beiden Kinder einander ein wenig Halt, Elsbeth und ihr um fünf Jahre älterer Bruder Jakob. Von den älteren Schwestern wurden sie kaum fürsorglich behandelt und den Vater durften sie damit keineswegs belästigen, denn er duldete nicht einmal im Ansatz etwas, das mit Liebe oder Zuneigung zu tun hatte.
So wurden ihre dürftigen, einsamen Gespräche bedachtsam wie kleine Geheimnisse gehütet.

Es gab einen milden Herbst in diesem Jahr. Nach dem kurzen, sehr heißen Sommer, dem verregneten und kalten Spätsommer war es in diesem Oktober mild. Für die Jahreszeit fast zu mild. Doch die Menschen freuten sich sichtlich über den verspäteten Altweibersommer, nachdem es in diesem von Bergen umrahmten Gebiet schon empfindlich kalt gewesen war. Sogar Schnee hatte es bereits auf den höher gelegenen Gipfel der Karnischen Alpen gegeben. Die Leute befürchteten schon einen vorzeitig nahenden Winter, ein solcher konnte in dieser Region über Nacht kommen.
Dieser Herbst drängte die raue Zeit des Jahres noch erfolgreich hinaus. Alles Leben nutzte diese letzten sonnigen Tage. Der Himmel spannte wie im Sommer sein Blau über die nun wieder schneelosen Berge – und dies nun schon seit Tagen, nein, seit Wochen. Der Blick

über das Land war frei und klar und konnte wohl kaum schöner sein. Die Milde der Natur kam wie an lauen Sommertagen zum Vorschein, einzig die Üppigkeit fehlte, da die Pracht ihrer Fülle zur Neige ging. Die letzten Ernten konnten in Ruhe eingebracht werden, auch wenn die Sonne immer früher am Horizont verschwand.

Doch hatte dies oft auch sein Gutes, nämlich dann, wenn Elsbeth und Jakob in der hereinbrechenden Dämmerung wieselflink ins Haus huschten, um vom Vater nicht gesehen zu werden.

Diesmal stand die Sonne schon tief. Die Herbstluft hatte zu dieser Tageszeit bereits einen Hauch von Feuchtigkeit, die sich geschmeidig über das Land legte.

Der Schmied stand im Torbogen seiner Werkstatt. Seine Haut glänzte in der Abendsonne, man roch Schweiß und Branntwein. An diesem Tag hatte sich noch keines seiner Kinder bei ihm gezeigt, und das machte ihn zornig. Er wollte gerade schimpfend und fluchend kehrtmachen, da sah er seine beiden Töchter Anna und Lena.

„Woher kommt ihr, und wo sind die anderen?“ herrschte er sie an.

Verschreckt und voll Furcht vergaßen die Mädchen Antwort zu geben.

„Hört ihr nicht?“ brüllte er.

Eine der Schwestern stotterte: „Wir waren beim Gstettner-Bauern ein wenig helfen, und dafür ...“

Sie zeigte auf den Brotsack in ihrer Hand, und wo Jakob und Elsbeth geblieben wären, gab sie kleinlaut zu verstehen, wüsste sie nicht.

Im Zorn des Vaters schwollen die Adern auf seiner Stirn. Er schlug Anna den Sack aus der Hand. Erschrocken taumelte das Mädchen zurück.
„Ich werde euch zeigen, zu anderen Leuten betteln gehen“, und mit Schlägen und Fußtritten jagte er sie ins Haus und in ihre Kammer. Den Brotsack holte er später nach. Sein grenzenloser Egoismus machte auch davor nicht halt.

Es war nicht ungewöhnlich, dass in solch einem Umfeld Kinder heranwachsen mussten. Und doch, dies war die raue, aber reale Welt von Elsbeth und ihren Geschwistern.
Ob der Vater schon immer so gewesen war, konnte die kleine Elsbeth nicht beurteilen, aber so lange das Mädchen denken konnte, war er ein Säufer gewesen. Vielleicht hing es mit dem Tod ihrer Mutter zusammen, dachte sie später einmal, doch sie wusste es nicht.

Jakob zitterte jedes Mal, wenn er den Vater nahen spürte oder bloß ahnte. Ein Reizhusten unterbrach ständig sein sonst unauffälliges Dasein und machte ihn um so bemerkbarer, angreifbarer. Es schien, als erfolgte das Husten unbewusst, um damit von den anderen, vor allem von Elsbeth abzulenken. Dies machte ihn, wie ein Schicksal es manchmal einfordert, zum tragischen Helden.
Oft ist es sehr schwer, den Anforderungen gewachsen zu sein, doch wer zeigt schon gerne Schwäche? Wie weit führt der eigene Weg des Erkennens?

Auch Elsbeth erging es ähnlich. Ein sehr schweigsames, eingehülltes Inneres bewegte sie, gedemütigt, und doch gab sie sich eigenständig, allem Anschein zum Trotz. Es keimte in ihr wie in jedem anderen Menschen auch, doch sie hielt sich noch verschlossen und wartete auf ihre Zeit. Indem sie sich zurückzog, konnte sie sich schützen, abnabeln.

Breit schneidet das Gitschtal ins Land und schlängelt auf den sonnigen Seiten ins Gailtal hinein. Sanft ist sein Gefälle von Weißbriach talausgangs. Ein Hochtal, welches sich schließlich weit öffnet.
Das kleine zusammengewürfelte Dorf Möschach liegt nicht zufällig auf der Terrasse des Gitschtals. Die Weiler verstreut, weitläufig. Zentral das Wirtshaus, nicht weit davon entfernt die Kirche. Etwas abseits die Schmiede. Erst bei dieser Ortschaft senkt das Tal ein wenig und führt auf Hermagor hin.

Die Menschen abgehärtet, verhärmt. Die Mannsbilder trafen sich am Abend oder sonntags nach der Messe im Wirtshaus. Die Frauen arbeiteten um Gottes Lohn. Es gab welche, die froh waren, wenn sie früher sterben durften, was oft besser war, denn als ständig Gebärende zu leben. Sonst musste man als abgeschufteter und kranker Mensch alt werden. Und mittendrin die Kinder.
Der Gstettner-Bauer mit seinem Weib ernährte an die neun Kinder, aber deren Zahl blieb nicht immer gleich, denn es kamen manchmal Pflegekinder hinzu. Sieben waren seine eigenen.
Es waren rechtschaffene, gottesfürchtige Leute, Paul Gstettner und seine Frau Hilde.
Die vier Kinder vom Walber-Schmied musste man eigentlich noch dazuzählen, denn ohne die Gstettnerleut' wären sie wohl schon längst verhungert. Sie hätten

die Kinder auch gerne in Pflege genommen, aber der Schmied wollte davon nichts wissen.
So flüchtete die kleine Elsbeth, wenn sie Angst oder Hunger hatte, heimlich zu den Leuten auf den Gstettnerhof, und das nicht nur wegen der Kost, auch der Freude und der Kinder wegen. Auch wenn es immer mit einem inneren Gefühl der Unruhe verbunden war, dort gab es ein Zuhause für Elsbeth. Atmosphäre und Umgebung machten sie beinahe glücklich.
Ihre drei Geschwister erfuhren die Umstände nicht viel anders, wobei es den beiden Schwestern beim Taglöhnen dort am besten gefiel. Sie brauchten sich nicht mehr zu verstecken, denn sie waren dort, um zu arbeiten, auch wenn sie von ihrem Vater kein Lob hörten.
Eigentlich war Jakob in dieser Hinsicht der Ärmste. Der zart gebaute Junge sollte Hilfsarbeiten erledigen, der Vater trieb ihn dazu und missbrauchte ihn oft für die körperlich schwersten Arbeiten im eigenen Gewerbe. Das war natürlich zuviel für Jakob, und so war das von Natur aus kränkelnde Kind ständig in einer Phase der Erschöpfung. Das machte ihm arg zu schaffen, doch sein rücksichtsloser Vormund zeigte keine Spur von Einsicht. Er nutzte die Arbeitskraft des Jungen aus, wo er nur konnte, und so gab es nicht wenige Zeiten für Jakob, in denen er ausgebrannt und ernstlich krank nicht von seinem Lager aufkam.

Zu trocken war nun schon der Herbst, kaum Nebel, obwohl bereits der November ins Land gezogen war. Der Niederschlag blieb aus, anderthalb Monate bisher, doch Wasser war noch immer vorhanden.

Der Mensch ist sich selbst oft am meisten im Wege. Sogenannte Gefahren oder gar Katastrophen werden kaum als das gesehen, was sie tatsächlich sind, nämlich ein Aufbäumen und Reagieren der Natur. Eine universelle Ordnung soll demnach wieder hergestellt werden, oft ist es nur ein Ausgleichen der Kräfte.
Meist neigt man zum Lamentieren und ist schon auf dem besten Weg, die Dinge ins Negative zu ziehen. Die Bauersleut' und ähnlich eigenwilliges Volk fühlen sich von jeher zu Aberglauben und Schwarzmalerei hingezogen. So kommt es dann, dass ein zu trockener Herbst die Menschen vermeintlich in Aufregung versetzt, dabei sind sie es selbst, die sich das Leben schwer machen.

Elsbeth sorgte sich ernsthaft um ihren Bruder.
Der schmächtige Junge lag auf seiner Bettstatt und konnte vor Schwäche kaum die Hand heben. Keine schwere Krankheit hatte Jakob ereilt, nur die notwendigen Abwehrkräfte fehlten. Sein Körper wurde von Fieber gepeinigt; aus diesem Wahn konnte er sich nicht mehr befreien.
Als dem Bruder am Lager die letzten Stunden bevorstanden, wich Elsbeth keine Sekunde von seiner Seite. Sie hielt seine Hand und spürte, wie der Gegendruck merklich abnahm.
„Elsbeth“, stammelte er, „ich will dich nicht allein lassen ...“
Seine Augen blickten sie nicht mehr an, sie fixierten nur noch die Leere.
Das kleine Mädchen wollte es nicht begreifen, spürte aber was bevorstand. Seinen Bruder, den einzigen Menschen, den es wirklich liebte, musste es dem

Schicksal überlassen. Der Kleinen wurde es sehr schwer ums Herz.
In diesen Momenten dachte Elsbeth an ihre Mutter, die sie nie kennen gelernt hatte. Sie hätte Jakob so gerne eine Botschaft für sie übermittelt, doch stattdessen weinte sie still.
Sein Tod war eine Flucht vor sich selbst, eine Erlösung vom Irdischen. Er war diesem, seinem Leben nicht mehr gewachsen, war es eigentlich nie gewesen.
Trotzdem hatte er sich tapfer geschlagen, war seinen Verhältnissen gemäß bis an die Grenzen gegangen. All das hatte er auch in seiner Verantwortung Elsbeth gegenüber gelebt, nie hatte er sie aus seinem Leben ausgeklammert. Seinem Schicksal hatte er sich jedoch fügen müssen.
Seine Sinne hatten ihn verlassen. Jakob, Elsbeths über alles geliebter Bruder, war in eine andere Welt gegangen, hatte seine Schwester zurückgelassen – und so fühlte sie sich auch.
Das Mädchen trauerte und schien nun alle Lebenskraft verloren zu haben. Alles kam ihm sinnlos vor. Doch spürte es, dass es einen Sinn geben musste, nur wusste es noch nicht welchen. Jakob hatte seinen Weg gehen müssen, so schmerzlich es für Elsbeth auch war.
Niemand konnte helfen, es hatte jeder mit sich selbst zu tun. Die Menschen befanden sich in einer Zeit, in der es ums nackte Überleben ging. Es war auch schnell geschehen, das tote Kind unter die Erde zu bringen, ohne großen Aufwand. Vielleicht verzichtete der Vater einen Tag lang auf Alkohol, doch davon hatte kaum jemand etwas.
Unaufhaltsam und unbeeindruckt vom Geschehen gab es weiterhin den unermüdlichen, brutalen Lauf des

Lebens. Niemandem war es vergönnt, vorzeitig zur Ruhe zu kommen. Die Menschen ahnten, viele wussten es – nur die Liebe konnte ihnen helfen, auf ihrem Weg voranzukommen.

Elsbeth hatte sich nur schwer von ihrem Bruder getrennt und das Haus verlassen. In einem der hintersten Winkel eines nachbarlichen Gehöfts hatte sie sich in einer Scheune im Stroh verkrochen. Das gab in dieser spätherbstlichen Jahreszeit auch etwas Wärme, denn dem Mädchen war kalt geworden. Es wollte allein sein, keinen Menschen sehen, die Nähe der Tiere spüren. Das beruhigte Elsbeth, denn von den Tieren ging keine Gefahr, kein Unwillen aus, hier merkte sie, dass eigentlich nichts und niemand Wichtigkeit besaß.
Zwei Tage und Nächte blieb sie dort. Ohne Nahrung geriet sie in Gefahr verwirrt zu werden oder gar dem Tod nahe zu kommen. Sie entsagte einfach dem Leben und protestierte gegen den Tod ihres geliebten Bruders. Leid erfüllte sie, unsäglicher Schmerz, der noch dazu tränenlos über sie kam. Keine einzige Träne konnte das Mädchen vergießen, und das tat der Seele des Kindes noch mehr weh. Es wusste nicht, wie es diesen inneren Kummer loswerden konnte.
Niemand vermochte zu wissen, wo sich die kleine Elsbeth aufhielt. Es gab auch nur wenige, die nach ihr suchten.

Die Jahre waren ins Land gezogen, und Napoleon hatte, nach seinem Einfall in Kärnten, die Kontrolle über das Land errungen.
Man schrieb das Jahr 1797, und die Franzosen waren bis Oberkärnten eingedrungen. In Mühldorf im Mölltal gab es noch einen beherzten Aufmarsch gegen die Besatzer, der jedoch blutig niedergeschlagen wurde. Niemand konnte mehr verhindern, dass noch in diesen Jahren das Gebiet wieder unter französischer Verwaltung gestellt werden sollte.
Auch in Möschach im Kärntner Gitschtal war man nicht vor einer neuen Ordnung geschützt. Die Menschen, bereits vom Leben selbst geknechtet, mussten nun auch noch Angst um ihre Frauen und Kinder, um das kärgliche Hab und Gut, einfach Angst vor der gefürchteten Willkür der Besatzer haben. Diese Furcht war auch nicht unbegründet. Die einfallenden Truppen hinterließen mordend und brandschatzend eine unbeschreiblich blutige Spur des Elends und Grauens – wie in jedem Krieg oder gewalttätigen Konflikt.

Elsbeth lebte wie bisher in dem kleinen Dorf im Tal. Es hatte sich in ihrem Leben nichts wesentlich verändert. Ihre beiden älteren Schwestern waren schon längst übers Land gezogen, um irgendwo als Mägde in den Frondienst zu treten.
Elsbeths größter Wunsch, endlich diesem abgeschiedenen Tal zu entfliehen, war ferner denn je. Jetzt zählte ihre Verwaltung zum Illyrischen Landkreis, und ein Fortgehen aus der Heimat war so gut wie unmöglich geworden.
Nach Wien wäre es eine lange Reise gewesen, aber den Jähzorn des Vaters hätte sie, für den Fall aufgegriffen

und zwangsweise zurückgebracht zu werden, noch mehr gefürchtet.
Sie fühlte sich geistig eingeschnürt, doch bemühte sie sich standhaft und diszipliniert zu sein und sich vorerst mit den Gegebenheiten abzufinden. Sie versorgte den kaum mehr arbeitsfähigen Vater, der aus lauter Langeweile noch mehr als je zuvor zum Trinken und Toben neigte. Doch Elsbeth verbrachte so wenig Zeit wie möglich im väterlichen Haus, denn sie hatte erst unlängst eine Arbeit im Wirtshaus angenommen.
Der Wirt Albert Bachlechner und seine Frau Rosi waren froh, Elsbeth in ihrer Wirtschaft zu haben. Als Arbeitskraft gab sie sich äußerst tüchtig, und bei den Gästen, speziell bei den französischen Soldaten, war sie gern gesehen. Sie war hilfreich, verlässlich und ihre Seele von stolzer Persönlichkeit geprägt, zudem hatte sie ihr Herz für die Menschen weit geöffnet. Die Wirtsleute hatten sie, wie die eigene Tochter lieb gewonnen, und Elsbeth fühlte sich dort ebenso wohl.
Da ihr Dienst meist abends und in der Nacht stattfand, hatte sie auch eine Kammer als Unterkunft im Hause Bachlechner erhalten.
Zu Mittag wartete der Vater auf sein Essen und vor allem auf den Schnaps, den Elsbeth immer wieder bringen musste. Wehe, sie verspätete sich! Sie nahm seine Beschimpfungen hin, klagte nicht, versorgte den Vater, arbeitete und war froh, die meiste Zeit außer Haus zu sein.
Die Wirtsleute merkten wohl, dass Elsbeth des öfteren sehr bedrückt war, doch sie drangen nicht in sie. Sie versuchten ihr einen notwendigen Freiraum zu geben und unterstützten sie sonst, so gut es möglich war.

Vor allem Rosi Bachlechner bewies viel Feingefühl und verhielt sich abwartend aber doch bereit, Elsbeth den notwendigen seelischen Halt zu geben. Hinzu kam, dass Elsbeth mit ihren knapp fünfzehn Jahren in einem sehr sensiblen Alter war. Als Frau reifte sie merklich, doch innerlich war sie zerrissen und unausgeglichen. Ihr Seelenleben spiegelte das einer Dürstenden und Ertrinkenden zugleich.
Rosi Bachlechners Verhalten entsprach mehr dem einer Mutter. Doch ihre Sorgen versuchte sie in Grenzen zu halten, denn es war ihr die ungemein starke Persönlichkeit des Mädchens sehr bewusst. In jedem Fall war sie froh, so einen Menschen im Hause zu haben. Auch für das Wirtshaus gab es nichts Besseres als eine Mischung aus Tüchtigkeit, Wendigkeit und Ausstrahlung. Noch dazu zu einer Zeit, in der in den Abendstunden die Gaststube aus allen Nähten zu platzen drohte. Dann konnte der Tabakqualm und ähnlich Luftschwängerndes im wahrsten Sinne des Wortes zerteilt werden. Platz war nicht mehr viel vorhanden. Servieren wurde beinahe unmöglich, da zwischen Stühlen, Tischen und Menschen ein Durchkommen mit Getränken und Speisen Schwerstarbeit bedeutete. Doch Elsbeth schaffte es behände von Tisch zu Tisch zu gelangen.
Bachlechner, der an der Theke mit seiner Arbeit kaum den Wünschen der Gäste nachkommen konnte, hatte stets ein wachsames Auge auf seine junge Servierkraft. Immer wieder kam es vor, dass Soldaten zudringlich werden wollten. Der Wirt versuchte beharrlich Herr der Lage zu sein, die Situation im Griff zu haben. Stets gelang es ihm, die Franzosen mit Nachdruck zu

überzeugen, dass sein Haus eine Gaststätte, jedoch kein Bordell sei.
Nicht nur einmal forderte er die Männer auf, vernünftigerweise selbst gegen trunkene und haltlose Kameraden einzuschreiten. Er sähe sich sonst gezwungen, künftig auf sein Servierfräulein verzichten zu müssen. Das half immer, denn Elsbeth bei der Arbeit zu sehen, war eine Augenweide.

Es war einer jener Abende, an denen die französischen Soldaten wild in sich hineinsoffen, die Lage gespannt und immer schwieriger wurde. Ja, man hatte das Gefühl, dass die Situation zu eskalieren drohte.
Die Stimmung schien nicht die beste zu sein, die Offiziere legten standesgemäß der Mannschaft beim Saufen was vor, da begab es sich, dass der glasige Blick des kommandierenden Offiziers der stationierten Truppen, Oberst Merle, die anmutige Erscheinung Elsbeths streifte.
„Na, komm schon Mädchen, setz' dich zu mir!"
Abgesehen davon, dass kein Platz mehr vorhanden war und der Oberst eigentlich meinte, sie solle auf seinem Schoß Platz nehmen, spitzte der Wirt bereits die Ohren und wollte die Entwicklung dieser Aufforderung nicht mehr aus den Augen lassen. Elsbeth tat ohnehin so, als ob sie nichts gehört hätte. Doch es kam alles völlig anders.
Es war schon zu vorgerückter Stunde, als die Wirtshaustür plötzlich sehr heftig aufgestoßen wurde und ein Bote der französischen Armee, erschöpft und abgekämpft, in den dunstigen Raum stürzte. Seine Augen waren angespannt auf ratlose Gesichter gerichtet. Er suchte angestrengt nach Oberst Merle, dessen Namen er lauthals schrie. Es brauchte einige Zeit, bis im Gastzimmer die gesamte Aufmerksamkeit auf ihn gerichtet war und er den Oberst ausfindig machen konnte. Der Bote stammelte irgendetwas von Aufstand und Tirol, gemeint war natürlich Osttirol.

Mit einem Schlag war an diesem Abend das Besäufnis zu Ende. Der Oberst verließ als Erster den Schankraum, die Offiziere folgten und trieben auch die

auszunüchternden Soldaten in deren Unterkünfte. Wer nicht mehr gehen konnte, wurde getragen, mitgeschleppt oder auf andere unkonventionelle Weise fortgeschafft. Kein Mann blieb zurück. Doch, einer – jener, der tagelang unterwegs gewesen war, um die Nachricht als Bote von Osttirol übers Lesachtal ins Gailtal zu bringen.
Elsbeth hatte den Mann hier noch nie gesehen. Er ließ sich auf einen Stuhl fallen. Müde und abgekämpft kam er darauf fast zu liegen, die Augen halb geschlossen.
„Wollen der Herr Leutnant etwas essen?“ sprach Elsbeth ihn an.
Er war jener Typ Mann, der trotz durchstandener Anstrengungen, noch immer schön anzusehen war. Es war diese wilde, verwegene Schönheit, welche in jener Zeit nur Männer für sich beanspruchen konnten. Derb roch er nach Schweiß und der Ausdünstung seines Pferdes, was aber in diesem Schankraum, in dem eben noch Dutzende von Soldaten ihren Gestank mit Alkoholdunst und Tabakrauch vermischt hatten, nicht mehr auffiel. Trotz seiner jugendlichen Ausstrahlung wirkte er sehr männlich.
Etwa fünfundzwanzig Jahre musste er zählen, sein Haar war voll und dunkel, was eine südländische Abstammung nahe legte, ohne Zweifel ein Franzose mit sehr mediterranem Einschlag. Wirr und verschwitzt hing ihm das Haar in die Stirn. Die dunkle Augenpartie und das unrasierte Gesicht mit dem erschöpften Ausdruck ließen ihn hilflos erscheinen. Er wirkte abgekämpft und interessant zugleich und wie jemand, um den man sich in diesem Moment kümmern sollte.

So empfand auch Elsbeth, und es machte sie unsicher. Sein Dienstgrad war der eines Leutnants. Die Adjustierung konnte nicht mehr als solche bezeichnet werden.
Sie sah ihn von der Seite her an und merkte, dass sich dieser Soldat erst wieder fassen musste. Elsbeth ließ ihm Zeit.
Seine Stiefel waren gleichmäßig mit einer dicken Staubschicht überzogen. Sein Körper musste nach so einem langen Weg, einem solchen Ritt mit nur kurzen Unterbrechungen schrecklich schmerzen. Doch in diesen Momenten schien er gar nichts mehr zu spüren, denn er saß in sich zurückgezogen da. Der Kontakt zur Außenwelt war sichtlich nicht vorhanden, er beschränkte sich auf sein Inneres, nahm sonst nichts mehr wahr. Sein Blick war leer und starr nach vorn gerichtet. Elsbeth fühlte sein Bedürfnis nach Ausgleich, ließ ihn gewähren. Trotzdem erlebte sie eine gewisse Nähe zu diesem Unbekannten, der noch kaum ein Wort gesprochen hatte.
Als der Wirt in die Gaststube wollte, hielt ihn Elsbeth instinktiv davon ab. Wortlos deutete sie auf den jungen Leutnant und forderte Bachlechner mit gequältem Gesichtsausdruck zum Rückzug. Der hielt sofort inne und ließ sich überzeugen.
Sie tat noch einen Blick zu dem einsamen Gast, vergewisserte sich, dass sonst alles in Ordnung war und verließ dann selbst die Gaststube.
Still und noch immer in sich versunken merkte der junge Leutnant gar nicht, dass der eben noch bis zum Bersten gefüllte Raum mittlerweile leer geworden war. Zurück blieb eine unwirtliche Stille.

Leutnant Senah Reauserp hing seinen Gedanken nach, haderte ob der Sinnhaftigkeit seines Tuns. Grundsätzlich galt es doch als Ehre in Napoleons Armee zu stehen. Er fragte sich, ob dies einen Krieg rechtfertige. In seinem jungen Leben hatte er bereits zuviel Not und Elend erlebt. Auf den Schlachtfeldern dieses Feldzuges spielte sich Entsetzliches ab. Wobei diejenigen, die den Heldentod starben, noch am besten davongekommen waren. Von den anderen, den großteils Verstümmelten, sprach niemand mehr.
Sie vegetierten nun irgendwo vor sich hin, unfähig ein menschenwürdiges Dasein zu führen, weit entfernt an ein solches Leben auch nur zu denken. Tiere ließ man wenigstens den Gnadentod sterben. Dieses Vorrecht hatten die Menschen nicht. Wenn die gequälten Kreaturen ihrem Leben nicht selbst ein rasches Ende bereiteten, sparte das Schicksal nicht mit einem langsamen, elenden Niedergang.
Von Ruhm und Ehre konnte man nichts mehr bemerken. Wo blieb die Heldenhaftigkeit des Soldaten? Solches nagte am Selbstwert eines Menschen, auch eines Soldaten, was den meisten kaum die Möglichkeit ließ, damit fertig zu werden. Es gab kein Herauslassen, nach Außenkehren, der Stand des Armeeangehörigen verbot es schlicht, dies in irgendeiner Art zu zeigen – das war ungeschriebenes Gesetz. Auch deshalb war Alkohol der unter Umständen wichtigste Bestandteil in einem Soldatenleben, vermutlich kaum verzichtbarer als die unheilbringenden Waffen ...

„Der Herr Leutnant muss doch Hunger haben?“ Elsbeth streckte vorsichtig ihren Kopf zur Tür herein.
Langsam kehrte er aus seinen Gedanken zurück.

„Was!? Wie? Natürlich, ich kann nicht mehr stehen vor Hunger und Durst."
Wortlos verschwand das Mädchen, um Speis' und Trank zu holen. Der Wirt tat ebenfalls einen kurzen Blick nach dem fremden Uniformierten, vermutete ihn jedoch unverändert in erschöpftem Zustand.
Aus einem der Hinterzimmer drang noch immer verhaltener Lärm. Einheimische Männer trafen sich hier, blieben im Gasthaus unter sich und hielten dabei – so gut es eben ging – ihren Lärmpegel in Grenzen. Auf diese Art dachten sie, weniger Aufmerksamkeit zu erregen. Dies war nach all den Jahren Belagerung so tief im Unterbewusstsein der Menschen verankert, dass ihr Verhalten auch dann noch Knechtschaft ausdrückte, als schon lange kein Verursacher mehr unmittelbar anwesend war. Aus den Gesprächsfetzen vernahm man Aggressivität, doch den breiten Dialekt der Männer konnte kein Franzose auch nur annähernd verstehen. Es war auch strengstens verboten, sich dieser Sprache zu bedienen.
Das junge Mädchen der Gastwirtschaft kehrte mit Speck, Käse, Brot und einem Humpen voll Wein zurück.
„Setz' dich!" Es klang fast wie ein Befehl des Leutnants, und er bedankte sich zögernd.
Elsbeth wusste nicht recht, wofür sich der Soldat bedankte, ob für das Labsal oder ihren Gehorsam, denn sie hatte sich überraschenderweise sehr folgsam auf einen Stuhl an den Tisch gesetzt. Fast dankbar war sie ihm dafür gewesen.
Er aß langsam, sprach vorerst kein Wort. Sie sah ihm zu. Aus dem Hinterzimmer drang verhaltenes Lachen.

Er hielt inne, blickte langsam auf, die Gesichtsmuskulatur war gespannt.

„Mein Name ist Elsbeth", erklärte sie ihm endlich.
Sein Antlitz hatte noch immer nicht den gehetzten Ausdruck verloren. Verwundert drehte er seinen Kopf zur Seite und sah dem Mädchen, benommen von der Sanftheit ihrer Stimme, lange ins Gesicht. Ihre Augen trafen im Blick aufeinander.
„Senah", sprach er verhalten, „Senah Reauserp."

Nach einer Weile fragte sie: „Was ist geschehen? Ihr müsst nach dem langen, beschwerlichen Weg müde sein."
Sein Kopf schwenkte wieder nach vorne, sie spürte, dass er etwas loswerden wollte, sich aber unendlich schwer tat. Stockend versuchte er, seine Gedanken in Worte zu fassen.

„Ich bin schon lange Soldat, habe mich früh dazu gemeldet und dies freiwillig. Sonst hätte ich nicht viel zu erwarten gehabt, das war schon ein Grund für meine Entscheidung.
Das Leben hat mich förmlich darauf gestoßen, einfach dazu bestimmt, und du selbst als Mensch mit deinem sogenannten freien Willen strebst nach innerer Zufriedenheit. Du weißt es genau – hier bei der Armee, da liegt deine Chance. Keiner kann dir sagen, erklären warum, doch du selbst spürst es einfach – tust, was du tun musst. Und natürlich war die Abenteuerlust ein großer Beweggrund.
Man fragt sich oft nach richtig oder falsch, doch die Antwort kann nur das Leben selbst geben. Hier und

heute wirst du nicht weise werden, kein Mensch sagt diese oder jene Richtung, ja oder nein. Es ist wie auf einem Fußweg, der einmal steinig und beschwerlich ist, und trotzdem bleibt einem keine andere Wahl, man muss gerade diesen Weg benutzen.
In jedem Fall tauchen Hindernisse auf, schwerfällig versucht man es weiter. Man hat nun die Chance sich zu bemühen, kann versuchen den Weg zu ebnen, an den Gabelungen ist man angehalten Entscheidungen zu treffen. Es wird einfach immer klarer, dass es darauf ankommt, wie man sich verhält. Zögerst du aber zu lange, versäumst du es eine Wahl zu treffen, dann bestraft dich das Leben.
Im Grunde habe ich mich entschieden, doch irgendwie habe ich das Gefühl, auf wackeligen Beinen zu stehen. Mir ist nicht ganz klar, wofür ich eigentlich lebe. Oft habe ich den Eindruck, dass mir mein eigenes Leben feindlich begegnet."
Elsbeth hörte aufmerksam zu und spürte ein tiefes Verständnis. Irgendetwas schien sie zu verbinden. Das Mädchen suchte nach einem möglichen Grund des Zutrauens, da sprang der Soldat unvermutet von seinem Stuhl auf und verließ wortlos den Raum. An der Tür hielt er kurz inne, drehte sich aber nicht mehr um. Seine müden, schwerfälligen Schritte, die dumpf und derb auf den harten Bretterboden schlugen, hallten in ihren Ohren lange nach.

Es war bereits Sommer geworden. Es wurde ein sehr heißer, im herkömmlichen wie im übertragenen Sinn.
Die Franzosen hatten innerhalb weniger Jahre das schwer geprüfte Land erneut besetzt. Im Kanaltal gab es erbitterte Kämpfe, doch die Übermacht der Besatzer hatte keine Mühe vorzudringen. Das Land selbst, in den Facetten seiner schützenden Vielfältigkeit, bot nur wenige Tage Widerstand.
Auch die Tapferkeit von ein paar hundert Mann, konnte die französische Division in ihrer Übermacht nicht hindern, in die einzelnen Täler vorzudringen. Die Überzahl der Verteidiger bezahlte ihren Mut in diesem ungleichen Kampf mit dem Leben. Es nahm so seinen Ausgang, wie dieses sinnlose Abschlachten einer fragwürdigen Legalität mit Namen Krieg zu enden gewohnt ist.

Die denkwürdigen Tage des Mai boten Schlüsselszenarien im historischen Ablauf.
Villach wurde besetzt, Klagenfurt folgte und die kriegshistorisch scheinbar bedeutende Schlacht bei Aspern, in der Erzherzog Karl Napoleon zum ersten Mal besiegen konnte, änderte aber auch gar nichts an der Tatsache, dass die fremde Armee unermüdlich in die Kärntner Täler einfiel. So geschah es, dass ein Teil der französischen Eindringlinge über den Plöckenpass kam und schließlich Ende Mai Hermagor erreichte.
Offiziell musste sich Kärnten geschlagen geben, doch in den verzweigten Tälern flammte bewaffneter Widerstand auf.
Ein sogenannter Landsturm hatte sich gebildet, denn die Menschen setzten lieber ihr Leben aufs Spiel als unter einer Knechtschaft zu stehen.

In den einzelnen Orten des Lesach-, Gitsch- und Gailtales wurden Schutzkompanien errichtet. Selbst im Mölltal wurde mit Tiroler Hilfe Widerstand geleistet.
Den Franzosen war klar, dass sie sich hier auf einen zähen Kampf an vielen Fronten einlassen mussten, der sehr viel Substanz und Moral kosten würde. Um so unerbittlicher gingen sie vor.
Einer dieser Aufstände spielte sich im oberen Lesachtal zu Tirol hin ab. Deshalb wurde jemand gebraucht, der furchtlos war und selbstlos im Einsatz. Es sollte sicher kein einfaches und ungefährliches Unterfangen sein, sich alleine bis Hermagor durchschlagen zu müssen.
Der beherzte Leutnant Senah Reauserp meldete sich freiwillig. Zuerst wollte man keinen Offizier ziehen lassen, doch der draufgängerische Reauserp ließ sich nicht beirren. Er bot sich mit großer Überzeugungskraft für diesen Auftrag an, so dass man schließlich ihn für die beste Wahl hielt.
Ihm war es tatsächlich ein Anliegen, er verspürte das Bedürfnis, Hilfe zu bringen, sozusagen als Gegenpol zum sonst üblichen kriegerischen Akt. Schlicht eine Gewissensfrage. Es drängte ihn einfach etwas zu tun.
Auch die Moral, welche ihn und seine Kameraden zum großen Teil schon verlassen hatte, wollte er durch diesen Auftrag wieder erlangen.
Angst kannte er nicht. Ihn, den seine Furchtlosigkeit hierher in diese Reihen als Soldat gebracht hatte, trieb eine psychische Enge fast in den Wahnsinn. Er schaffte es ganz einfach nicht mehr, dem Gehorsam unumwunden Folge zu leisten – sich einem militärischen Gebot gedankenlos zu ergeben, in dem gefordert wurde, andere Menschen zu knechten, zu erniedrigen, zu brechen, zu töten.

Sein selbstloser Einsatz wurde begleitet von drängender Ungeduld. Es war auch ein bewusst gewähltes Entziehen der Befehlsgewalt, wenn auch nur für kurze Zeit. Ihm war klar, dass er wieder zurückkehren musste, um dann mit noch größerer Härte einen Aufstand niederzuschlagen.
Zwei bis drei Tage musste er wohl unterwegs gewesen sein, um das obere Gailtal zu bewältigen. Vielleicht hätte er abgelegenere Routen wählen sollen, um nicht als einzelner Soldat der übrigen Bevölkerung zu begegnen. Seine Ortsunkundigkeit hielt ihn noch zusätzlich auf. Doch er war durchgekommen.

Leutnant Senah Reauserp erreichte in einer jener milden Sommernächte, im Jahre 1797, die Gaststube des Bachlechner-Wirts in Möschach bei Hermagor.
Innerlich ausgebrannt konnte er an diesem sehr späten Abend kaum Nahrung zu sich nehmen. Auch wegen des vorhandenen Hungergefühls spielten ihm die Nerven einen Streich. Nur die Anwesenheit des jungen Mädchens tat ihm gut, wie er erst viel später bemerkte. Er sprach eigentlich gar nicht direkt mit ihr, sondern gab seine Worte mechanisch von sich. Das Gefühl, jemanden neben sich zu haben, bereitete ihm Wohlbehagen. Doch was konnte dieses junge Mädchen schon vom Leben wissen? – Nichts, gar nichts. Sein eigenes Leben war ja doch völlig unverständlich, so erschien es ihm jedenfalls. Und doch merkte er bald, dass dieses junge Ding nicht nur hörte, was er sagte, sondern ihm tatsächlich zuhörte. Dies verwirrte den jungen Leutnant so sehr, dass er zwar mit einer gewissen Erleichterung, aber ziemlich irritiert in die Nacht verschwand.

Leutnant Reauserp hatte eine schlafraubende, äußerst unruhige Nacht hinter sich.
Neben gewisser Notwendigkeiten, die zu tun waren, musste er vor allem Oberst Merle die Depesche von Hauptmann Solair überbringen.

Der Oberst saß mit soldatisch strenger Miene in seinem Büro, während er die Nachricht las. Reauserp, der Haltung angenommen hatte, wartete.
„Mein lieber Reauserp, steh' Er bequem!"
Merles Augen waren noch auf das Papier gerichtet. Die Züge in seinem Gesicht entspannten und verzogen sich wieder, die Muskulatur arbeitete unentwegt. Seine schweren Augenlider hob er bald gelangweilt.
„So, so! Sein Herr Hauptmann begehrt eine Unterstützung in Form von einigen hundert Soldaten."
Er ließ seine Worte nachwirken, die weder als Frage noch als Feststellung formuliert waren. Sie hingen einfach in der Luft. Reauserp wusste nicht, ob er darauf antworten sollte – er hätte auch nicht gewusst was. Er dachte nur angestrengt nach, wie die Peinlichkeit der Situation entschärft werden und sein Auftrag den notwendigen Respekt erhalten konnte.
Oberst Merle, ohne dass dieser sein Gegenüber direkt angesprochen hätte, bemerkte eher zu sich selbst: „Wie stellt sich der das so vor ... dieser Solair ...?"
Reauserp, immer noch nicht sicher, ob er nun angesprochen wurde, schwieg einfach.
Ja, er hatte sich entschieden zu schweigen, keinerlei Regung zu zeigen und vor allem seine Unsicherheit mit etwas soldatischem Gehabe zu verbergen. Dazu brauchte es nicht viel außer stramm zu stehen und starr geradeaus zu blicken. Den Blick im Raum zu verlieren.

So fühlte er sich gedeckt, nicht preisgegeben, nicht offengelegt. Das war Taktik.
Er ignorierte einfach die Aufforderung des Oberst, bequem zu stehen. Wie ein getarntes Tier vor einer drohenden Gefahr, dem Instinkt vertrauend, so verharrte er.
Reauserp musste sich trotzdem vorsehen, denn er konnte seinen Widerpart kaum einschätzen, da er ihn nicht persönlich kannte. Noch dazu hatte man ihn gewarnt, Oberst Merle sei als Typ zwar skurril, aber als Soldat unberechenbar.
„Was meint Er? – Reauserp! Ich habe Ihn was gefragt, Seine Meinung will ich hören – und steh' Er endlich bequem!"
Sprach's und legte dabei seine bestiefelten Füße auf den Schreibtisch und verschränkte seine Hände hinter den Kopf.
Der Leutnant war nun gefordert. Ihm war immer schon klar gewesen, dass er seinem militärischen Rang gemäß nicht nur den Botendienst übernehmen konnte, sondern sich auch zur Sache äußern musste. Er wollte es nur bis zu diesem Augenblick nicht wahrhaben.
Nun hing der Erfolg seiner Mission ausschließlich von seinem ganz persönlichen Einsatz ab. Nun gut, für eines war er bekannt, und dafür stand er auch ein, nämlich kompromisslos sein Bestes zu geben.
„Herr Oberst, ich hätte diesen Auftrag nicht freiwillig übernommen, wenn die Lage nicht so ernst wäre. Es sind dermaßen viele aufständische Gruppen in den einzelnen Orten ..."
„Was glaubt Er wohl, Reauserp, was wir hier haben? Jede Woche müssen wir uns mehrmals dem Pöbel stellen."

Es entstand eine kurze, nachhaltige Pause.
„Sire, die Anzahl unserer Leute wurde bereits beträchtlich dezimiert. Das Tal dort oben wird immer enger, die Menschen mit zunehmender Steilheit des Geländes immer unberechenbarer ... diese haben nichts mehr zu verlieren ..." Reauserp verstummte kurz, bevor er wie zu sich selbst weitersprach: „Es sei denn ihre Freiheit, und um diese zu bewahren, ist ihnen jedes Mittel recht."
Der Oberst blickte ihn erstaunt an.
„Ihr kämpft für Frankreich, vergesst das nicht. Wir befinden uns auf einem Eroberungsfeldzug, und wenn diese sturen Bauern dies nicht wahrhaben wollen, dann werden wir hart durchgreifen."
Reauserp versuchte noch einen Anlauf.
„Wir erwarten Nachschub über das Tiroler Land, nur kann das noch Wochen dauern. Die Moral unserer Männer reicht nicht so lange, es sind viele ganz junge dabei. Die Schutzkompanien in den einzelnen Ortschaften sind zäh. Beim Gegner handelt es sich außerdem um Rebellen, die im Kopf ihre eigenen Grenzen haben – ich bitte Euch, Herr Oberst."
Merle blickte ihn mit zusammengekniffenen Augen an.
„Leutnant, Ihr habt mit Eurem Einsatz der Truppe einen selbstlosen Dienst erwiesen. Ich werde Euch Männer, ja äußerst gute Männer mitgeben. Diese sind kampferprobt, zuverlässig, mutig und sie haben schon oft Moral bewiesen. Diese Männer stehen bis zur Rückkehr aus dem Einsatz unter Eurem militärischen Kommando, und Ihr seid auch verantwortlich für sie.
Morgen bei Sonnenaufgang zieht Ihr los. Noch Fragen? Und steh' Er endlich bequem!"

Leutnant Reauserp schloss erleichtert die Augen. Hier war er fertig, er bedankte sich, der Oberst nickte kurz.
Als er schon gebückt in der Tür stand, rief er, selbst überrascht von seiner jähen, lauten Stimme, dass er vor Schreck zusammenfuhr, über seine Schulter in den Raum zurück: „Wie viele?“
Der Oberst, längst nicht mehr aufmerksam bei der Sache, breitbeinig vor seinem Fenster stehend, den Blick nach draußen gewandt, die Hände am Rücken, den Kopf höher gereckt als unbedingt notwendig, hing so seinen eigenen Gedanken nach. Seine Schultern hatte er hochgezogen, diese regten sich merklich bei Reauserps emotionalem Ausruf, der Kopf neigte sich zur Seite. Seine Stimme war ohne Klang als er antwortete, aber noch immer fest genug: „Dreihundert Mann.“
Reauserps Erwartungen wurden dadurch übertroffen. Deutlich konnte man es vernehmen, ein lauthals gerufenes Danke war zu hören, bevor er die Tür schloss.

Den Rest des Vormittags benutzte er dazu, für den Aufbruch am nächsten Morgen Vorbereitungen zu treffen. Er wechselte schadhaftes Rüstzeug aus, reinigte seine Stiefel, säuberte die Waffen und andere Metall- oder Glanzteile. Natürlich sah er auch nach seinem Pferd, welches schnaubend vor Freude seinen Herrn begrüßte. Dem treuen Gefährten merkte man noch immer die Strapazen des langen, beschwerlichen Ritts an. Erschöpfung zeichnete sich in den Zügen des Tieres, um Augen und Nüstern, die Muskulatur seiner Flanken war hart und gespannt. Er bürstete es behutsam, sprach dabei leise auf die Stute ein,

manchmal direkt am Ohr. Es verband sie beide schon eine relativ lange Zeit.
Nach einer Stärkung zu Mittag wollte Reauserp den Schlaf nachholen und befahl einstweilen, seine Uniform so gut wie möglich zu reinigen.
Die Liste mit den ihm zugeteilten Soldaten sollte er am späteren Nachmittag erhalten. Er wollte die betroffenen Männer noch am Abend rekrutieren. Seit seinem Eintreffen saß quasi das gesamte Regiment förmlich auf Nadeln. Niemand dachte daran, freiwillig den jetzigen Standort wieder zu verlassen. Jene, die es treffen sollte, deren Schicksal war ungewiss, das war alles, was sie wussten.

Senah Reauserp musste dieses Mädchen wiedersehen. Elsbeth war ihr Name, so glaubte er sich zu erinnern.
Es war ein heißer Nachmittag im Sommer, als die schwüle, staubige Luft kurz zuvor von einem Gewitter gekühlt und gereinigt worden war.
Im Ort machte sich Schläfrigkeit breit, selbst die Tiere hörte und sah man kaum. Nur die Katzen schienen unermüdlich zu sein, sie streiften gespenstisch durch die verlassen wirkenden Dorfteile. Diese Tiere waren von jeher geheimnisvolle Wesen. Auf ihn wirkten sie beruhigend, in ihrer Nähe fühlte er sich wohl.
Mit diesem Gedanken beschäftigt, befand er sich auf dem Weg zum Wirtshaus. Auch dort war es ruhig. Er trat ein, keine Menschenseele war zu bemerken.
„Ist jemand hier? Hallo!“
Reauserp bekam keine Antwort. Er überlegte bereits, wie und wo er sich bemerkbar machen sollte, denn das Haus war weitläufig, da vernahm er Geräusche aus dem Keller. Er eilte zu dessen Abgang und versuchte, bevor

er in dieses dunkle, modrig riechende Verließ hinunterkriechen musste, auf sich aufmerksam zu machen.
„Wirt! Ist Er da unten?“
Er rief so laut er konnte.
Sein Rufen war nicht vergebens, denn plötzlich streckte Bachlechner ungläubig seinen Kopf hervor, um zu sehen, wer ihn um diese Tageszeit suchen mochte. Schweiß und Schmutz verteilten sich gleichmäßig auf seinem Haupt.
„Wirt?“ fragte Reauserp nochmals, als er den verzagten Blick aus dem Kellerloch erspähte und nicht erkannte, noch wusste, zu wem er gehörte.
„Was ist, womit kann ich dienen, Herr Leutnant?“
„Ist das Mädchen hier? Elsbeth, so heißt sie doch?“
Bachlechner schaute verdutzt drein, er konnte vorerst nicht so recht des Leutnants Begehren verstehen. Oder wollte er nicht verstehen?
Reauserp ließ sich jedoch seine Ungeduld nicht anmerken.
„Ich wollte mich bei ihr nur für gestern Abend bedanken.“
Langsam begriff Bachlechner.
„Fräulein Elsbeth ist vermutlich zu Hause“, antwortete er endlich.
Gleichzeitig musste er wohl oder übel hinzufügen, wie Reauserp am besten zum Haus des Dorfschmieds gelangen konnte. Der Wirt erwähnte noch, dass der Walber-Schmied nicht unbedingt zu den umgänglichsten Zeitgenossen zähle. Mehr sagte er aber nicht dazu.
Der Leutnant bedankte und verabschiedete sich und schlug nachdenklich den beschriebenen Weg ein. Am

nördlich gelegenen Dorfrand sah er bereits von weitem das gesuchte Haus, ein eher verwahrlostes Objekt.
Elsbeth befand sich im Garten und war mit der Wäsche beschäftigt. Sie ähnelte einer blühenden Blume, so wohl tat ihr Anblick seinem Herzen. Sie wirkte zwar müde, aber doch unglaublich schön. Von ihrem geknoteten Haar lösten sich einzelne Strähnen, die goldblond in der Sonne schimmerten. Einige klebten verschwitzt an ihrem Gesicht. Die Hitze des Sommers nahm ihr sichtlich die Kraft.
Als der Leutnant näher kam und von ihr wahr genommen wurde, erschrak sie. Unvorbereitet wie Elsbeth war, spürte sie, wie ihre Wangen zu glühen begannen und sie ein Gefühl der Scham überkam. Dies alles versetzte sie in Aufruhr, und Befangenheit nahm Besitz von ihr.
Senahs Schritte wurden langsamer, er hielt an, wenige Meter vor dem Haus. Sein Blick schien sich zu verlieren. Es war ihm mit einem Mal bewusst, wie zielstrebig er das Mädchen gesucht hatte. Jetzt stand es vor ihm, ein unsagbar wunderschönes Geschöpf, mindestens zehn Jahre jünger als er selbst, und er wusste in diesem Augenblick, dass er sich verliebt hatte. Er sah Elsbeth nur an. Jeden Zug und Ausdruck im Gesicht und an ihrem Körper, soweit dies möglich war, nahm er auf.
Er dachte an den vergangenen Abend, als er sie kaum beachtet und sie ihm aufmerksam zugehört hatte. Seine verwirrten Gefühle ließen erst jetzt erkennen, welche Bedeutung dies für ihn hatte. Es kam ihm vor, als hätte er die Last eines großen Steins dort zurückgelassen. Dieses Loslösen war unbeschreiblich. Er wollte Halt

finden und merkte dabei die Hilflosigkeit in ihren traurigen Augen nicht.
Ewigkeiten hielten auch nicht länger stand, Elsbeth wurde sich ihrer bruchstückhaften Bewegungen bewusst und hörte sich sprechen.
„Ihr, Herr Leutnant? Was führt Euch hierher?“
„Senah, mein Name ist Senah, und bitte nennt mich auch so. Elsbeth, ich darf doch Elsbeth sagen? Verzeiht mein plötzliches, unerwartetes Kommen, aber ich musste ... dich wiedersehen. Ich wollte dir danken, für deine Gesellschaft gestern spätabends. Deine Aufmerksamkeit hat meine Seele erleichtert.“
Elsbeth errötete, das Herz klopfte ihr bis zum Hals. Es war ihr selbst ziemlich eigenartig zumute, doch sie bemerkte, dass sie etwas für diesen melancholischen Soldaten empfand. Ihre Aufregung konnte sie kaum unterdrücken, auch wenn dabei die Angst vor ihrem Vater noch überwog.
„Ich habe gestern Abend gerne zugehört“, sagte sie hilflos.
Sie wollte weitersprechen, aber in diesem Moment kam ihr in den Sinn, wie fürchterlich sie aussehen musste, und auch die Tatsache, dass ihr Vater nicht weit entfernt sein konnte, erfüllte sie mit Unbehagen. Noch unschlüssig versuchte sie sich aus der Situation zu retten, doch der Soldat kam ihr zuvor.
„Elsbeth , schenk’ mir noch ein wenig Zeit an deiner Seite, bevor ich wieder zurückkehren muss.“
Sie starrte auf die Wäsche, auf die unerledigte Arbeit und handelte. Sie schickte Reauserp zum nahe gelegenen Waldrand, wo er sich zumindest außerhalb der Sichtweite ihres Zuhauses befand. Sie versprach, nachzukommen. Reauserp ließ sich nur ungern weg-

schicken, doch sie drängte behutsam. Elsbeth bemühte sich eindringlichst, ihre Überzeugung zu vermitteln, dass dieser Ort ihrer Wahl ideal für ein gemeinsames Treffen sei. Bis zu ihrem Dienstbeginn im Wirtshaus würde sie dann noch Zeit haben.
Senah vertraute ganz ihren Beschreibungen und ging des Weges.
Elsbeth erledigte die Arbeit, eilte danach ins Haus um sich zu waschen und ein frisches Kleid überzuziehen. Auch ihr Haar formte und band sie neu.
Sie konnte ihre Aufregung nicht recht deuten. Diesen Franzosen, der in seinem ganzen Wesen so anders war, konnte man mit keinem der Männer vergleichen, die sie kennen gelernt hatte. Seine Sanftmut irritierte sie. Die weichen Gesichtszüge waren eher die Ausnahme bei französischen Soldaten, und doch strahlte er trotz seiner Jugend absolute Männlichkeit aus. Sein volles, dunkles Haar machte ihn zusätzlich attraktiv, sehr attraktiv sogar. Die dunklen Augen strahlten Wärme aus.
Vielleicht war es Zuneigung, die sie empfand, Sehnsucht nach der Nähe eines Menschen – oder gar Liebe? Sie wusste es nicht.
Jetzt fühlte sich Elsbeth etwas besser, sie hatte ihre innere Ruhe wiedergefunden.
Es war ein wunderbarer Tag, hell, hochsommerlich, ohne Wolken am Himmel. Die Sonne stand noch hoch, obwohl es bereits gegen Abend zuging.
Die Zeit schien ins Stocken geraten zu sein. Die Illusion eines zeitlosen Zustands befiel Elsbeth. So ging sie leichtfüßig über Hügel und Felder dem Waldrand entgegen.
Leicht fühlte sie den sanften Sommerwind, und bewegt durch die eigenen Schritte umschloss das Kleid sie in

ihren feingliedrigen Konturen. Ihr Haar war wieder fest unter Kontrolle, bis auf ein paar verspielt tanzende Strähnen. Sie taten das ihre, um in der Sonne zu glänzen. Ihre Augen, blassblau, suchten die nähere Entfernung ab. Ihre Nasenflügel zitterten leicht und kühlten die schwüle Luft ihrer Atmung. Elsbeths Blick kannte nur eine Richtung.
Endlich fanden ihre leuchtenden Augen das, was sie suchten. Dort saß er, am Waldrand, aus der Entfernung klein und kaum wahrnehmbar, in sich zusammengesunken, den Kopf zwischen den Knien verborgen – sie erspähte ihn.
Ihre Schritte wurden von selbst ein wenig rascher, um sie doch bald bewusst zu drosseln, da ihre Sandalen für diese Eile nicht geschaffen waren.

Aus der Bewegung heraus hob Senah den Kopf – und sah sie querfeldein auf ihn zukommen. Unvermittelt sprang er auf und wurde ihrer Erscheinung in diesem weiten, vor ihm liegenden Kornfeld gewahr. Es war ein wundervoller Anblick in den Farben des Sommers. Und er, Senah Reauserp, hütete sich davor, diese einsame, fast märchenhafte Idylle zu stören. Er eilte zum Rande des mit schweren Ährenköpfen dicht gedrängten Getreidefeldes, betrat es aber nicht. Still kostete er die Beobachtung des gleichmäßig wiegenden Korns und des nahenden Mädchens aus.
Ihre Blicke trafen sich, Senah reichte ihr die Hand, und als ob er sie ans rettende Ufer hieven wollte, zog er sie an sich.
Schweigsam und innerlich doch aufgewühlt betraten sie gemeinsam den lichten Wald. Gegenseitig an ihre Hände gefasst wies Elsbeth den Weg. Sie war in der

Lage diesen Wald mit ihren Sinnen zu begehen, als Kind hatte sie ihn einst als Teil ihres Zuhauses empfunden. Sie war lange nicht mehr hier gewesen.
Die frische Waldluft hatte im Sommer einen sehr süßen Beigeschmack. Die Vögel sangen in allen Tonarten. Senah wirkte ruhig, sichtlich gelöster, Elsbeth bemerkte die Entspannung des Soldaten. Sie spürte es auch daran, wie seine Hand die ihre sanft umschloss.
Senah unterbrach die Unbeschwertheit des Augenblicks: „Wie lange haben wir Zeit?"
Und in diesem Moment tat es ihm Leid, das Schweigen des Glücks unterbrochen zu haben. Elsbeth schien es nicht zu stören, und sie antwortete ihm: „Vor Sonnenuntergang muss ich im Dienst sein."
Und sie dachte dabei, wie froh sie war, Bachlechners Vertrauen zu besitzen. Es war keine leichte Arbeit, doch sie versuchte immer ihr Bestes zu geben. Auch die Wirtsleute wussten dies und behandelten Elsbeth gut. Heute jedoch gäbe sie viel, um nicht zur Arbeit zu müssen.
„Erzähle", sagte sie plötzlich, um auf andere Gedanken zu kommen, „erzähle mir bitte von dir."
Senah hätte noch stundenlang mit ihr gemeinsam und wortlos durch den Wald gehen können, doch er kam ihrer Bitte nach.
„Für mich ist dieses wunderbare Gefühl hier draußen in der Natur nicht unbedingt Vertrautes und darum wahrscheinlich noch einmal so schön.
Ich bin in einer Stadt groß geworden. Wir, meine Mutter und ich, sind nicht immer dort gewesen. Eine meiner frühesten Erinnerungen ist unsere Ankunft in der Stadt, die sich Paris nennt."
„Paris, wirklich Paris?" unterbrach ihn Elsbeth.

„Das muss doch herrlich sein, dort zu leben“, träumte sie.
Senah wirkte trotz seines abwesenden Schmunzelns eher bedrückt.
„Elsbeth, du träumst. Stell’ dir eine riesengroße Stadt vor, in der der einzelne Mensch noch sehr viel weniger zählt als anderswo.
Zuerst hatte die gehobene Klasse das Sagen, und da erging es einem Bastard wie mir ohnehin schlecht. Ja, ein Bastard bin ich, ein Kind der Liebe. Meinen Vater habe ich nie gekannt, meine Mutter ist mit mir aus dem Süden des Landes gekommen, wahrscheinlich sogar direkt von der Küste. Ich bin mir dessen nicht sicher, aber ich glaube mich daran zu erinnern, dass sie es einmal erwähnte. Und wenn mich meine frühen Eindrücke in der Erinnerung nicht täuschen, habe ich als kleiner Junge das Meer gesehen.“
Elsbeth sah ihn erstaunt an.
„Weshalb bist du dir nicht sicher, hast du denn nicht mit deiner Mutter gesprochen?“
Senah sah Elsbeth mit seinen dunklen Augen beschämt an.
„Meine Mutter wollte im Grunde genommen nie etwas von mir wissen. Ich war immer eine Belastung für sie. Als ich halbwegs laufen konnte, war ich nur mehr auf der Straße und somit eigentlich dort aufgewachsen. Später fragte ich mich oft, wie ich das überlebt hatte.
Doch mein Glück war es, dass das Zentrum meines frühen Lebens der Markt gewesen war. Dort gab es immer etwas zu essen. Es kam so gut wie nie vor, dass ich den Tag mit leerem Magen beschließen musste. Hatte ich kein Geld oder bekam nichts geschenkt, stahl ich eben das Notwendigste, um das quälende

Hungergefühl loszuwerden. Es gab diesbezüglich keine Gier, ich wollte lediglich das Leiden beschränken, es war schon so genug. Ich nahm auch solche Lebensmittel, die mir überhaupt nicht schmeckten, nur um etwas zwischen die Zähne zu bekommen. Ich lehnte auch Fisch nicht ab, die Ware meiner Mutter. Ja, sie hielt uns als Markthändlerin über Wasser, und von Fisch verstand sie einiges. Vermutlich hatte sie auch schon in unserer alten Heimat damit zu tun gehabt, damals wohl mit Meeresfischen, in Paris waren es eben Süßwasserfische.
Für mich war es jedes Mal faszinierend zu sehen, wie sie einen Fisch zubereiten konnte. Hier war dann jener Punkt erreicht, wo man nicht mehr widerstehen konnte, noch dazu mit einem nagenden Gefühl im Magen. Nebenbei bemerkt waren die warmen Mahlzeiten rar, da musste ich schon nehmen, was kam. Im Grunde genommen war es ohnehin nur der erbärmliche Gestank von rohem Fisch, der einem den Magen umdrehte."
Elsbeth, die noch immer seine Hand hielt, empfand ein sehr tiefes Gefühl für ihn. Sie wollte ihn eigentlich in seiner Schilderung nicht unterbrechen, doch ihr Verlangen, ihm ihr Verständnis und somit ihre Zuneigung zu zeigen, war einfach groß.
„Senah, es ist schön, dass du mit mir sprichst, ich kann gut mit dir fühlen."
Dabei drückte sie sanft seine Hand.
„Heißt das, du hast noch nicht genug gehört? Du willst noch tiefer in meine Vergangenheit dringen? Ich will dich aber nicht langweilen."
Sie schüttelte den Kopf.
„Gar keine Rede davon, im Gegenteil, es interessiert mich, du interessierst mich."

Sie sah ihm tief in die Augen und spürte ihrerseits seinen Blick bis in ihr Herz vordringen.
„Es gab so gut wie keine Zukunft für mich, und das wusste ich auch“, sprach Senah weiter.
„In dieser gottverlassenen Zeit, welche unsereins auffraß wie nichts, in der man haltlos umherirrte und nicht wusste, ob der nächste Tag nicht auch der letzte sein würde, in dieser Zeit wurde ich geprägt, und außerdem sagt man Bastarden nach, sie seien von Natur aus zäh. Jedenfalls habe ich begriffen, dass nichts im Leben umsonst ist und dass ich nur hinschauen muss, um zu lernen.
Wenn du einen Vornamen besitzt, dieser aber so gut wie nie von jemandem verwendet wird, vergisst du ihn bald selbst und bist davon überzeugt, weniger als nichts zu sein. In einem Leben, in dem dich die eigene Mutter sogar Bastard ruft, konnte nichts mehr schlimmer werden. So dachte ich zumindest.
In dieser unseligen Zeit kam wie ein Zeichen des Himmels die vermeintliche Rettung in Form der Revolution.“
Senah machte eine Pause, um Elsbeths Reaktion abzuwarten. Sie war bei den letzten gesprochenen Worten vor ihm gegangen, schlenderte weiter, scheinbar gedankenverloren. Als sie sich zu ihm umdrehte, fiel es Senah schwer, die Züge in ihrem Gesicht zu deuten. Ein kurzes Flackern in Elsbeths Augen verunsicherte ihn noch mehr, und es tat ihm schon Leid, ihrer beider Zeit mit seinen unseligen Erinnerungen zu vergeuden. Doch bevor er noch irgendwelche Ausflüchte machen konnte, war Elsbeth bereits wieder bei ihm, nahm seine Hände in die ihren und sah ihn sehr bestimmt an.

„Senah, erzähl' es mir! Was hat dich hierher geführt?"
Sie bemerkte seine plötzliche Unentschlossenheit.
Die Sonne bahnte sich ihren Weg durch das Geäst des Waldes. Mühelos spielte sie in allen Schattierungen des Lichts – wunderbare, einfühlsame Momente.
Senah folgte ihrem Wunsch und erzählte weiter:
„Ja, eigenartig, ich habe es zwar selbst noch nie so betrachtet, aber wenn du mich jetzt danach fragst, dann muss ich sagen, dass es die Revolution war, die mich hierher führte."
Er sinnierte lächelnd.
„Wie sehr hatte das Volk gehofft, als 1789 alles zum Ausbruch kam. Selbst ich, noch ein Jüngling, spürte den Aufbruch, die ersehnten Veränderungen. Wir wurden mitgerissen.
Ein Jahr noch trieb ich mich im Umfeld des Marktes herum, dann wurden die Kreise meiner Erkundungen immer weitläufiger und ausgedehnter. In dieser Stadt bekam ich zu jener Zeit genug mit, um zu merken, dass man sich behaupten musste. Es hatte sich zwar dahingehend geändert, dass der Pöbel nun die Macht besaß, aber auf der Straße herrschte nach wie vor das Faustrecht. Und das noch viel intensiver als je zuvor.
Meine Mutter sah ich immer weniger. Oft war ich selbst tagelang unterwegs, denn ich hielt mich vorwiegend dort auf, wo es genug und gut zu essen gab. Natürlich war ich nebenbei nicht untätig, vor allem Botendienste gab es viele, auch Tauschgeschäfte fielen ab.
Meist diente ich dem von der Revolution ernannten Militär. Und dort schlug ich auch schon Wurzeln. Man merkte schnell, dass ich mit Eifer bei der Sache war,

und da Kinder noch viel weniger auffielen, wollten sie mich für Bespitzelungsaktionen einsetzen.
Ich sehnte mich jedoch nach ganz anderem. Achtung und Anerkennung wollte ich erhalten, wusste aber nicht, wo man dergleichen erlangen konnte, denn ich hatte nie zuvor etwas Ähnliches erhalten.
Natürlich ging ich instinktiv zurück, immer wieder zurück in unsere Abbruchbehausung, wo wir, meine Mutter und ich, eigentlich wohnten. Immer seltener begegneten wir einander, bis ich eines Tages gänzlich weg blieb. Ich hatte gar keine andere Wahl. Wollte ich nicht nach den Regeln der Straße und vom Abfall leben, so musste ich etwas unternehmen. Außerdem hatte ich bemerkt, dass man mit der Waffe in der Hand viele überzeugen konnte, ohne dabei reden zu müssen. Die Uniform allein war schließlich schon Autorität genug, und dies war meine einzige Möglichkeit, dem Elend und der Not zu entgehen."

Seinen Gedanken nachhängend, stieg er langsamer werdend, gesenkten Hauptes voran. Mit seinen Stiefeln auf weichem Moos verweilend, trat er von dort auf hartes Gestein. Suchend und fühlend löste eins das andere ab. Diese Gegensätze faszinierten ihn, und um eine Entscheidung hinauszuzögern, wollte er dieses Spiel weiterführen. Er lächelte über diese Möglichkeit, die es ihm erlaubte, seine innere Freiheit in eine Form zu bringen. Auch die Ungewissheit seiner Situation brachte ihn keineswegs aus der Ruhe.
„Benutze einfach den Weg, Senah."
Elsbeth versuchte ihn mit diesen Worten zu erreichen, aber sie bemerkte schnell, wie abwesend er war. In

diesen Momenten, unmittelbar nach seiner Schilderung, war er der eigenen Kindheit sehr nahe.
Ganz bewusst hielt sie sich im Hintergrund und beobachtete seine fast kindlich anmutenden Bewegungen. Es gefiel ihr, wie er seinen Körper behände im Gleichgewicht hielt und selbstsicher die schwierigste Herausforderung suchte. In ihrer geheimen Bewunderung wurde sie jäh unterbrochen, als plötzlich sein Stiefel auf den Steinen keinen Halt mehr fand. Senah strauchelte wie ein Tier, das im unwegsamen Gelände seinen sonst so sicheren Halt verlor. Plötzlich lag er ausgestreckt auf dem Waldboden. Sogar die Vögel des Waldes wurden in ihrer Ruhe gestört. Sie flogen aufgeschreckt davon.
Kaum dass er gestürzt war, kniete Elsbeth bei ihm, beugte sich fürsorglich zu ihm hinab. Sein Gesicht schmerzverzerrt, seine Augen zugekniffen, so fand sie ihn vor. Behutsam nahm sie seinen Kopf zwischen ihre Hände und rief verhalten seinen Namen: „Senah, Senah!?“
Er presste gequält den ihren hervor: „Elsbeth ... “
Sie erschrak über seinen Tonfall, wollte schon nach seinem Befinden fragen, da legten sich seine Hände mit sanftem Druck um ihren Körper. Langsam zog er sie zu sich. Im gleichen Moment formten sich seine Lippen zärtlich um die ihren. Elsbeth schloss ihre Augen.
Ihr Herz bebte unter dieser Berührung. Ein nicht gekanntes Gefühl durchströmte das Mädchen. Elsbeth konnte sich nicht entsinnen, jemals derartige Glückseligkeit empfunden zu haben und wünschte, dass dieser Zustand nie mehr vergehen möge. Die Anspannung in ihrem Körper wich schließlich einer ungewohnten Gelassenheit.

Senah bemerkte ihr gelöstes Empfinden, und er konnte kaum atmen vor Liebe. Er übersäte ihr Gesicht und ihren Hals mit seinen Küssen. Zärtlich und leidenschaftlich eroberte er ihr Herz.
Träumend, vor Liebe verzückt, erfreuten sie sich der willkommenen Gastlichkeit des Waldbodens.

Sie erlebte sich selbst aus einer Distanz, ihre entfachten Gefühle für Senah schienen die einer fremden Person zu sein. Sie musste Schritt für Schritt diesen Umstand realisieren und begreifen, dass es die Liebe war, die sie verändert hatte. Noch nie hatte sie dergleichen in ihrer Seele empfunden. Die Veränderung machte sie unsicher, und so bemühte sie sich ihre Gedanken zu ordnen. Gleichzeitig fühlte Elsbeth Leichtigkeit, nichts war mehr in diesen Momenten der inneren Auflösung wichtig.
Sie gingen schweigend Hand in Hand nebeneinander her. War es das Licht, welches durch die Bäume brach und sie täuschte, oder schrak sie ein namenloses Tier im Unterholz. Ein leichtes Rascheln gab es in jedem Fall, und dann vernahmen sie noch ein Knacken, blickten überrascht nach oben, sprangen auseinander und ließen an den Händen los. Keine Sekunde zu früh, denn plötzlich krachte ein abgebrochener Ast an jener Stelle zu Boden, wo beide zuvor noch gestanden hatten. Elsbeth zitterte am ganzen Leib, konnte sich nicht von der Stelle rühren, brachte auch kein Wort über die Lippen. Senah, nach einem kurzen Moment der Ungläubigkeit, fasste sich schnell und nahm Elsbeth behutsam in seine Arme. Ihr Herz pochte so heftig, dass dies sein eigener Körper verspürte. Er versuchte sie zu beruhigen.

Langsam verließen sie den Ort, Senah blickte über die Schulter zurück. Es bot sich ihm nochmals der Anblick des mächtigen, gebrochenen Asts, der sie ohne Mühe aus dem Leben genommen hätte. Sein Blick suchte nochmals die Baumkronen, welche sich jedoch keineswegs verändert zeigten. Belanglos wirkte dieser Ast auf dem Waldboden, als hätte er schon immer dagelegen. Nichts wies darauf hin, dass etwas vorgefallen oder dass der Lauf der Dinge irgendwie außergewöhnlich beeinflusst worden wäre. Sie gingen schweigend fort.

Leutnant Reauserp erreichte gegen Abend das Quartier der Soldaten. Schon als er eintraf, blieb ihm eine eigenartige, angespannte Atmosphäre nicht verborgen. Erst vermutete er, dass seine Empfindlichkeit eine Überreaktion sei. Als ihm jedoch vereinzelt Uniformierte begegneten, nahm er die Stimmung unter den Soldaten deutlich wahr. Auch den Grund dieses Unbehagens konnte er schließlich aus den Gesprächsfetzen, die ihn unvermittelt erreichten, ausmachen.
Irgendwie war ihm bei dem Gedanken unbehaglich, dass er der Verursacher dieser geballten Spannung sein könnte. Doch es war nicht von der Hand zu weisen.
Reauserp musste handeln, die Dinge beim Namen nennen und versuchen, Zweckoptimismus zu verbreiten. Er wusste, dass er viel Überzeugungskraft besaß, wenn es darauf ankam. Das schwierigste Unterfangen war jedoch sich selbst von etwas zu überzeugen, woran er gar nicht glauben konnte.
Schon steuerte er das Büro des Oberst an. Noch einmal wollte er versichert sein, das Kommando über die für ihn bereitgestellten Soldaten zu übernehmen. Dies hatte sich gerüchteweise bereits herumgesprochen, weshalb die Anspannung unter den noch mit Ungewissheit belasteten Soldaten unermesslich gestiegen war.
Reauserp begegnete dem Oberst unmittelbar vor dessen Räumlichkeiten. Dieser hatte bereits eine Liste mit den Namen der zu Rekrutierenden für ihn vorbereiten lassen.
Oberst Merle hieß ihn in sein Büro treten.
„Leutnant Reauserp, mit dieser Liste übertrage ich Ihm für die bevorstehende Operation die Verantwortung über dreihundert meiner besten Männer. Möge Er in seinen Entscheidungen Gottes Beistand haben."

Reauserp nahm diese Bürde entgegen, fühlte mit einem Mal die ungeheuere Belastung auf seinen Schultern und schickte sich an zu tun, was getan werden musste.
Oberst Merle blickte ihm nachdenklich hinterher.
In den einzelnen Kadern ließ Reauserp die Namen der Männer ausrufen und zugleich befehlen, auf dem Appellplatz anzutreten.
Senah beobachtete von einem Fenster aus das Sammeln der Soldaten. Die Körpersprache dieser Leute sagte ihm alles. Sie wussten, dass es sich um einen Sondereinsatz handelte, hatten jedoch keine Ahnung, wie viel Zeit dieser in Anspruch nehmen würde und wohin sie aufbrechen sollten. Und doch war zumindest diese quälende Ungewissheit vorbei. Bei Allem, was nun kommen würde, hing vieles von der Moral des Einzelnen ab.
Langsam füllte sich der Platz, die Leute waren vollzählig angetreten. Der Leutnant erschien und stellte die Männer unter sein Kommando. Er informierte sie über die Art ihres Einsatzes und wie lange sie ungefähr unterwegs sein würden. Den Zielort gab er ebenfalls bekannt.
„Soldaten, ich will euch nichts vormachen, dieses Kommando könnte einigen Kopf und Kragen kosten. Dieser Einsatz unterscheidet sich aber grundsätzlich nicht von jenen, die ihr bisher geleistet habt. Warum ihr nun hier abgezogen werdet, ist ganz einfach zu beantworten: wir im Westen sind allein nicht mehr in der Lage den Widerständen zu trotzen. Ihr zählt zu den Besten, darum werdet ihr rekrutiert.
Ab sofort steht ihr unter meinem Kommando, und ich fordere euch jetzt schon auf, bei den Einsätzen mit unvergleichlicher Härte vorzugehen. Wir haben es mit

einem äußerst engmaschigen Netz von Widerstandsnestern zu tun. Diese müssen effektiv bekämpft werden.
Euer Marschbefehl lautet: bei Sonnenaufgang in voller Adjustierung Aufbruch zum Zielort. Wie wir schon gehört haben, ist die Tiroler Grenze im Lesachtal Ziel- und Endpunkt unserer Mission.
Noch Fragen? – Keine? Abtreten!"
Sprach's und weilte in Gedanken bei der Vorstellung, morgen aufbrechen zu müssen und somit Elsbeth, kaum dass er dieses Wesen kennen gelernt hatte, auch schon wieder zurücklassen musste.
Reauserp war einer der Letzten, die sich anschickten, den Appellplatz zu verlassen. Seine Haltung war militärisch, als er den Soldaten bei ihrem Abgang scheinbar zusah. Doch er starrte förmlich durch das Regiment hindurch und musste darauf bedacht sein, eine gewisse Verklärung der eigenen Gesichtszüge zu vermeiden. Innerlich war er angeschlagen. Er versuchte fast krampfhaft die tiefgehende Leere seines Blicks zu überwinden, als sich ihm ein Kavallerist in den Weg stellte.
„Herr Leutnant, melde gehorsamst, Philipp Maloir!
Oberst Merle hat mich beauftragt, Euch zu unterstützen. Ich soll Euch in dieser Mission deshalb begleiten, weil ich auf Informationen bezüglich der Männer zurückgreifen kann, falls solche gebraucht werden. Die Leute vertrauen mir, und ich kenne sie ziemlich gut. Wenn Ihr also Näheres wissen wollt, ich stehe zu Euren Diensten."
„Sergeant, ich danke Euch. Vorerst habe ich keinerlei Fragen, und bis morgen früh scheint alles geklärt zu

sein. Zu gegebener Zeit werde ich aber sicher auf Euer Angebot zurückkommen."
Mit nicht zu leugnender Erleichterung wollte Reauserp das Gespräch rasch beenden, obwohl er militärisch und auch menschlich das Angebot Maloirs begrüßte, da bemerkte er, dass der Sergeant noch etwas loswerden wollte.
„Gibt es noch etwas? Nur heraus damit."
Maloir wusste nicht so recht, wie er sich ausdrücken sollte.
„Die Männer ... sind etwas nervös, ich dachte, es wäre ganz gut, wenn alle nach den abendlichen Vorbereitungen noch einen Schlaftrunk nehmen könnten ... oder zwei, im Wirtshaus."
Reauserp überlegte nicht lange.
„Keine Betrunkenen, und morgen sind alle vollzählig angetreten, bei Sonnenaufgang! Ist das klar, Sergeant?"
„Jawohl! Ich übernehme die volle Verantwortung."
„Gut", sagte der Leutnant, tippte sich kurz zum Gruß an sein Haupt und ging des Weges.
Maloir zeigte sich erleichtert.
In der Unterkunft traf Reauserp auf Rekruten, die sehr geschäftig wirkten. Geistesabwesend erreichte er seine Lagerstatt und erledigte die Vorbereitungen für den nächsten Tag.
Seine Gedanken kreisten um Elsbeth, schweiften wieder zu seinem bevorstehenden Auftrag ab und alles, was ihn in diesem Zusammenhang erwarten könnte.
Er rollte seine Felddecke zusammen, Munition und Schießpulver wurden vorrätig verstaut.
Sehr schwer wurde es Senah, wenn ihm die bevorstehende Rückkehr in den Sinn kam. Wut stieg in ihm auf, wenn er daran dachte, wie sehr er sich um diese

Aufgabe gerissen hatte. Jetzt war es ihm unerklärlich. Aber er konnte doch nicht ahnen, dass er hier seine Liebe finden würde. Oder hatte er doch gewissermaßen intuitiv gehandelt?
Wie schmerzhaft kann die Kehrseite des Glücks sein. Wenn er an Elsbeth nur dachte, pochte sein Herz bis zum Hals, und in seinem Bauch schien alles verknotet zu sein. Dieses Glücksgefühl der Liebe war so groß, dass es körperlich beinahe weh tat. Gleichzeitig nagte Kummer an ihm. Dieser undefinierbare Schmerz ließ die Grenzen des Bewusstseins verfließen.
Seinen Tabakbeutel durfte er nicht vergessen, doch den trug er ohnehin bei sich, denn diesen würde er heute Abend noch brauchen.
Er sah die Pritsche in dem einfachen Zimmer, welches er mit zwei weiteren Offizieren teilte oder besser, sie mussten es mit ihm teilen. Er konnte nicht einmal sagen, wie er geschlafen hatte, denn ihm kam es so vor, als wäre er letzte Nacht tot gewesen.
Seinen Degen nahm er ebenfalls ab, das Bajonett verstaute er zwischen seinen Sachen, es sollte niemanden neugierig machen. Es befand sich jedoch unter den Männern kaum jemand, der in diesen Stunden nicht mit sich selbst intensiv zu tun hatte.
Appetit verspürte er keinen, und doch musste er vernünftigerweise etwas zu sich nehmen. Natürlich, er würde im Wirtshaus zu Abend essen, wenn auch nicht viel. Er wollte es genießen, wenn Elsbeth ihm das Mahl zubereiten und bringen würde.

Die Sonne war bereits hinter dem Horizont verschwunden. Ein linder Sommerabend hatte begonnen, und Senah wünschte, er würde nie enden. Er steckte

noch rasch ein paar Münzen in seine Tasche und verließ die Unterkunft.
Mit festen, großen Schritten eilte er hinaus, bereits im Begriff, das Gebäude zu verlassen, da kam ihm sein Pferd in den Sinn. Augenblicklich schwenkte er in Richtung der Viehunterkünfte. Unter dieser Unzahl von Gäulen musste er sein eigenes Reittier erst suchen. Doch dazu brauchte er nicht lange. Ein paar gezielte Blicke, und er fand seine Braune auch schon.
Reauserp bemerkte sofort, dass sie gut versorgt und wieder zu Kräften gekommen war. Er strich über das Fell der Stute, tätschelte ihren Hals und berührte freundschaftlich den vertrauten Kopf des Tieres. Dabei flüsterte er ihr beruhigende Worte ins Ohr. Sie schnaubte behaglich.

Elsbeth war wieder an ihrem Arbeitsplatz. Sie hatte sich nur wenig verspätet.
Sie bemühte sich auch sehr, so unauffällig wie möglich zu wirken. Das alleine war aber schon ungewöhnlich.
Rosi Bachlechner, die Wirtin, wunderte es, dass Elsbeth heute noch nichts gegessen hatte. Fast sorgte sie sich ein wenig, denn dies war sonst nicht Elsbeths Art. Schmunzelnd stellte sie fest, wie der Mensch Gewohnheiten anderer wahrnimmt.
Sie konnte es trotzdem nicht unterlassen und fragte: „Elsbeth, hast du heute gar keinen Hunger?"
Das Mädchen, das ein wenig von seinen Gedanken lassen musste, erwiderte: „Nein, eigentlich noch nicht."
Elsbeth hoffte, dass Rosi, die sehr hartnäckig sein konnte, nicht weiter nachfragen würde.
Ja, es gab keinen Zweifel, sie war leicht angeschlagen, die Liebe hinterließ Spuren. Deshalb musste sie bemüht sein, sich ganz natürlich zu geben und einen Ausgleich in der Arbeit suchen.
Heute Abend kam es ihr im Schankraum noch ungewohnt ruhig vor, wenn sie sich so umsah. Um diese Zeit ging es sonst bereits hoch her, und der Wirt konnte sich nicht, so wie jetzt, hinter dem Tresen in Ruhe ein Glas genehmigen.
Elsbeth war schon wieder flink, mit vollen Händen, zu den Gästen unterwegs. Die Wirtin blickte skeptisch hinterher.
An den wenigen von Soldaten besetzten Tischen wurden die Blicke auf das Serviermädchen gerichtet, wenn dieses sich ihnen näherte.
Sie war das hübscheste Geschöpf, das man sich nur vorstellen konnte, und ihr Wesen wirkte sanft. In dieser zerfurchten Zeit bedeutete dies sehr viel.

Die französischen Soldaten waren auch Menschen, die in der Mehrzahl nicht unbedingt freiwillig hierher gekommen waren. Die Kluft zwischen der ansässigen Bevölkerung und der fremden Hausmacht war vielleicht in diesen Stunden am deutlichsten zu bemerken – abends im Wirtshaus.
In einem Hinterzimmer der Gaststube setzten sich die Heimischen mit ihresgleichen auseinander. Mit Fortdauer des Abends wechselten sie jedes Mal wieder zur verbotenen Sprache ihres Dialekts. So konnten sie sicher gehen, dass sie kein Franzose bei ihren hitzigen Debatten auch nur annähernd verstehen würde.
Elsbeth stand zwischen den Fronten. Sie pendelte von der angestammten Welt in die fremde, bemühte sich eine Brücke zu schlagen. Ihr Herz und auch ihr Verstand versuchten, meist zweifelnd, immer eine Übereinkunft zu bilden, heute ganz besonders.
Im Hinterzimmer des Wirtshauses hatten sich wie üblich an zwei großflächigen Tischen, an denen jeweils etwa fünfzehn Personen saßen, die Dörfler versammelt. Der eine Tisch mit älteren Männern, der zweite mit jüngeren, kräftigen Burschen.
Der Abend war noch unbelastet und entsprechend verhielten sich die Menschen. Die jungen Männer sprachen wenig bis gar nicht, verständigten sich eher über Gesten und mit ihren lebendigen Augen. Sie waren sich in ihrer Gesinnung einig, denn diese Abende dienten hauptsächlich ihren weiteren Verabredungen. Deshalb dauerten ihre Zusammenkünfte meist länger als die Gelage der Soldaten.
Jeder Einzelne von ihnen war Teil des Widerstandes gegen die französischen Besatzer. Jeder war sich seiner

Mission bewusst und wählte lieber den eigenen Tod, als sich diesem Schicksal tatenlos zu fügen.
Ausdruckslos waren die Gesichter der alten Männer. Ihre Augen blickten müde, und der Glanz war daraus gewichen. Stumm sprach die Härte des Lebens aus ihnen, und manche schien dieses Leben gebrochen zu haben. Nicht zuletzt deshalb, weil es für sie nach all den Entbehrungen unbegreiflich war, gegen Ende des eigenen Lebens noch unter einem fremden Joch zu stehen. Sie wollten nur eines noch – Freiheit, hatten aber wenig Zuversicht. Dieser winzige, übriggebliebene Keim an Hoffnung saß in Form der jungen Burschen am Nebentisch. In ihnen erkannten sie die Blüte der eigenen Jugend wieder.
Die Alten hatte furchtbare Angst, dass es zu spät sein könnte, dass sie in dieser Unfreiheit letztendlich ihr Leben lassen mussten und sozusagen in besetzter Erde begraben werden könnten. Keine Ruhe würden sie finden. Von ihnen erhoffte sich niemand mehr etwas, tatenlos verstrichen ihre Tage, so als würde es sie gar nicht mehr geben. Das schmerzte noch mehr als ein naher, unfreier Tod.
So tranken und rauchten sie meist stumm vor sich hin und grübelten in sich hinein, die Hoffnung nicht aufgebend, solange sie das Feuer in den Augen der jungen Männer noch lodern sahen.
Elsbeth kümmerte sich um diese beiden Tische im Hinterzimmer, solange es im vorderen Schankraum noch nicht viel Betrieb gab. Auch hier hellten sich die Gesichter auf, wenn das Mädchen den Raum betrat. Seine Natürlichkeit und Freude in den Augen hob auch ihnen die Herzen an. Die jungen Männer hielten ihr Werben krampfhaft zurück, da Bachlechner auch ihnen

unmissverständlich gedroht hatte, Elsbeth nicht mehr bei den Gästen arbeiten zu lassen, wenn auch nur einer zudringlich werden sollte.
Die Burschen waren an diesem Abend besonders aufgebracht. Sie hatten die Information über den bevorstehenden Aufbruch ins Lesachtal auf Umwege erhalten. Mittlerweile wusste im Dorf jeder Bescheid, auch in Hermagor machte es schon gerüchteweise die Runde. Alle konnten sich denken, dass in dieser unseligen Stimmung der Franzosen keine guten Absichten auszumachen waren.
Zwar wollten sie die Abwesenheit der Soldaten hier nutzen und selbst einige Aktionen zu Stande bringen, doch die Sorge um die Menschen im oberen Teil des Landes überwog.
Unter den gehetzten Blicken an diesem Tisch war jener des Albert Hager, eines Bauernsohnes aus der Gegend. Er war äußerst erregt, denn verzweifelt brach er hervor: „Diese verfluchten Schweine, wenn ich nur wüsst' wie ich sie aufhalten könnt'. Man müsst' sie in ihrem Suff in die eigenen Bajonette treiben."
Kaum hatte er dies herausgepresst, fuhr Johannes Hinterleitner, ebenfalls ein angehender Bauer, aufgebracht dazwischen: „Bist du nicht ganz g'scheit, Albert? Wir müssen uns da eisern zurückhalten, sonst ist unsere eigene Mission in Gefahr. Du weißt, was jedem von uns blüht, wenn irgendjemand ein falsches Wort hört oder auch nur glaubt, eines gehört zu haben. Dann sind wir fällig!"
Albert war trotzdem nicht zu halten: „Ja, ist dir eigentlich klar, Hans, was dies Menschenleben kosten wird, wenn die morgen ausrücken werden?"

„Pass auf Albert, das ist etwas, was du nicht ändern kannst, außerdem sind unsere Leut' gewarnt worden, mehr können wir vorerst nicht machen. Hier, in unserem Bereich müssen wir sie zermürben und dabei äußerst vorsichtig sein, denn es hilft keinem, wenn jemand den falschen Helden spielt."

Rupert, der Knecht, der die ganze Zeit stur ins Leere geschaut hatte, geistesabwesend, nur zwischendurch wie automatisiert einen Schluck Most nahm, setzte zu einem schauderhaften Kauderwelsch an.

Er, der nie richtig zu sprechen imstande gewesen war, wollte sich immer eifrig an den Diskussionen beteiligen. Hören konnte er gut, aber wie weit er in der Lage war zu begreifen, wusste niemand. Jedenfalls begann er mühsamst zu artikulieren. Verstehen konnten ihn zum Teil nur die Alten.

Doch Ruperts Einsatz war wie eine Zäsur in den Gesprächen der Männer und konnte niemanden schaden, da die Franzosen ihn natürlich nicht verstanden und obendrein für schwachsinnig hielten. Doch in jedem scheinbaren Narrenverstand ist ungeschminkt der Ausdruck von Wahrheit vorhanden. Rupert war der lebende Beweis für das nachhaltige Gefühl von Besorgnis. So ließ man ihn wie immer gewähren, nicht zuletzt deshalb, um durchzuatmen, Pfeifen zu stopfen, Zigaretten zu drehen, einfach um sich zu beruhigen.

Er, Rupert, war sich zumindest bewusst, nicht ausgestoßen, kein Außenseiter in dieser, in seiner Gemeinschaft zu sein. Für ihn war es fast verpflichtend, sein Mitgefühl zum Ausdruck zu bringen, auch wenn er sich unendlich schwer dabei tat.

Langsam begann das vordere Gastzimmer, die übliche Anzahl an Soldaten zu erreichen. Der Lärmpegel wurde spürbar höher, obwohl die sonstige Ausgelassenheit fehlte.
Die Spannung im Hinterzimmer überwog noch die Lustlosigkeit der Franzosen. Das Leben im Wirtshaus geriet in einen Zustand, der die Stimmung atmosphärisch auf eine Zerreißprobe stellte. Die Menschen darin spürten dies zwischen ihren Köpfen, standen dem machtlos gegenüber und begannen zu trinken.
Das Haus besaß außer diesen beiden Gasträumen noch weitere im hinteren Teil, welche alle mit Türen zu verschließen waren. Nur der große Gastraum im vorderen Teil, direkt verbunden mit dem kleineren Hinterzimmer, besaß in dieser Verbindung keine Zwischentüre. Beide Räume waren nur durch die Schank getrennt.
Die Bärte der alten einheimischen Talbewohner zuckten. Die Nerven in ihren Gesichtern spielten verrückt. So mancher wäre am liebsten hinausgelaufen und hätte den Franzosen übel mitgespielt. Doch die Möglichkeit war nicht vorhanden. Sie wurden zum Zuschauen verurteilt, und auch den Jungen war besser geraten, ihre Aggressionen zu unterdrücken.
Schleppend begann das Geschäft anzulaufen, Rosi, die Wirtin, eilte zwischendurch immer wieder aus der Küche zur Schank, denn der Wirt musste Elsbeth unterstützen. Die Wirtin verstand es gekonnt, neben der Schönheit und jugendlichen Unschuldigkeit von Elsbeth nicht zu verblassen. Sie präsentierte sich als Frau mit Reife, mit makellosem Charme und der Attraktivität ihrer Person. Das ergab ein Bild mit Charisma, ebenso dazu geeignet die dumpfe Stimmung

zu entspannen, waren doch solche Frauen zu jener Zeit sehr selten anzutreffen.
Wäre da nicht zum Leidwesen Bachlechners der Umstand und die Tatsache gewesen, dass Rosi auch als Frau sehr reizend war. Trotz ihrer Nähe zum vierzigsten Lebensjahr beeindruckte sie. Ihr Haar trug sie meist zu einem aufgedrehten Zopf gebunden, die reizenden Formen waren Blickfang, denn sie hatte an den richtigen Stellen ihre weiblichen Vorzüge.
Sie kostete auch ihre Auftritte aus, in jeder nur erdenklichen Hinsicht. Rosi genoss die bewundernden Blicke der französischen Männer, die zum Teil rassige, dunkle Kerle waren. Selbstbewusst erkannte sie, das sie nirgends sicherer sein konnte als in einem Haufen balzender Männer. Keinen ließ sie zu nahe kommen, auch wenn sie gerne mit jenen kokettierte, die sich anmaßten, Komplimente auszusprechen. Vor allem die fremde Sprache hatte es der Wirtin angetan. Die Artikulierung von Floskeln wirkte bei betrunkenen französischen Offizieren noch immer vornehm.
Mittlerweile gab es keinen einzigen freien Sitzplatz mehr im Wirtshaus. Die Franzosen hatten den Wirt schon des öfteren darauf hingewiesen, dass es im hinteren Bereich des Gasthofes noch Räume gebe. Doch dieses Ansinnen lehnte der Wirt noch immer mit der Begründung, die Soldaten könnten zu vorgerückter Stunde außer Kontrolle geraten, ab. Er selbst, seine Frau und Elsbeth konnten zudem einfach nicht noch mehr arbeiten, und die Gäste würden unzufrieden werden, wenn sie noch länger warten müssten. Es war sicherlich auch ein ernstgemeinter Grund, die Angst vor Turbulenzen und unruhigen Geistern in mehreren Gastzimmern. Doch war es ihm in jedem Falle äußerst

wichtig, alles in Sichtweite zu haben. Das konnte er hier von seiner Schank aus am besten. Es war ohnehin schon schwierig genug die Übersicht zu bewahren, wenn der große Schankraum aus allen Nähten zu platzen drohte.
Solches begab sich an jenem Abend. Es herrschte zwar ein reges Kommen und Gehen, weil die meisten der Rekruten nicht zu lange blieben, dafür aber kamen mehr als an gewöhnlichen Tagen. Und es waren etliche dabei, welche *ordentlich* Abschied nahmen. Schlicht ausgedrückt – das Gastzimmer war hoffnungslos überfüllt.
Immer mehr drängten zum Tresen. Bachlechner kam kaum mit dem Ausschenken nach. Doch es wurde flink gearbeitet.

Im Hinterzimmer, dort wo die Dorfbewohner zu Tisch saßen, fühlte man sich wieder vernachlässigt. Elsbeth hatte kaum mehr Zeit in diesen Raum zu gehen, denn die Arbeit hielt sie im vorderen Gastraum fest.
Die Jungen maulten schon lautstark in den Schankraum, doch bei dem Lärm konnte niemand mehr etwas verstehen. Rosi Bachlechner versuchte so gut es möglich war, den Wünschen im hinteren Zimmer nachzukommen, musste jedoch auch in der Küche ihre Arbeit verrichten. Ungeduldig kamen bereits erste Unmutsäußerungen.
Argwöhnisch blickten einige Soldaten, welche am Tresen standen, in den offenen Durchgang zum rückwärtigen Gastraum. Der Zugang befand sich im hinteren Schankbereich, man konnte einander, Dörfler und Franzosen, nicht sehen.

Bachlechner geriet immer mehr ins Schwitzen. Das war natürlich in erster Linie auf seine erhöhte Arbeitsleistung zurückzuführen. Allerdings blieb es auch ihm nicht verborgen, wie die Gemüter im Hinterzimmer hochgingen und unter den Soldaten im Bereich der Schank ebenfalls Unruhe im Begriff war zu entstehen. Die Nerven waren blankgelegt, und das hatte natürlich seine Gründe.
Der Wirt wagte es nicht, dort nach dem Rechten zu sehen und somit die durstigen, nervösen Soldaten auch nur für Augenblicke allein zu lassen. Der Tumult unter den Einheimischen wurde größer, aber es ließ sich keiner vorne blicken.
Elsbeth bekam von dieser Anspannung am wenigsten mit, denn sie war zwischen den Tischen unterwegs. Sie kam nur kurz zur Theke, um neu aufzuladen.
Rosi suchte zu ihrem Mann Blickkontakt und gab diesem zu verstehen, dass sie sich der Sache annehmen werde. Dankbar fing er ihren Blick auf und beschwor sie mit seinen Augen.
Als Rosi das Hinterzimmer betrat, brach der Tumult abrupt ab. Sofort deutete sie den Männern weiterzusprechen. Das gelang aber keineswegs zufrieden stellend.
„Seid ihr verrückt, auf einmal so leise und still zu sein? Redet weiter, unterhaltet euch in entsprechender Lautstärke!“
Einige maulten zurück, dass sie es sich nicht mehr bieten lassen wollen und ähnliches.
„Wollt’ ihr Krieg, auch im Wirtshaus? – Seid doch nicht so verbohrt, ihr könnt’ euch doch ausmalen, wie so etwas ausgehen würd’“, ließ Rosi die Männer wissen.

„Ihr wisst' es doch selbst am besten. Kommt, ich werd' eure Gläser und Krüge auffüllen, vielleicht geht's euch dann besser."
Ein Alter mischte sich ein: „Wie willst denn du, junges Weib, uns schon verstehen? Auch wenn du sagst, dass du es tust – unsere Lasten müssen wir selbst schleppen."
Er wandte sich ab.
Bevor Rosi noch etwas erwidern konnte, ertönte aus dem allgemeinen Gewirr eine fahrige Stimme.
„Was ist mit uns Jungen, wo wir noch dazu Weib und Kinder haben, glaubst unsere Aussichten sind besser? Noch dazu, wenn man nicht weiß, was kommen wird", setzte Johannes in Richtung der Alten, „und ihr habt noch den Tod als Ausweg."
Rosi sammelte einstweilen die leeren Gläser ein, mahnte nochmals zu mehr Besonnenheit und ging mit den Worten: „Seid vernünftig!"
Die verbalen Auseinandersetzungen gingen zwar weiter, aber schon etwas gedämpfter. Als Rosi mit vollem Geschirr wiederkehrte, mäßigten sich die Hitzköpfe merklich.
Bachlechner atmete draußen hinter der Theke durch. Die französischen Soldaten waren mittlerweile auch abgelenkt, weil versorgt. Der Zustrom an neuen Gästen schien auch unterbrochen, und so konnte man sich auf Gegebenes konzentrieren. Die Stimmung war weniger gereizt und deutlich ruhiger geworden. So etwas übertrug sich sofort atmosphärisch.
In genau dieser Phase des Stimmungswechsels betrat der Kommandant für die Sondermission, Leutnant Senah Reauserp, das Gasthaus. Er kam, wie alle Franzosen, durch die Vordertür, schloss diese, blickte

vielsagend in den Raum und trug mit seinem Erscheinen wesentlich zur Beruhigung der Lage bei.
Seine Augen suchten Elsbeth. Doch das wusste niemand. Die Soldaten meinten, dass die Blicke, die er mit stoischer Ruhe aussandte, ihnen galten. Seine prüfenden Augen suchten jedoch sie. Er fand sie aber nicht gleich, denn die Gaststube war vollgefüllt mit Menschen, die sich bewegten. Köpfe sprangen auf und ab, bewegten sich hin und her, befanden sich tiefer und höher. Deshalb blieb er an der Tür stehen und suchte systematisch nach dem hübschesten Kopf, den er kannte.
Die Männer deuteten dies als Kontrolle und stutzten, wobei der Ablauf im Treiben der Soldaten langsamer wurde, was wiederum den Leutnant bei seiner Suche unterstützte.
Und dann sah er sie, mitten im Raum stand sie verloren und starrte wahrscheinlich diese ewig langen Sekunden schon zu ihm hin. Ihre Blicke trafen sich. Sie, die ihre Freude bei seinem Eintreffen kaum verbergen konnte, war aufgeregt wie nie zuvor. Er, dessen Herzschlag sich abrupt erhöhte, spürte ein flaues Gefühl in seiner Magengegend.
Und doch, sichtlich erleichtert nahm er sie wahr. Ihre Augen trafen sich zu einer kurzen, aber intensiven Übereinkunft. Erst jetzt sah er sich von den starrenden Blicken seiner Soldaten umgeben. Etliche schauten ihn schon direkt an, in Erwartung eines Befehls. Reauserp setzte sich schließlich in Bewegung und steuerte direkt auf die Theke zu. Den scheuen Blicken seiner Rekruten begegnete er kameradschaftlich, indem er solche erwiderte.

Elsbeth fühlte nach diesen Augenblicken ihr Herz am Hals. Äußerlich hatte sie bereits wieder Fassung erlangt, und sie glaubte nicht, dass jemand Verdacht geschöpft hatte. Dazu war der Ort zu bevölkert und von den Soldaten zu stark vereinnahmt. In dieser Szenerie war ihrer beider Intimsphäre unbewusst geschützt worden.
Reauserp lehnte angespannt am Tresen und trank ein Bier. Er musste sich zwingen, nicht nach Elsbeth zu sehen, hielt aber Ausschau nach einem freien Platz. Er hatte die Absicht eine Kleinigkeit zu essen, nur um in die Nähe von Elsbeth zu gelangen.
Als er das leere Glas wieder auf den Tresen stellte, sprach Bachlechner ihn an: „Habt Ihr Fräulein Elsbeth heute angetroffen?"
Reauserp hatte ganz vergessen eine glaubhafte Ausrede für den Wirt bereitzuhalten. Noch dazu hatte er mit Elsbeth nicht das Geringste abgesprochen. Was sollte er nun antworten, ohne zu wissen, ob Bachlechner nicht auch sie darauf angesprochen hatte.
Er blickte hilfesuchend zur Seite und tat, als verstünde er nicht ganz. Elsbeth bemerkte diese Szene nicht, denn sie tat ihre Arbeit zwischen Tischen und Stühlen und war so für ihn keine Hilfe.
Bachlechner, nachdem er kurz abgelenkt worden war, versuchte es nochmals.
„Das Mädchen," er deutete in ihre Richtung, „Elsbeth. Habt Ihr den Weg gefunden, der zur Schmiede führt?"
Reauserp reagierte.
„Ich wollte mich nur bedanken ... für gestern Abend. Ich war gestern nicht sehr freundlich, und außerdem hatte ich heute etwas Zeit. Da dachte ich, ein kleiner Spaziergang könnte nicht schaden. Das Fräulein war

mit ihrer Hausarbeit beschäftigt, und ich habe nur kurz danke gesagt."
„Ja, ja, Elsbeth ist immer fleißig, sie hat's nicht leicht und ist doch immer fröhlich. So eine wie sie kann man suchen."
Reauserp nickte.
„Ihr zukünftiger Mann kann sich einmal freuen, so eine Frau im Haus zu haben, aber sie wird sich hoffentlich noch Zeit lassen. Außerdem hat sie es mit ihrem trunksüchtigen und gewalttätigen Vater nicht leicht."
Bachlechner merkte selbst, wie er sich verplauderte, und Reauserp tat unglaublich teilnahmslos. Schließlich fragte sich der Wirt, weshalb er das eigentlich erzählte.
Senah riss ihn dann endgültig aus seinen Gedanken, als er dem Wirt zurief, er solle ihm noch ein Bier hinstellen. Der Leutnant erspähte bald einen herrenlosen Stuhl. Ungeduldig wartete er auf sein frisches Bier, nahm es und versuchte schleunigst den freien Sitzplatz zu erreichen.
Als er sich an den besagten Tisch setzte, prostete er den Soldaten zu und trank auf ihr Wohl. Diese entgegneten mit einem müden Lächeln. Den Gesichtsausdrücken zufolge, waren sie alle Rekruten der bevorstehenden Mission. Reauserp versuchte ein Gespräch zu beginnen, um eine gewisse Vertrauensbasis zu schaffen.
„Seid ihr morgen mit von der Partie, Leute?"
Es sollte eigentlich wagemutig und einladend klingen, doch es war kläglich und überzeugte nicht einmal ihn selbst. Nach einigem Zögern nickten die äußerst jungen Soldaten wie Marionetten. Erst hier bemerkte auch Reauserp ihre Unreife und Unbeholfenheit.

Was sagt man nun solch verschreckten Gemütern? Wie erklärt man ihnen die Notwendigkeit der Situation? Gibt es denn überhaupt zwingend eine solche?
„Trinkt euer Bier aus und begebt euch zur Ruhe, ihr werdet morgen froh sein, wenn ihr ausgeschlafen seid."
Seine Miene war ernst geworden. Was taten sie eigentlich hier in diesem Land? Er fühlte sich nicht wohl bei dem Gedanken und musste doch für Disziplin sorgen. Nachdenklich geworden trank er sein Bier, als plötzlich Elsbeth neben ihm stand.
„Darf ich Euch etwas zu essen bringen, Herr Leutnant?"
Senah, ziemlich verdutzt durch ihre überraschende Nähe, gepaart mit seiner Unaufmerksamkeit, hörte gar nicht richtig zu. Ihre Frage musste bei ihm erst ankommen. Als er endlich begriffen hatte und dabei nicht lassen konnte sie anzusehen, nickte er nur. Immerzu bewegte er seinen Kopf auf und ab. Es war ihm völlig gleichgültig, was er serviert bekäme, nur wiederkehren sollte sie bald.
Elsbeth ging so rasch wie sie gekommen war, um nur ja kein Aufsehen zu erregen. Senah benahm sich ohnehin schon sonderbar genug. Ihr Herz schlug gleich um einiges schneller. Schon wollte sie in der Küche verschwinden, da fiel ihr ein, dass sie eigentlich nicht für die Zubereitung der Speisen zuständig war. Zwischen den dichtbesetzten Tischen zwängte sich Elsbeth zur Theke. Der Wirt hatte bereits ein großes, schweres Tablett samt Getränken bereitgestellt und schob es ihr hin. Elsbeth, die überhaupt nicht darauf achtete, fragte ihn nach seiner Frau.
„Aber die Getränke, Elsbeth!"
Das Mädchen winkte ab.

„Mach' ich gleich. Sag' schon, wo ist Rosi?"
„Na, im Hinterzimmer. Wo wird sie schon sein?"
Kaum hatte er ausgesprochen, war Elsbeth an ihm vorbei, hinter dem Tresen und im Nebenraum verschwunden. Kopfschüttelnd schaute der Wirt ihr hinterher, nahm nun selbst das Tablett und brachte den Männern die Getränke.
„Rosi!", rief Elsbeth fast zu aufgeregt.
Die Wirtin, noch im Gespräch mit den Dörflern, drehte sich um und sah Elsbeth fragend an.
„Rosi, bitte eine Jause für den Herrn Leutnant, er ist eben erst gekommen."
Die Bachlechnerin maß sie fast vorwurfsvoll und schien irritiert.
„Ich versteh' nicht, weshalb du heute so anders bist. Du wirst doch nicht krank werden?"
Ist Liebe eine Krankheit, dachte Elsbeth bei sich. So hatte sie die Umstände auch noch nicht gesehen. Sie bemühte sich, gelöst dreinzuschauen.
„Außerdem, wo sitzt dieser feine Herr, der es nicht erwarten kann?"
Elsbeth fügte noch schnell hinzu: „Ich bring' es ihm dann schon, das Essen."
Im Hinausgehen rief Rosi über ihre Schulter zurück.
„Nein, nein, wenn ich schon des Leutnants Mädchen sein soll, dann bitte für alles."
„Schau dir nur die Weiber an, wie sie rennen, wenn so einer pfeift", rief einer der Burschen hinterher.
„Ja, genau", wiegelte ein zahnloser Alter die hitzigen Gemüter der jungen Männer noch weiter auf, „für uns hab' ich noch keine so laufen g'sehn."

Elsbeth drehte sich noch in der Tür um und stellte kühl fest: „Ihr seid ja auch nicht annähernd so viele, wie die da draußen."
Sie schaute auch noch nachdrücklich in die Runde, die Männer schwiegen, und sie verschwand.

Rosi steuerte, die Jause auf einem Holzbrett, direkt auf Elsbeth zu.
„Na, wo ist er denn zu finden, unser Leutnant?"
Elsbeth, die natürlich viel lieber selbst die Mahlzeit gebracht hätte, blickte in Richtung Senah.
„Dort, wo die Soldaten aufstehen, der junge Leutnant mit dem Oberlippenbart, der einzige, der Platz behält."
Rosi, die aufmerksam dem Blick Elsbeths folgte, sah den jungen Offizier. Dieser war in dem Moment vom Weggehen seiner Tischgenossen abgelenkt und bekam so nicht mit, welch begehrenswertes Ziel er geworden war.
„Ah, den habe ich aber hier noch nicht gesehen, dieser fesche Junge wäre mir aufgefallen", war Rosi sichtlich erstaunt.
„Er ist auch erst gestern Abend ...", wollte Elsbeth noch hinzufügen, doch die Wirtin schritt bereits zu Reauserps Tisch.
„Herr Leutnant, ein kleiner Happen wie gewünscht."
Senah überrascht und enttäuscht zugleich, dass diese Frau und nicht Elsbeth ihn bediente, dankte leicht verlegen.
„Darf ich den Herrn Leutnant fragen, wo Er sich bis heute versteckt gehalten hat? Gesehen habe ich Ihn hier noch nie ... Er wäre mir aufgefallen", ließ sie Reauserp etwas anmaßend wissen.

Senah, der alles andere als eine neugierige Befragung wollte, wehrte sie unmissverständlich ab: „Ich bin in streng geheimer Mission unterwegs. Eigentlich habe ich schon zuviel gesagt, trotzdem vielen Dank für Euer Bemühen.“
Er nahm ihr die Jause aus der Hand, die sie noch immer festhielt, so, als wollte sie diese gar nicht hergeben.
„Ach ... na, ja, wenn das so ist ... guten Appetit“, erwiderte Rosi brüskiert und zog mit beleidigtem Gesichtsausdruck ab.

Der Abend war spät geworden. Der Schankraum hatte sich etwas geleert, man konnte sich wieder besser bewegen. Nicht wenige der Soldaten hatten sich an die Empfehlungen des Leutnants gehalten und waren bald wieder verschwunden. Es wollte keine rechte Stimmung aufkommen.
Philipp Maloir war noch anwesend, er wusste, welche der Männer zum Trupp gehörten. Nachdem er sehr gewissenhaft war, wollte er solange vor Ort bleiben, bis der letzte Mann aufgebrochen war.
Der Wirt konnte an der Theke wieder durchschnaufen, und die aufgewühlten Stimmen aus dem Hinterzimmer waren wieder deutlicher zu vernehmen.
Reauserp machte es sich auf dem Stuhl so bequem wie möglich, bestellte noch ein Bier und wartete, um endlich ein paar Worte mit Elsbeth wechseln zu können. Als sie mit dem Krug kam, sah er sie fragend an.
Ganz entschlossen blickte sie in seine Augen. So leise wie möglich sagte sie in knappen Anweisungen: „Heute Nacht bin ich hier im Haus. Über die Treppe im ersten Stock befindet sich meine Kammer, die letzte Tür auf

der rechten Seite. Bitte komm', ich warte auf dich. Es gibt einen Hintereingang zum Haus."
Senah gab keine Antwort, fixierte sie nur mit seinen Augen.

Schließlich ging es auf Mitternacht zu. Die letzten Gäste verließen das Wirtshaus, unter ihnen auch der Leutnant. Er musste nur danach trachten, nicht gemeinsam mit anderen Soldaten die Stube zu verlassen, denn sonst wäre es schwierig gewesen, sein Vorhaben umzusetzen.
Wie fast jede Nacht gesellte sich der Wirt zu seinen Freunden ins Hinterzimmer. Die Wirtin hatte meist noch einige Handgriffe in der Küche zu verrichten. Elsbeth ging nach erledigter Arbeit in ihre Kammer.

Ein Schatten huschte durch die klare, helle Sommernacht.
Der Mond erreichte beinahe seinen vollen Umfang, es fehlte nicht mehr viel. Lau hing der Sommer über dem Tal. Ganz deutlich konnte man die Bergrücken, die sich vom Himmel abhoben, ausmachen.
Im Wirtshaus war noch schwaches Licht zu sehen. Ungehalten waren die Flüche und verbalen Attacken der Dörfler. Wie immer zu fortgeschrittener Stunde machten sie sich Luft, diesmal ganz besonders.
Senah versuchte lautlos der Wand entlang zu gleiten. Einige Stimmen entfernten sich vom Wirtshaus und wurden von der Nacht aufgenommen. Es waren noch vereinzelt Soldaten unterwegs, auf ihrem Weg zu den Quartieren. Senah wartete bis die Laute verhallten. Zu lange durfte er sich auch nicht Zeit lassen, denn dann würde die Hintertür abgesperrt sein – wenn sie es nicht schon war. Bei diesem Gedanken fühlte er eine leichte, krampfartige Leere in der Bauchgegend.
Langsam schlich er weiter, sich davon überzeugend, im Hinterhof alles ruhig vorzufinden. Einige Stimmen, die aus der Entfernung noch zum Gasthof getragen wurden, verklangen im Nichts. Er konnte seine Gedanken davon lösen.
Endlich stand er vor der Tür, die vom Hof ins Haus führte. Lautlos drückte er die Klinke. Vor Anstrengung stand ihm der Schweiß auf der Stirn. Er bemühte sich, keinen Lärm zu machen, doch die Tür bewegte sich nicht. Noch einmal drückte er vorsichtig und noch einmal – nichts, abgeschlossen.
Senah wollte es nicht glauben. Sollte er seine Liebe nicht mehr sehen können, bevor er morgen abziehen musste? Es durfte nicht sein.

Er mahnte sich, innerlich Ruhe zu bewahren, es musste ein Weg gefunden werden. Er liebte Elsbeth, und sie wartete auf ihn. Senah konnte und wollte sie nicht enttäuschen. Er musste zu ihr. Nur wie?

Im oberen Geschoss des einstöckigen, großräumigen Hauses war Elsbeth bereits in ihrer Kammer. Hier durfte sie bleiben, denn meist arbeitete sie abends, deshalb wollte sie das Wirtshaus zur Nachtzeit nicht mehr verlassen. Sie vermied es auch, nächtens ihrem Vater in die Quere zu kommen. In ihrer Kammer bei den Bachlechner-Wirtsleuten, in der alles Notwendige vorhanden war, fühlte sie sich geborgen und wohl.
Das Fenster des Zimmers war westseitig gelegen, so konnte sie die Dörfler im hinteren Gastraum des Hauses, obwohl diese sich nach wie vor laut gebärdeten, bis auf ein paar wenige Wortfetzen, die im Treppenaufgang verhallten, nicht mehr hören.
Elsbeths Herz übertönte in der Stille des Zimmers jeglichen unpassenden Laut. Das Fenster stand offen, und sie horchte in die Nacht hinaus. Der Mond schien so hell, dass sie sogar auf die Petroleumlampe verzichtete. Mittlerweile schlug ihr das Herz bis zum Hals, denn sie konnte trotz größter Anstrengung kein Geräusch vernehmen, welches darauf hindeutete, Senah irgendwo zu vermuten.
Die Nacht des Sommers war voller natürlicher Klänge, und Senahs gedämpftes Rufen wäre beinahe der Laune der Natur zum Opfer gefallen.
Das Mädchen vernahm sein verhaltenes Rufen: „Elsbeth! Elsbeth!“

Er konnte gar nicht wissen, wo das Fenster zu ihrer Kammer lag, hatte nur geöffnete Fensterbalken ausgemacht und kein Licht gesehen.
Elsbeth beugte sich ohne zu antworten aus dem offenen Fenster. An der vom Mond abgewandten Seite des Hauses konnte Senah ihre Bewegung nur schwer erkennen, doch er machte ihre Umrisse aus. Er deutete ihr, dass das Tor verschlossen sei.
Sie begriff die Situation und musste schnell handeln, zumindest bevor Rosi Bachlechner ihre Arbeit in der Küche beendet hatte. Denn danach blieb die Wirtin nicht mehr im Gastraum, sondern suchte unmittelbar darauf ihre Schlafkammer im Obergeschoss auf. Kaum, dass Elsbeth darüber nachdachte, war sie schon wieder am Fenster, in der Hand den Bund mit den Schlüsseln. Mit einem dumpfen Aufschlag fiel er auf die Erde.
Gespenstisch wirkte es, als Senah im Mondlicht, so leise wie nur möglich, die Schlüssel an der Hintertür probierte. Ziemlich rasch fand er den passenden für das Schloss. Vorsichtig öffnete er das Tor und tatsächlich, für diesen Spalt, den er benötigte, um hineinzugelangen, gab das schwere Tor keinen Laut von sich. Eiligst sperrte er ab, um so schnell wie möglich zu ihr zu gelangen. Er orientierte sich nach der beschriebenen Lage des Zimmers, da merkte er, dass die Dielen ihm noch zum Verhängnis werden konnten. Behände versuchte er auch dieses Hindernis zu überwinden und gelangte so, nahezu abenteuerlich, zur Tür von Elsbeths Kammer. Als er eben ihren Namen flüstern wollte, öffnete sich die Zimmertür, und sie blickte ihn aus der Dunkelheit an. Nur kurz waren beide überrascht, dann fielen sie einander in die Arme.

Sanft zog sie ihn ins Zimmer. Wie sehnte sie sich nach seiner Liebe in dieser Stunde, in der beide hofften, die Zeit möge stehen bleiben.
Stille und ihre gemeinsame, unsagbar starke Liebe umgab sie. Ihre Seelen wurden getragen von unsichtbaren Wellen. Weder sie noch er hatte jemals ein schöneres, erwartungsvolleres, kaum in Worte zu fassendes Gefühl erfahren.
Lange sahen sie einander an, versuchten im fahlen Licht das Gesicht des anderen genau zu ergründen, wurden sich bewusst, wie durchdringend sie verliebt waren.
Sogar die Tür zu schließen, vergaßen sie. Ein leiser, sanfter Hauch wies darauf hin, dass die Luft in Bewegung gekommen war. Das war etwas Besonderes in diesem Sommer, und es tat gut.
Endlich schloss Elsbeth die Tür zu ihrer Kammer und verriegelte sie. Ab diesem Moment gab es nur noch sie beide. Sie beide und Gott in all seinen gütigen Formen. Hier und jetzt hatte er sie zusammengeführt, und Elsbeth dachte ... nein, das konnte kein Denken mehr sein. Kein bisschen weiter, nicht die nächste Minute, schon gar nicht morgen, wollten sie zeitlich sein. Sie kamen nicht in Versuchung zu denken, was kommen könnte, denn es gab nichts mehr, keine Menschen oder irgendwelche Zeitabläufe, die ihre Sinne erreichten.
Die Gefühle brannten wie Feuer in ihren Seelen und Körpern. Kühl hingegen war die Nachtluft, die durch ihre Brisen Anteil hatte am Geschehen.
Noch immer sprachen sie nichts.
Elsbeths Herz glühte erheblich vor Liebe. Sie hatte sich in ihrer Kindheit in einem Umfeld fehlender Geborgenheit aufhalten müssen. Eine nie gekannte

Liebe ließ nun alle Möglichkeiten offen. Ein lange, sehr lange verhindertes Bedürfnis brach hervor und konzentrierte sich in uneingeschränkter Weise auf Senah. Ihm schenkte sie ihr ganzes Vertrauen.
Seine Urempfindungen waren ähnlicher Natur. Trotzdem oder gerade deshalb waren sie wirklich in der Lage, auf den anderen einzugehen. Die Begierde der beiden jungen Menschen weckte die wahre Liebe, und ihre Liebe entfachte das Feuer in ihnen.
In jener Nacht in Elsbeths Kammer entlud sich die aufgestaute, seelenvolle Qual. Diese Nacht sollte zu den glücklichsten Stunden ihres Lebens gehören. Es gibt nicht sehr viele Menschen, die in ihrem Leben auch nur in die Nähe eines solchen Glücks gelangen.
Elsbeth bebte mit jedem Nerv ihres Körpers, erlebte mit losgelöster Seelenlandschaft und den unbenommenen Eindrücken ihres bisherigen Lebens.
Schemenhaft und schwach, im zarten, naturbelassenen Licht jener Mondnacht, sahen sie einander, ertasteten sie sich zaghaft. Rücksichtsvoll, wie um die Nacht nicht ihres natürlichen Fortgangs zu berauben, sie nicht aus dem Gleichgewicht zu bringen, so vorsichtig bewegte sich Senah auf Elsbeth zu. Behutsam nahm er sie in seine Arme, drückte sie sanft an sich, küsste sie in vielen kleinen, unzähligen Küssen auf Gesicht, Hals und Haar.
Elsbeth ließ es geschehen, fühlte einen leichten Schauer über ihren Rücken streichen. Sie spannte jede Faser ihres Körpers. Sie meinte, in eine andere Welt zu versinken.
Über dem Haar seiner Geliebten hinweg sog Senah die befreiende Luft des Nachthimmels ein. Der Duft ihres

Körpers in seiner jugendlichen Würze vermengte sich mit dem Duft der Sommernacht.
Weit hergeholt, aus ihren Träumen gerissen, spürte sie, wie er ihre nackte Haut mit seinen Händen bedeckte. Seine Fingerspitzen erbebten in der Berührung mit ihr. Elsbeth wusste kaum, wie ihr geschah. Nie gekannte Gefühle durchströmten sie, ausgehend von den zärtlichen Händen ihres Geliebten.
Sanft legte er seine Handflächen auf Elsbeths zarten Rücken und ließ sie dort ruhen und kreisen. Die Bänder ihres Kleides wurden dabei gelockert, und dieses bot nur mehr eine fahle Hülle.
Sie schälte sich mit seiner Hilfe unmerklich aus dem Gewand und ließ es lautlos zu Boden gleiten. Mit nackten Füßen stand sie, wie aus einer Blüte entsprungen, inmitten des leblosen, weiß schimmernden Stoffes. Fiebernd fasste sie diese Szenen. Sie bemühte sich um geistige Nähe, doch entglitt immer wieder, war weit weg. Ihr blieb kaum Luft zum Atmen. Sie kämpfte gegen dieses Abhandenkommen ihres Bewusstseins, doch sie verspürte keineswegs Angst.
Senah erlebte Elsbeth als eine einzige, sinnlich atmende Leidenschaft. Ihr Körper und ganz besonders ihre Brüste hoben und senkten sich merklich. Sein Feuer begann bei ihrem Anblick ebenfalls zu glimmen.
Noch immer stand sie reglos in ihrer selbstgefertigten Blüte, mit bloßen Füßen, heiß in den Blutbahnen, mit noch immer bedeckten Brüsten, doch frei an ihren weiß schimmernden Schultern und mit einem von einer fast knielangen Leibhose verhüllten Unterleib.
Seine Hände streichelten noch immer den Rücken der Geliebten. Senah bebte kaum merklich nach außen hin, wohl aber in seinem Herzen. Elsbeths Arme hingen

teilnahmslos herab, sie bemühte sich, an den Händen nicht zu zittern, aber doch, kaum merklich, zuckten ihre Fingerkuppen. Schon wollte sie ihrem Drang, sich festzuklammern nachgeben, doch ihre Scheu überwog noch.
Ihrer beider Augen schlossen sich behutsam, als sich die Lippen aus einer gegenseitigen Übereinkunft heraus aufeinander zu bewegten und fanden. Immer wieder trafen sie kurz aufeinander, bis sie endlich in ihrer urtümlichsten Eigenschaft den anderen zu beruhigen vermochten und die Spannungen lösten. Ihre Liebe bot zahlreiche Facetten, die sich hier in der Form von benetzten, geöffneten, weichen Lippen fand.
Nun waren sie bereit, in ihrer Liebe aufzugehen, dem uneingeschränkten Glück, welches sich ihnen bot, zu folgen. Nur sie selbst waren noch Hindernis gewesen, und in diesem Moment wussten sie nicht mehr warum.
Sein Hemd stand weit offen. Schweiß perlte auf seiner Brust, seinem Hals und seinem Gesicht. Das kurzgeschnittene, dunkle Haar begrenzte in feuchten Locken und Strähnen sein Antlitz. Der Kopf war geneigt, und Senah blickte aus seinen dunklen Augen fordernd und abwartend zugleich auf sie herab.
Ihre Hände glitten langsam seine Schultern empor und bedeckten, ja durchwühlten mit einem Mal zärtlich seine kraus behaarte Brust. Bedächtig öffnete sie den Rest seines Hemdes. Über seinen Rücken streifte sie es ihm ab.
Senah atmete schwerer. Er fixierte diese zierliche Gestalt, die halb bekleidet vor ihm stand. Ihr seidiges, wenn auch heute strapaziertes Haar, rahmte sie gleich einem Engelsgesicht. Dieses Mädchen, das er erst einen

einzigen Tag kannte, liebte er so, kaum mit dem Verstand zu fassen.
Er besaß nichts, und Elsbeth bedeutete ihm alles. Unwillkürlich dachte er an diese Seelenverwandtschaft, von der er einmal gehört hatte.
Irgendwo in seinen Kindheitserinnerungen stieß er auf eine Episode, schemenhaft, in welcher ihm ein alter, ausgemergelter Markthändler auf etwas aufmerksam gemacht hatte. Senah konnte sich entsinnen, dass er immer wieder zu ihm gegangen war, nicht nur weil dieser Mitleid mit seinem, Senahs knurrenden Magen hatte; er hatte dem alten Mann ganz einfach gerne beim Erzählen zugehört.
Unter anderem war er von diesem auch angewiesen worden, sich im Leben an Menschen zu halten, die offenbar mit einem selbst seelenverwandt seien. Senah entsann sich, dass er ungehalten danach gefragt hatte, wie er denn solche erkenne. Der Alte hatte ihm darauf geantwortet, dass die Liebe jedem den Weg weisen würde, er, Senah, möge sich ihr nur nicht verschließen.
„Weise Menschen ... wie wahr es doch ist," murmelte er.
Senah blickte über Elsbeth hinweg. Es schien ihn seine eigene Kindheit festzuhalten.
Zärtlich streichelte sie den Soldaten, um ihn den eigenen Träumen zu entziehen. Flüchtig, mit kurzen Küssen bedeckte Elsbeth sein Gesicht.
„Ich liebe dich", flüsterte er ihr zu.
Seine Augen hatten wieder ganz Besitz von ihr ergriffen, seine Lippen suchten verlangend nach seiner Geliebten. Wie beiläufig hoben seine Hände den letzten Rest Stoff von ihrem Oberkörper, über die Arme und den Kopf hinweg. Weiß glänzte ihr makelloser Leib.

Einen gar unscheinbaren Augenblick lang dachte sie daran, ihre nackte Haut zu bedecken, wie es ihre Scham fast verlangte.
Ihm kam es so vor, als hätte sie in der Bewegung innegehalten. Auch wenn nichts dergleichen geschehen war, allein die Vermutung ließ seine Sanftheit noch wirksamer werden.
Die unterdrückten Reflexe ihrerseits mehrten auch ihre Begierde. Die Natur hatte sie mit wunderbaren, straffen Brüsten bedacht, die, nunmehr in den Spitzen hart, ihrer Lust starken Ausdruck verliehen.
Weiblicher konnte ein Körper, so jung dieses Mädchen auch war, kaum mehr sein. Reif warben die Formen ihres Leibes um die Gunst der Liebe. Wie konnte jemand in Anbetracht dieser unvergleichlichen Bereitschaft der Seele und des physischen Verlangens auch nur im Entferntesten daran denken, dass Liebe Sünde sei?
Sein Atem war unmerklich flacher geworden, und sein Blick konnte nicht von ihrer unsagbaren Schönheit lassen.
Elsbeth atmete spürbar fordernd und hielt doch unbewusst, ja beinahe krampfhaft, ihre Lust im Zaum. Ein neues, nicht zu begreifendes Gefühl erfasste ihre Sinne. Mit solcher Wucht traf es unvorbereitet ihr Leben, und sie wusste kaum damit umzugehen.
Senah kniete nieder, schloss seine Augen, und mit sanftem Druck presste er sein Gesicht auf ihren Leib. Sein unrasiertes Gesicht und die samtene Haut ihres Körpers trafen aufeinander. Er fühlte und inhalierte den betäubend natürlichen Duft ihres erregten Leibes, und sie spürte die herbe Jugend eines Mannes und den unverkennbaren Geruch des Soldaten. Beidem war sie

noch nie so unmittelbar ausgesetzt worden und hatte es schon gar nicht intim in sich aufgenommen.
Langsam und sinnlich begann er ihren Bauch und Nabel zu küssen und mit der Zunge zu erforschen. Gleichzeitig strich er mit den Fingern immer wiederkehrende Streifen auf ihren Rücken. Immer tiefer glitten seine Hände über die Länge des Rückens, und immer öfter verweilten sie an der beginnenden Wölbung ihres Gesäßes. Bis seine Finger endlich das Band ihrer Leibhose zu lockern vermochten. Schon wand sich Elsbeth unter seinen suchenden Händen, die schließlich ihr letztes Kleidungsstück von ihrem Körper streiften. Kaum war dies geschehen, strömte ihm ein betörender Duft in die Nase, der seine Sinne schwächte.
Seine Hände bedeckten die muskulös gespannten Backen ihres Hinterteiles, und nun sah er auch, dass sie ein blass blondes Geschöpf war, und er liebte sie dafür.
Die Nacht war schon fortgeschritten, der Mond in seiner Bahn weitergezogen, heller in seinem Licht fand sich die Kammer der Liebenden wieder. Was zuvor noch im Mondschatten lag, wurde jetzt in ein Licht getaucht, von dem man sich nicht vorstellen konnte, dass es so tatsächlich existierte. Schattenspiele in einer der lauesten Nächte dieses Sommers.
Noch immer kniete er vor ihr, umfasste sie und versuchte ihren Körper so zu sehen, dass kein Schatten ihn behinderte. Jeden Teil ihres Körpers wollte er mit seinen Augen erkunden.
Aus der Sommernacht, die den Liebenden eine unbeschreibbare Umrahmung bot, die mit ihrer Stille für unscheinbaren Halt sorgte, war bis auf natürliche

Geräusche aus den nahen Wiesen und Wäldern, kein Laut zu hören, der sie gestört hätte.
Das war ganz plötzlich anders geworden, als die letzten Dörfler das Wirtshaus verließen. Zuerst ungewöhnlich, weil beinahe vergessen, doch schon wieder vertraut, als der Wind die Stimmen vertrug. Wie eine Art Untermalung nahmen sie es wahr, in der Erwartung, dass es verstummen und die Ruhe der Nacht sich endgültig über das Land legen möge.
Doch auch diese unbeschwerte Abwechslung, ihren Ohren vertraut, schränkte sie beide in ihrem Spiel nicht im geringsten ein. Auch Senah, seiner letzten Kleidung entledigt, stand Elsbeth in gottgewollter Nacktheit gegenüber und begehrte sie aus vollstem Herzen.
Sie hatten die Liebe beschworen und waren bereit. Schon das Vorgestern schien der Vergangenheit anzugehören. Heute fühlten sich beide der Wirklichkeit entrückt.

Vollkommene Ruhe war im Haus der Wirtsleute eingekehrt. Die letzten Gäste hatten sich längst entfernt, kein Lufthauch wehte mehr ihre Launen durch die Nacht. Der Wald schien ebenfalls zu schlafen, war nur noch durchzogen vom Summen und Zirpen der nie zur Ruhe kommenden Insekten. Auch die ursprüngliche Bewegung der nächtlichen Sommerluft kam zum Stillstand. Vereinzelt nahm man Geräusche wahr, die aus den Weiten der lebendigen Natur bekanntermaßen übers Land getragen wurden.
Im Wirtshaus war das letzte Licht erloschen. Der Wirt selbst sorgte, so wie jeden Abend, wie jede Nacht dafür, dass alles seine Ordnung hatte. Nur das Haupttor

wurde nicht versperrt, denn wer sollte auch unerlaubt öffnen und eindringen?
Als alles in nächtlicher Stille verharrte, suchte Bachlechner schlurfenden Schrittes seine Pritsche in einer der Kammern des Obergeschosses auf. Seine Frau Rosi schlief bereits tief und fest. Sie beide führten schon seit langem getrennte Schlafzimmer, nur selten fanden sie sich zwischendurch in einem gemeinsamen Bett wieder. Das tat ihm weh, denn er liebte sie nach wie vor, doch ihre fehlende Bereitschaft, ihm als Geliebte zur Verfügung zu stehen kränkte ihn maßlos. Immer öfter dachte er an die hübsche Elsbeth, die für ihn schlicht einen Engel verkörperte, sie war jung und unbegreiflich anmutig. Nie würde er sich an ihr vergreifen, und doch, immer wenn er an ihrer Kammer in den Nächten der Erschöpfung vorüberging, wurde er von Gefühlen geplagt.
Und heute, in dieser kaum zu begreifenden Hingabe des nächtlichen Sommers, quälte ihn der Gedanke an seine wie üblich bereits schlafende Frau und an Elsbeth, den Sonnenschein seines Hauses.
Fast deutete er zu fortgeschrittener Nachtzeit unpassende, den sonstigen Gewohnheiten entgegen, nicht nachvollziehbare Geräusche aus Elsbeths Kammer. Er verwarf diese Empfindung gleich wieder und spielte seine ungewöhnliche Aufmerksamkeit seiner Überdrehtheit zu.
Als den Wirt ebenfalls der Schlaf übermannt hatte, war der neue Tag in seiner jungen Existenz noch der nächtlichen Ruhe ergeben.

Auch der Mond war in seiner Bahn weiter fortgeschritten und der Mondschein in ungewöhnlicher, man

könnte fast meinen in voyeuristischer Absicht, in Elsbeths Kammer gedrungen.
Die Stille im Haus mahnte die Liebenden unwillkürlich zur Vorsicht.
Gleich Federn ließen sie sich auf das Lager nieder. Senah zeichnete mit den Fingern ihren Körper nach, kaum dass er sie berührte. Er sprach mit gedämpfter Stimme von seiner grenzenlosen Liebe zu ihr.
„Ich weiß kaum, wie mir geschieht, soll ich lachen oder weinen? Mir ist jetzt klar geworden, weshalb ich eigentlich hierher gekommen bin. Nur um dich zu treffen, meine schlummernde Liebe in mir zu wecken, für dich wach zu bringen.
Mir ist nun auch klar, was Schicksal ist, ohne die Möglichkeit dafür oder dagegen zu sein. Doch was auch kommen mag, ich bin zutiefst dankbar, solches erleben zu dürfen, es widerfährt nicht jedem.
Kaum begreifen vermag ich den Zusammenhang in meinem Leben, die Umstände und vor allem der Auftrag meiner Mission, der vielen Menschen Leid bringen wird. Kann es sein, dass die tiefe, unendliche Art einer Liebe, die ich bisher nicht gekannt habe – und wenn ich sie jetzt nicht erfahren würde, nie in meinem Leben einen Verlust vermutet hätte, der eigentlich größer nicht sein kann – ist es wirklich so, dass der Preis für so eine Liebe, unvorstellbare Qual vieler Menschen ist?
Elsbeth, es ist unbegreiflich und doch wiederum vorstellbar, eine Möglichkeit zumindest, eine Antwort zu finden. Und es schmerzt mich, allein der Umstand, dass ich morgen fort muss und nicht ahnen kann, wann ich wiederkehre. Hörst du mir zu, Elsbeth?“

Sie sprach jedoch nicht, schloss die Augen und lauschte der Melodie seiner Stimme. Ob sie den Inhalt seiner Worte erfasste, war nicht von Bedeutung, in jedem Fall wusste sie es genau so gut. Senah fühlte ihre Zustimmung im Herzen.
Zitterte sie tatsächlich, oder unterlag er einer Sinnestäuschung? Ihm schien, ihr Körper wollte unter seiner Kühnheit entgleiten. Die Nachtluft war zumindest noch immer lau genug, um die eigene Nacktheit nicht bedecken zu müssen.
Er empfand ihr körperliches Flehen als Aufforderung. Alles was nun zählte war die gemeinsame Kraft ihrer Liebe.
Fordernd schlang Elsbeth ihre Beine um die seinen. Ihr Körper bebte zum Zerspringen. Prickelnd spürte sie die behaarten Männerbeine auf ihrer feinen Haut. Im Bereich ihres Nabels staute sich Schweiß aus feinen Poren.
Ihre festen Brüste zeichneten die Erregung ihrerseits nach, und sie atmete flacher. Mit seinem Körper, den weichen Lippen und den unruhig suchenden Händen, drängte er gegen die Hitze ihres Leibes. In diesem Moment erlebte sie die uneingeschränkte Selbstverständlichkeit der Bedürfnisse und erschrak vor ihrer eigenen, noch nicht gekannten inneren Bereitschaft.
Von alleine glitt ihre Hand in beinahe züchtigen Bewegungen, ohne Hast oder gar Scham, zu seiner intimsten Körperstelle. Ein Anflug von Reizen durchströmte sie, als ihre Hand der Berührung gewahr wurde.
Ein schönes Gefühl, das sie zudem auch neugierig machte. Unbedingt, so brannte es in ihr, musste sie seine Geschlechtlichkeit auch sehen. Bei diesem

Gedanken fühlte sie zart die Feinnervigkeit in ihrer Hand.
Seine Lippen suchten die ihren in blindem Verlangen. Elsbeth ließ ihre Augenlider geschlossen, um von der Intensität ihrer Gefühle nichts zu verlieren.
Suchend wanderte seine Zunge schnell über ihren Mund, verweilte kaum und gelangte an die empfindlichsten Bereiche ihrer Ohren. Ihrem Hals schenkte er länger Aufmerksamkeit, bis er in seinem Spiel mit Zunge und Lippen ihre Brüste erreichte. Dort begehrte Senah in seiner Hingabe maßlos ihre Weiblichkeit. Weich und anschmiegsam gaben ihre Brüste dem zärtlichen Saugen nach, um alsbald durch knappe, wohldosierte Beißmassagen die triebhafte Härte rund um die benetzten Spitzen wieder zu erlangen.
Noch immer hatte Elsbeth ihre Augen zu. Wie in Trance wand sie sich unter seinen Händen, verstärkte den Gegendruck ihres Körpers und brachte den Senahs mit sanfter Gewalt auf den Rücken.
Schon glaubte er, Elsbeth wolle womöglich entsagen, doch eh er sich's versah, war seine Geliebte mit der gesamten Kraft ihrer Leidenschaft über ihm. Er ließ es geschehen und schloss nun seinerseits entspannt die Lider. Elsbeth hingegen öffnete die ihren und betrachtete im Mondlicht seinen Körper voll Hingabe.
Behutsam erlangten ihre Hände eine Eigenständigkeit, die unwahrscheinlich sicher schien. Es war für sie ein Gefühl, das unbeschreibliches Verlangen barg und solches in ihr entfachte. Schon dachte sie daran, die Augen wieder zu schließen, um seinen Geruch besser aufnehmen zu können. Gleich verwarf sie jedoch diesen Gedanken, da sie von seiner Männlichkeit fasziniert war. Die weiche, empfindsame Haut des Gliedes war

für sie Schönheit und jene Beschaffenheit, in der es sich durch die Erregung befand, verfeinerte ihr eigenes sexuelles Empfinden enorm.
Sanft spielten ihre Finger, während ihre Lippen den Wurzeln seiner unwiderstehlichen Begehrlichkeit immer näher kamen. Der markanten Duftnote folgte sie begierig. Jäh durchzuckte es ihn, sie spürte nun auch das Feuer in ihr selbst immer stärker brennen, nahm es auf und ließ ihre ungebremste Leidenschaft auf ihn wirken.
Unbeholfen in ihrer Art, aber keineswegs unschlüssig, versuchte sie, die Sensibilität dieser erlebten Sexualität herauszufiltern. Elsbeth spürte die Intensität dieses Gefühls in besonderer Weise hervorbrechen. Ihr Verlangen war nun noch größer geworden.
Aus der Bewegung heraus – ob es eine stille Herausforderung war, sei dahingestellt – saß sie plötzlich rittlings auf seinem Körper und bot ihm so ihr graziöses Geschlecht dar.
Die Ansicht ihrer Kehrseite aus intimster Perspektive traf ihn unvorbereitet. Senah, der eben im Begriff war, an die Grenzen der körperlichen Lust herangeführt zu werden, erschauderte wohlig. Über dem leicht gekrausten, weißblonden Haar drängte ein zartgeformtes Geschlecht hervor. Liebevoll streichelte er die weichen, festen Backen ihres Hinterteiles, deren Anblick ihm ein unbeschreibliches Gefühl vermittelte.
An ihren Hüften fand er schließlich Halt und zog sie widerstandslos in seine unmittelbare Nähe. Mittlerweile atmete er schwer. Die Finger tasteten sich heran. Mit viel Gefühl setzte er einen überaus zarten Kuss an die hinreizendste Stelle, die ihm je widerfahren war und spürte ihr leichtes Nachgeben ob soviel Feingefühl.

Soviel Hingabe war in diesem Liebesakt zu spüren, dass sämtliche, von Menschen verfasste Grenzen fielen. Der verwirrende Duft ihrer liebesnassen Geschlechtlichkeit veranlasste ihn, sich endgültig den Säften ihrer Lustbarkeit zu widmen und Verborgenes zu wecken.
Schon längst achtete keiner der beiden auf irgendwelche Geräusche, die sie vielleicht verursachten oder eventuell vernehmen könnten. Der Zustand der Verklärung, in dem sich die Liebenden befanden, war schon nicht mehr von dieser Welt. Doch zum Glück – oder sollte man Gott danken – war diese Nacht wie geschaffen für sie beide und ihre Liebe.
Benommen fanden sie sich nebeneinander liegend wieder. Zeitlos nahmen sie einander wahr.
Ihr Äußeres hatte die Fesseln der Beherrschung abgelegt. Der Inbegriff einer, ihrer Freiheit verband sie auf dieser Suche nach Erfüllung.
Senah, dessen Muskeln und Sehnen gespannter nicht sein konnten, küsste seine Liebe über das Gesicht bis hin zum Nabel, kniete zwischen ihren Beinen, um ihre makellose Schönheit zu betrachten.
Ein kurzer, knapper, von der Tonlage her kaum zu definierender, spitzer Schrei Elsbeths, und sie waren eins. Seine Bewegungen waren rund und ausdauernd und charakterisierten wohl die Endphase eines langen, erschöpfenden Kampfes. In diesem äußerst mitreißenden Zustand vergaß das Mädchen alles um sich herum, schlang seine Beine um den Körper des Geliebten und gab Unartikuliertes von sich. Senah langte mit einer Hand nach Elsbeths offenen Mund, und diese biss sich fest, ohne ihn zu verletzen.
Gemeinsam gelangten sie zum Höhepunkt der Nacht und dem ihrer Liebe. Kraftlos und nur in Gedanken

fielen sie voneinander ab. Der kurze Moment der Einheit löste in ihnen eine enge Bindung aus, die bis in den Tod halten sollte.

Die Mondnacht tauschte ihr Licht gegen jenes des anbrechenden Morgens. Der Sommer befand sich in seiner vollendetsten Blüte. Jene Tage und vor allem Nächte waren rar. Bald würde sich morgendlicher Nebel wieder über das Land breiten, der Nacht wieder ihre Kühle bringen. Jetzt war die Jahreszeit intensiv, man konnte in jedem Fall von Hochsommer sprechen. Für Mensch und Tier bedeutete dies extrem kurze Nächte und lange Tage, Arbeitstage.
Senah wurde zwar nicht direkt von den Strahlen der Sonne geweckt, dafür jedoch von deren Propheten. Das gefiederte Volk begann sein natürliches Konzert im Anbruch des Tages.
Trotz seiner verheißungsvollen Nacht, die ihm zeitlos erschienen war, öffnete Senah seine müden Augen im Bewusstsein des nicht mehr fernen Sonnenaufgangs.
Liebevoll blickte er auf seine schlafende Geliebte. Elsbeth rührte sich nicht, denn sie war gewohnt, am Morgen ihren Schlaf ausklingen zu lassen. Keine Sekunde dachte er daran, sie zu stören. Senah wusste ums Fortgehen, denn die Pflicht rief.
In aller Eile bekleidete er sich, warf einen letzten Blick auf seine schlafende Geliebte, küsste sie voll Zartheit, wobei sie kurz die Augen aufschlug, dann jedoch wieder verträumte. Danach brach er auf.
Viel Kunst und Geschicklichkeit erforderte das Verlassen des Hauses von ihm, ohne in diesen frühen Morgenstunden die Wirtsleute zu wecken. Die Tür zum Haupteingang war, wie vermutet, nicht verschlossen

und somit das letzte Hindernis beseitigt. Im günstigsten Fall war der junge Herr Leutnant nicht bemerkt worden, weder beim Kommen noch Verlassen der Kammer sowie des Hauses und hatte somit Elsbeth nicht geschadet. Dies dachte er, beschwor es fast, denn eigentlich, so drückte es ihn, hatte er unverantwortlich gehandelt. Seine Liebe war zumindest stärker als jede Vernunft.
Die frische Morgenluft tat ihm gut, und so nahm er seinen Weg.

Noch bevor die Sonne den Horizont erreicht hatte, waren dreihundert Männer für die Sondermission vollzählig angetreten. Als die ersten Strahlen gleißten, zogen sie unter dem Kommando von Leutnant Senah Reauserp fort.
Nur langsam kamen sie vorwärts, da doch das Hauptkontingent aus Infanteristen bestand. Es stellte sich auch bald heraus, dass der frühe Aufbruch am Morgen nur bedingt von Nutzen war, denn schon nach geraumer Zeit brannte die Sonne unbarmherzig vom Himmel. Die Männer selbst waren ausgelaugt, müde, unausgeglichen und von der verdrießlichen Zeit als Besatzer bereits frustriert, überdies gezeichnet von den täglichen, sinnlosen Saufgelagen.

Es gibt nichts Schlimmeres für einen Soldaten, als sich wissentlich auf schwierige, unbekannte Situationen einstellen zu müssen, die ihm möglicherweise alles abverlangen, vielleicht sogar das eigene Leben. Noch dazu mit den Erfahrungen, die schrecklichen Seiten des Krieges erlebt zu haben.

Sogar die Jungen hielten die Euphorie des glorreichen Sieges für eine Illusion, weil auch diese schon zuviel gesehen hatten. Tod und Verderben waren maßgebliche Begleiter der Soldaten. Es bedurfte nicht allzu langer Zeit, um den Sinn des Krieges in Frage zu stellen oder das Nichtvorhandensein einer solchen Zielsetzung zu begreifen.
Hinzu kam die bewusste Vorbereitung eines Kommandos, in dessen Rahmen man sich auf den Tod einstellen musste. Das würde wohl auch jungen, unreifen Köpfen

klar werden, die das Leben eigentlich noch vor sich hatten.

Mutig und stark sind junge Soldaten immer nur mit ihrer Unwissenheit gegenüber den Legenden, die erzählt werden. Wenn jemand aber selbst nah dem Abgrund steht, so muss er früher oder später realisieren, was und wem er ausgesetzt ist. Erst dann kann er die fatale Situation der Befehlsgewalt begreifen, dass er, auch wenn seine Bereitschaft nicht mehr gegeben ist, trotzdem bis in den Tod gehorchen muss. Die Moral schafft ein Soldat nur im kurzfristigen, schonungslosen Umsetzen eines Auftrages, wenn er nicht die Zeit zur Verfügung hat, über seine persönliche Situation nachzudenken. Hierbei ist er unbewusst sogar bereit zu sterben.

So gesehen war Reauserp mit seiner Sondermission nicht unbedingt in einer beneidenswerten Situation. Er besaß zwar bestausgebildete Soldaten, die imstande waren, ihren Mann zu stehen und den Auftrag zu erfüllen, aber innerlich die Bereitschaft versagten.
Sie hatten mittlerweile auch genug Erfahrung um zu ahnen, nein um zu wissen, wie die Aufständischen kämpften. Diese besaßen freilich die Moral, die den Soldaten fehlte, weil sie um etwas Entscheidendes fochten, nämlich um ihre Freiheit, die ihnen geraubt worden war und die sie jeden verdammten Tag vermissten, jeden einzelnen Tag mehr. Dafür waren sie auch unumwunden bereit, lieber ihr Leben zu lassen, als in Knechtschaft zu bestehen. Die Widerständler hatten etwas, wofür sie kämpfen wollten, wofür sie nicht erst aufgefordert werden mussten.

Die Geknechteten waren herausgefordert worden, eingeschränkt in ihrem Lebensraum und angeschlagen in ihrem Selbstwertgefühl, und dies machte sie mindestens so gefährlich wie jedes waidwunde Tier, das sein Leben zu verteidigen hatte. Keinen Moment lang durfte man solche Individuen aus den Augen lassen, geschweige denn reizen.
Und gerade das waren die Franzosen im Begriff zu tun. Der Soldaten Körpersprache verriet so ziemlich alles, das wusste auch ihr Kommandeur. Für ihn selbst war es unermesslich schwer, entsprechend zu agieren, da er offen Moral zeigen musste, in seinem Innersten jedoch ein ebenso benommen wirkender Soldat im Verborgenen lag.

Nach etlichen Stunden des Weges fanden die Männer zu einer ersten Rast. Die wenigen Pferde der berittenen Einheit, konnten ohne Gedränge an der Gail getränkt werden.
Die Bahn der Sonne hatte den Mittagshimmel bereits überschritten. Erste Rekruten fingen zu murren an. Kraftlos sanken die meisten ins Gras, ihre Ausrüstung noch am Rücken, unfähig sich dieser zu entledigen. Den Karabiner ließen sie aus der Hand gleiten. Unter den vereinzelt stehenden Bäumen waren die besten Plätze bereits besetzt, doch das Tal war breit und bot noch genug andere geschützte Stellen im Uferbereich. Das Quellwasser des Flusses glitzerte einladend.
Wenige Rekruten waren bei den Lasttieren und den Reitpferden einzelner Offiziere. Sie achteten darauf, dass die Tiere mäßig etwas zu saufen bekamen. Die Männer selbst warteten.

Die Bewegung des Flusses und der monotone Pegel der Geräuschkulisse bewirkte eine atmosphärische Entspannung. Dies übertrug sich in Windeseile auf die erschöpften Männer.
Reauserp beobachtete die Szenerie wachsamen Auges. Mit einer selbstgedrehten Zigarette zwischen den trockenen Lippen achtete er auf eventuelle Auffälligkeiten in der Umgebung und bei der Mannschaft. Seltsam geschmeidig ging er dem lichten Wäldchen entgegen, zwischen der aufgelösten und verstreut rastenden Mannschaft hindurch. Die Gesprächsfetzen flogen ihm zu, streiften sein Gehör. Wie Nebelschwaden zogen sie an ihm vorüber, und mühelos konnte er ihnen entgleiten. Irgendwo nahm er Feuer von einem glosenden Span und steckte damit seine Zigarette an.
Dieser müde Haufen wird an seine Grenzen gehen müssen, bei der Enge und Steilheit Richtung Oberlauf des Flusses, dachte er bei sich.
Er schaute zum Wasser, die Strömung war stark. Die Tiere hatten sich schwer getan, bei der unruhigen Tränke. Nun wurden sie in den Schatten geführt.
Meist einzeln und schwerfällig gingen die Rekruten nun ihrerseits den Weg zum Fluss. Prächtig in seinem Element bot sich ihnen der Flusslauf dar. Einige knieten am Ufer und tranken bedächtig aus der hohlen Hand, andere hatten ihre Hüte gefüllt und tranken daraus. Wieder andere steckten das Gesicht direkt ins Wasser und schlürften gierig aus dem Flussbett.
Dadurch, dass der Wasserstand eher gering war, wollten etliche Soldaten über größere Steine und Felsen die Flussmitte erreichen, wo sie dann auf ihre Weise den Durst löschten.

Das gegenüberliegende Ufer war ein relativ schmaler Streifen, der recht steil und abrupt in den angrenzenden Wald überging. Reauserp, der am diesseitigen, breiten Ufersaum weit hinten unter den schattigen Bäumen des Wäldchens dem Fluss zugewandt sinnierte und gedanklich bei den erschöpften Pferden und Maultieren weilte, spürte ein Unbehagen. Als die Leere aus seinen zerstreuten Augen wich und der Blick wieder Schärfe erlangte, war es schon zu spät.

Vermutlich war er trotzdem einer der ersten, der die Waldläufer am jenseitigen Ufer erspähte, denn die Soldaten hatten mit sich selbst zu tun, und Wachen waren noch keine eingesetzt worden, dafür war die Zeit der Rast noch zu kurz. Überdies war es lichter Tag gewesen.

Im Erkennen der fremden Gestalten formte er den Mund zu einem Warnruf, doch kamen die Vorderlader der Unbekannten seinem Schrei zuvor. Die ersten Schüsse klatschten noch ins Wasser, doch die folgenden verfehlten ihre Ziele nicht mehr. Neben den bedrohlichen Einschlägen auf der Wasseroberfläche, hörte man schon die ersten Schmerzensschreie Getroffener.

Sergeant Maloir erfasste blitzschnell die Situation, rief den am nächsten bei den Waffen ruhenden Soldaten zu. „Ergreift die Gewehre!"

Die meisten im Fluss waren unbewaffnete, lebende Zielscheiben, da es bei knietiefem Wasser und entsprechender Strömung, beinahe unmöglich war, sinnvoll an Flucht zu denken. Reauserp lief in langen Schritten, mit im Anschlag befindlicher Pistole in Richtung der Feinde, obwohl er nur zu gut wusste, dass die Distanz für seine Waffe viel zu groß war.

Geschickt verschanzten sich die Waldläufer immer wieder zum Nachladen im schützenden Buschwerk des Ufersaumes. So waren nur drei bis vier Mann im Anschlag, und dies relativ lange ohne Gegenwehr. Das rasche Aufeinanderfolgen von Schüssen ließ jedoch darauf schließen, dass noch einige mehr zwischen den Bäumen versteckt sein mussten.
Schon trieben drei leblose Soldaten flussabwärts und etliche Verwundete versuchten aus eigenen Kräften das rettende Ufer zu erreichen, um so aus der Reichweite der Gewehrsalven zu gelangen. Als endlich Franzosen mit geladenen Karabinern in die Flussmitte steuerten und das Feuer eröffneten, taten sie dies eher ungezielt und nur aus Gründen der Abschreckung. Niemand glaubte ernsthaft daran, jemanden zu treffen, sondern in erster Linie sollten Kameraden in Sicherheit gebracht werden. Doch da war der Überraschungsangriff nach kürzester Zeit für die Angreifer lohnend zu Ende gebracht worden. Die Feinde der Franzosen zogen sich, so unauffällig wie sie gekommen waren, wieder zurück. Wie ein Spuk am helllichten Tag – Reauserp stand fassungslos da. Mühsam bewahrte er Haltung. Das Ausmaß der Katastrophe konnte noch nicht abgeschätzt werden, doch den Zustand der Verwundeten ahnte er aus der Distanz.
„Maloir!!“
Sein Schrei klang verbissen.
„Herr Leutnant?“ war dieser auch gleich zur Stelle.
„Hört zu!“ Seine Stimme überschlug sich. „Nehmt fünf Männer, nein sechs, und versucht diese Ratten zu fassen. Eilt und bringt sie, wenn nicht lebendig, dann zumindest tot. Einer von ihnen sollte reden können. Beeilt Euch!“

„Zu Befehl!“
Im Handumdrehen hatte er seine Leute ausgewählt, durchquerte mit ihnen den knietiefen Wasserstand der Gail und verschwand im ansteigenden Waldstück, aus dem eben noch Unheil über den Trupp hereingebrochen war.
Noch immer hielt Reauserp wie versteinert seine Pistole umklammert und konnte den Blick nicht von der Stelle lassen, wo Maloir mit den Männern seinen Augen entwichen war.
Endlich durchzuckte es ihn, mit einem Blick zählte er sieben Verwundete, eine der drei Leichen hatte sich im Treibholz verfangen und war noch in Sichtweite hängen geblieben. Die beiden anderen, vermutlich auch getötet, waren fortgeschwemmt worden.
Als er sich umblickte, bemerkte er auch Aufruhr unter den Lasttieren, einige Soldaten versuchten diese zu beruhigen. Zwei der Pferde lagen angeschossen auf dem Boden.
Er erbarmte sich, setzte ihnen den Gnadenschuss und eilte zum Fluss. Dort lagen bereits drei der verletzten Rekruten. Einem war der Ellenbogen zerschossen worden, ein weiterer lag mit zertrümmertem Knie auf den Steinen. Der Dritte starrte nur noch mit angstvollen Augen zum Himmel, unfähig, einen Laut von sich zu geben. Im Schock zitterte sein ganzer Körper, und mit beiden Händen hielt er krampfhaft seinen aufgeschossenen Bauch. Es war nur eine Frage der Zeit, und seine Seele würde sich befreien.
Der Leutnant kniete sich zu den Verwundeten. Er legte seine Hand auf die nasse, heiße Stirn des Schwerstverletzten und sprach tröstend, in ruhigen Worten zu ihm. Er fühlte den Kopf des Soldaten unter seiner Hand

glühen. Auch den beiden anderen sprach er Mut zu, denn diese ertrugen ihre Schmerzen bei vollem Bewusstsein. Endlich eilten Sanitäter und Helfer herbei, um sich der Unglücklichen anzunehmen.
Unterdessen versuchten Kameraden die restlichen vier Verletzten aus der strömenden Gail zu bergen. Diese, so schien es, hatten durchwegs schwere Schusswunden abbekommen. Mühsam kämpfte sich auch Reauserp durch die Strömung. Die Verwundeten waren schon weiter abgetrieben worden und versuchten sich mit letzter Kraft über Wasser zu halten. Ihre verzweifelten Rufe wurden vom lebhaften Strömen des Gewässers gedämpft. Glücklicherweise war der Wasserstand geringer als üblich. Diese Fügung des Schicksals unterstützte und beschleunigte die Rettungsaktion.
Zwei bis drei Männer versuchten jeweils einen nasstriefenden Kameraden, der mit den Kräften am Ende war und sich nahe der Bewusstlosigkeit befand, aus dem Wasser zu zerren. Die Retter waren, nach den körperlichen Strapazen des Tages und der psychischen Zerreißprobe des Überfalls, an die Grenzen ihrer Belastbarkeit angelangt. Trotzdem taten sie alles, um die verletzten Männer nicht ihrem Schicksal überlassen zu müssen.
Reauserp, der sich persönlich für seine Soldaten verantwortlich fühlte, versuchte einen der Verwundeten zu erreichen, zu dem bislang erst ein Mann gelangt war. Dieser Helfer kämpfte mit schwindenden Kräften gegen das Wasser und für das Überleben seines Kameraden. Senah erkannte die schwere Verletzung des Angeschossenen im Brustbereich schon von weitem. Als er endlich zu ihm gestoßen war, verlor der Bedauernswerte das Bewusstsein. So kostete es ihnen

noch mehr Anstrengung, mit dem Verletzten ans Ufer zu gelangen.
Der tote Soldat, hängen geblieben im Treibholz, drohte wieder fortgerissen zu werden. An seiner Leblosigkeit bestand kaum Zweifel, denn er versank mit dem Gesicht im Wasser. Noch bevor er aber einer ungewissen Reise im Gailwasser ausgesetzt wurde, fassten seine Kameraden den Körper und lösten ihn aus dem verkeilten Geäst.
In der Zwischenzeit konnten sämtliche Schussverwundete geborgen werden. Verletzungen, angerichtet von Karabinern, waren für die Opfer grausam. Wenn diese überlebten, blieben meist Schäden für ihr restliches Leben zurück. So gesehen stand es für die Geborgenen ob der Schwere ihrer Verwundungen ziemlich schlimm. Zudem waren drei von ihnen in einer äußerst unglücklichen Lage und mussten vermutlich einen langsamen Tod sterben.
Apathisch erteilte Reauserp Anweisungen, welche die Abschirmung und Überwachung des Geländes im Sinne führten. Die Männer, schwer angeschlagen nach dem Vorgefallenen, bemühten sich krampfhaft um Haltung und Fassung. Maloir, der in dieser Situation sicher Last von Reauserps Schultern genommen hätte, fehlte. Senah ärgerte sich kurz, diesen Soldaten nicht bei sich zu haben. Er verwarf jedoch solch lähmende Gedanken schnell wieder und versuchte der Lage Herr zu werden.
Eilends benannte er fünf seiner Männer, die er für befähigt hielt, mit Führungsaufgaben. Er übertrug ihnen somit ein gewisses Maß an Vertrauen im Vorhinein und konnte sehen, wie diese in ihrem Eifer zumindest Leben in den geschockten, starren Haufen brachten. Wenngleich auch eine entsprechende

Entspannung noch länger auf sich warten lassen würde, musste zumindest der unerwartet neuen Entwicklung dieser Mission entsprochen und auch der Lagerplatz als solcher für die Nacht vorbereitet werden.
Seine Rekruten kamen eben mit einer Leiche aus dem Wasser, als ihm einfiel, dass es noch zwei Vermisste geben musste. Vermutlich waren noch zwei weitere Tote zu beklagen, die der Fluss mit sich genommen hatte. Senah befehligte eine Hand voll Männer nach ihnen zu suchen.
Nun saßen sie hier fürs Erste einmal fest, der Akt der Sabotage, einer gezielten Störung hatte gesessen. Es hätte schon genügt einen Soldaten zu verwunden, um das Gefüge der Truppe zu schwächen.
Der junge Mensch mit dem Bauchschuss hatte seinen Widerstand aufgegeben. Für ihn war es überstanden, sein Ausdruck vermittelte eine Schwerelosigkeit des Seins, wie man es nur ohne Last haben konnte.
Maloir und seine Leute kehrten aus dem dichten Wald wieder zurück; so wie es den Anschein hatte – erfolglos. Sie hatten keinen der Waldläufer gefasst. Reauserp ahnte es, dass sie absolut keine Fährte, ja nicht einmal einen noch so kleinen Hinweis hatten aufnehmen können. Die Enttäuschung stand ihm ins Gesicht geschrieben, Wut stieg in ihm auf. Er sah seine Mission gefährdet, viel schlimmer noch, die neuerliche Konfrontation mit Tod und Verderben erschütterte ihn zutiefst, doch es war zu erwarten gewesen, eigentlich hatte er es gewusst. Trotzdem fühlte er große Niedergeschlagenheit und gestand sich innerlich Zorn und Schmerz ein.
Maloir kam näher und schüttelte wortlos den Kopf. Diese Niederlage war eine noch größere,

wirkungsvollere als es schien, denn sie zeigte die Unfähigkeit und tatsächliche Machtlosigkeit in diesem Krieg schonungslos auf.
Senah schloss die Augen und wünschte, dass er bei Elsbeth wäre.

Bei Einbruch der Dunkelheit hatten drei frische Soldatengräber die Landschaft verändert.
Eine der abgetriebenen Leichen war nicht mehr auffindbar gewesen. Irgendwo in den Wasserstrudeln der Gail war sie vermutlich hinabgesogen worden, und es war fraglich, ob der tote Körper jemals wieder auftauchen würde.
Die schwerverletzten Soldaten hatten arg zu büßen, da ihre Schusswunden von Schrotladungen verursacht worden waren. Diese Umstände waren nicht zufällig. Die Vorderladergewehre waren im Normalfall mit einer Ladung Schwarzpulver für die Zündung und zusätzlich mit einer einfachen Bleikugel gefüllt, auch bei kriegerischen Auseinandersetzungen wurde so gekämpft. In speziellen Fällen wurde dem Gegner kontrolliert zugesetzt und dabei durch die eigentliche Art und Weise der Aggression vermittelt, wie sehr man sich unter Druck befand. Bei solchen Aktionen griff man zu allen möglichen und unmöglichen Mitteln, auf beiden Seiten.
In diesem speziellen, wehrhaften Kampfruf luden die Waldläufer Schrot in ihre Vorderlader, und das Ergebnis war fürchterlich. Die Wunden, die von solchen Gewehrsalven geschlagen wurden, waren furchtbar zerstörerisch. Ganze Körperteile wurden zerfetzt, Gliedmaßen oft so schwer beschädigt, dass nur noch eine Amputation vor dem Tod bewahren konnte. Aus kurzen

Distanzen entstanden zudem verheerende Kopfverletzungen.
Das grausame Spiel des Krieges kam wieder an die Oberfläche. Keiner konnte es verstehen, niemand begriff es, und doch lebten sie alle das Verderben.

Die Franzosen kauerten mit benommenen Gefühlen am ungewollten Nachtlagerplatz des ersten Tages nach Abmarsch. Wut quälte nach diesem Hinterhalt ihre Gemüter, doch noch mehr überwog die Angst, die niemand zugeben wollte.
Die Verwundeten waren so gut wie möglich versorgt worden, doch jeder Einzelne hatte viel Blut verloren. Verbluten – dieses Grauen wurde auch dem fünften Soldaten zum Verhängnis, der seinen schweren Verletzungen in der aufsteigenden Dämmerung erlag. Die drei Gräber waren frisch, die Sonne hinter dem Horizont verschwunden, als der Unglückliche sein Leben lassen musste.
Als die Nacht hereingebrochen war, spitzte sich die Situation im Lager zu. Die Stimmung war unerträglich geworden, die Nerven jedes Einzelnen zum Zerreißen gespannt. Kaum einer dachte an Schlaf, wollte nur irgendwie die Nacht überstehen. Vor allem war es die Dunkelheit, die sich schwermütig zwischen den Menschen breit machte. Dazwischen immer wieder Aufschreien, oft minutenlanges, nervenzersetzendes Wehklagen, den übrigen Soldaten kaum zumutbar, doch mussten sie schon moralisch den Verwundeten verpflichtet sein und deshalb deren leidvolle Situation ertragen.
Wie wenig kümmert sich doch die Natur um die Leiden der Menschen. Grotesk wirkte die Situation insofern, da

die sommernächtliche, ruhige Belassenheit der Umgebung überhaupt nicht zur unheilvollen Benommenheit der lagernden Soldaten passte.
Senah Reauserp sprach mit dem Arzt seiner Truppen, Leutnant Jean Parnasse, den er fast ein wenig beneidete. Obwohl der Arzt sich in dieser Nacht kaum auf sein eigenes Lager niederlassen konnte, war er in den Augen Senahs nicht mit dieser Hilflosigkeit geschlagen, die ihn selbst geißelte. Er, Reauserp, konnte doch auch kein Auge zutun, schon aus Gründen der Verantwortung nicht. Er kam sich jedoch so überflüssig vor, da er weder zum Zeitpunkt des Überfalls, noch in dieser, jetzt nächtlichen Lage, helfend beistehen konnte. Unmöglich war es ihm zu beurteilen, ob dies auch an ihm selbst lag. Deshalb suchte er auch die Verbindung zu den helfenden Kräften, zum Arzt und den Sanitätern.
„Doktor, kann ich Euch irgendwie zur Seite stehen und behilflich sein? – Es würde mir besser gehen."
Doktor Parnasse blickte überrascht auf, erkannte Reauserp, der sich mit flackernden Augen hinzugesellt hatte.
„Monsieur de Commande, ich freue mich, Euch zu sehen, doch helfen ...", er schüttelte unwillig den Kopf. „Wie es aussieht, werden wir bald noch mehr Gräber brauchen. Morgen früh wissen wir mehr."
„Wie geht es den Männern?"
Der Arzt, der eben Hand an einen Verwundeten legte, antwortete: „Sie haben alle ziemlich starke Schmerzen und einer", er deutete mit seinem Kinn in dessen Richtung, „hat außerdem viel Blut verloren. Die Nacht entscheidet."

Reauserp folgte mit seinem Blick der angezeigten Richtung und nahm einen geschwächten Rekruten wahr, den die Gleichgültigkeit eingeholt hatte.
„Wird er der Nächste sein?“
Kaum hatte er geradezu gedankenverloren diese Frage laut gestellt, erschrak er auch schon darüber.
„Ihr meint sterben?“
„Ja, ich denke schon“, formulierte er vorsichtig und wollte darauf eigentlich gar keine Antwort mehr haben.
„Was bliebe mir in meinem Beruf noch – ohne Hoffnung?“
Jean Parnasse hatte sich jetzt erhoben und blickte Senah Reauserp direkt in die Augen, ging sogar einen Schritt auf ihn zu. Und in dem Moment, wo Reauserp des Arztes Körpersprache wahrnahm, begriff er mit einem Mal auch den Charakter desselben.
„Hätte ich auch nur den Anflug in meinem Herzen, jemand Trostlosen aufzugeben, wäre ich fehl am Platz und könnte vor Gott und den Menschen nicht mehr bestehen.“
Senah konnte seine schwermütigen Augen nicht mehr ertragen und blickte zu Boden.
„Vielleicht hilft beten.“
„Gewiss, das könnt’ Ihr tun, und wenn Ihr schon dabei seid, dann betet doch gleich auch für sein Bein.“
Parnasse zeigte zu einem weiteren Verletzten.
„Er hat ein zerschossenes Knie, das heißt, eigentlich hat er gar kein Knie mehr.“
Senah sah den Mann in seinen Schmerzen liegen, stark gebaut und bei Bewusstsein, und nun war er hilflos wie ein Kleinkind. Er wusste nicht, was er darauf antworten sollte, statt dessen ging er zögernd zum Verwundeten, kniete sich zu ihm und nahm behutsam seine

schwitzende, zitternde Hand in die seine. Fragend sah er zu Jean empor, dieser lächelte ihn an und forderte auf : „Sprecht mit ihm!“
„Sein Name, wie ist sein Name?“ wandte er sich an einen der Sanitätsleute.
Noch bevor dieser antworten konnte, entgegnete Jean: „Fragt ihn doch selbst.“
Senah wandte seinen Blick nach dem Soldaten, der ihn, schon seit er dessen Hand ergriffen hatte, mit weit aufgerissenen Augen anstarrte.
„Wie ist dein Name, Kamerad?“
„ ... Emile ... Emile Senti, Sire“, brachte dieser unter größter Anstrengung hervor.
„Senti? Kommt mir bekannt vor. Sprich jetzt nicht mehr Emile, es würde dich zuviel anstrengen, und du brauchst deine Kräfte noch. Versuch dich zu entspannen, die Schmerzen aus dem Kopf zu bekommen. Du bist sehr tapfer, Emile – ruh’ dich einfach aus.“
Sein Trost wirkte auch auf ihn selbst beruhigend. Eine ungekannte innere Gelassenheit machte sich breit. Er strich noch ermutigend über das Haupt des schwerverletzten Emile, bevor er sich wieder aufrichtete. Unter seiner Felddecke zitterte der Rekrut mit fieberndem Gesicht.
Jean Parnasse nahm Reauserp beiseite.
„Ihr glaubt gar nicht, wie ungemein wichtig solche trostreichen Worte in derartigen Situationen sind, für den Patienten sowieso, doch auch für uns selbst. Emile wird es vermutlich nicht erspart bleiben, das Bein zu verlieren, will er sein Leben gerettet haben. Die Entscheidung darüber liegt bei mir, und es ist in jedem Fall eine schwere. Zuwarten ist verpflichtend, doch wehe ich verpasse den Zeitpunkt. Schaden werde ich

ihm immer, egal wie ich entscheide, außer es geschehen noch Zeichen und Wunder."
Reauserp nickte nachdenklich.
„Ja, ich verstehe Euch, Jean, angesichts solchen Elends zweifelt man an ... eigentlich an allem, doch eines weiß ich ganz gewiss, dass Ihr niemandem Schaden zufügt, ganz im Gegenteil."
Senah ergriff kameradschaftlich und aufmunternd den Doktor an den Schultern. Er wollte damit ausdrücken, wie sehr ihm sein Mut imponierte.
Eben war Senah im Begriff zu gehen, wandte sich um, dachte dabei an einen Schlafplatz für die schon fortgeschrittene Nacht, und ob er überhaupt in der Lage sein würde, ein Auge zuzutun, da kam ein Soldat aufgeregt herbeigelaufen.
„Doktor, kommt bitte schnell! Bei George geht es dem Ende zu."
Parnasse und Reauserp folgten im Laufschritt dem Sanitäter. Nicht weit lag der mit dem Tod Ringende. Als sie ihn erreichten, hörten sie seinen Atem pfeifen, Hände und Gesicht waren verkrampft, die Augen hellwach. Ein mühsamer Husten krakelte aus ihm. Sein Körper wand sich unter schier unerträglichen Schmerzen. Er bäumte in Anflügen von Energien ungeahnten Ausmaßes seinen Leib auf. Nicht nachzuvollziehen waren seine Empfindungen, denn ansprechbar war er nicht mehr. Sein Zustand der Agonie befand sich in der Endphase.
Die blutverschmierten Leinen ließen ahnen, wie schwer seine Verletzungen sein mussten. Die Schrotladung hatte vorne im linken, oberen Rumpfbereich schwere Schäden verursacht. Zumindest die Lunge musste als schwer geschädigt betrachtet werden und ihm

furchtbare Schmerzen verursachen. Doch seinem erbarmungswürdigen Zustand nach zu urteilen, dürfte es sich noch um zusätzliche innere Verletzungen handeln. Der hohe Blutverlust allein musste zwangsläufig zum Tod führen. Es war nur eine Frage der Zeit.

Doktor Parnasse stand mit gesenktem Haupt am Sterbelager des Soldaten. Sein Schmerz war grenzenlos, angesichts des Leids seiner Kameraden und der unbegreiflichen Ignoranz des Krieges. Er konnte für den Sterbenden keine Worte mehr finden, blickte nur mit maßloser Trauer in den Augen durch ihn hindurch. Versteinert wohnte er dem Drama der Auflösung bei und fühlte Erleichterung, als sich mit dem Tode Stille ausbreitete. Nun konnte er doch noch etwas tun, besann sich und schloss die Lider über den gebrochenen Augen des toten Soldaten.

An Reauserp gewandt fragte er: „Könnt' Ihr das noch begreifen?"

Dieser fühlte sich zu keiner Antwort fähig, ihn beengten die Umstände zu sehr. Dem Leichnam wurde unterdessen die Felddecke über sein maskenhaftes Antlitz gezogen, und somit war wiederum ein verlogener, doch geläufiger Akt eines weiteren Kriegstages beendet worden.

Reauserp mutete diese Szenerie grotesk an. Die Anspannung war vorerst erloschen. Der Tod nahm auch die Bürde von den Schultern der Lebenden, nicht umsonst spricht man von Erlösung.

Erstmals fühlte er sich dieser endgültigen Art des Menschseins, eben dem Tod, unmittelbar ausgeliefert. Er hatte das Sterben, die Vernichtung in allen nur erdenklichen Formen erfahren, doch noch nie wirkte es innerlich dermaßen befreiend auf ihn. Beängstigend

schön fand er die Wirkung des Erlösens, ausgehend von einem Unglücklichen, auf ihn selbst als lebendigen Geist.
Und durfte er die arme Kreatur eines sterbenden Soldaten im Moment des Hinüberscheidens wirklich als unglücklich titulieren? Er wollte dies nicht bewerten, denn irgendwo wurde doch die Sinnhaftigkeit eines Lebens hinterfragt, warum nicht gerade am Scheideweg? Wäre nicht sonst das Leben selbst in Frage gestellt?

Senah war mittlerweile klar geworden, dass dies keine Nacht zum Schlafen war. Die meisten Männer konnten nicht einmal daran denken, obwohl viele körperlich ausgebrannt waren. Der Erschöpfungszustand spiegelte sich in ihren glasigen Augen wider.
Er legte sich auf sein Lager, betrachtete das nächtliche Firmament und musste sich eingestehen, dass dieser gottgewollten, scheinbar friedvollsten aller Nächte, nur der Mensch im Wege stand. Und doch konnte, durfte es gewiss nicht so sein, schon gar nicht im Sinne einer Göttlichkeit.
Zwischen dem unruhigen Murren und vereinzelt gedämpften Worten der vor sich hindösenden Leute, schnarchten etliche heftig, manche gar gehetzt. Niemand konnte jedoch das Wimmern, oftmals schmerzhafte Klagen der Verwundeten überhören, die ungewollt dieser Nacht ihre Prägung verliehen. Auch wenn dies etwas abseits seinen Lauf nahm, die Gruppe war in ihrer Substanz gegenwärtig.
So bekam auch Senah Reauserp diesen Mischton jener Nacht ins Ohr, der auf so erbärmliche, lächerliche Weise zur Monotonie verkam. Im optischen Beiklang

eines funkelnden Himmelsgewölbes nahm diese ungeheuerliche Komposition ihren Weg, unterbrochen von den sich schließenden Augen und dem erlahmenden Geist des Leutnants.

Jäh fuhr er in sich zusammen. Die nächtliche, geistige Trübe war wiederum unterbrochen worden, durch die grenzenlose Rohheit des Seins.
Sergeant Maloir kam an sein Lager geeilt. Er bemühte sich Ruhe zu bewahren, seine Augen flackerten dennoch, als er Reauserp in gepresstem Ton unterrichten wollte.
„Sire, schlechte Nachrichten ... Kamerad Senti ... ihm wird ...“
„Schon gut, Sergeant“, unterbrach ihn Reauserp, „ich nehme an, es ist um sein Bein geschehen.“
Sein Blick ging ins Leere.
„Doktor Parnasse hat eben entschieden, nicht mehr länger zu warten, da sonst Sentis Leben in noch größere Gefahr geraten würde.“
Maloir sah ihn dabei an, so als ob der Leutnant noch etwas ändern könnte.
„Ich verstehe deinen Schmerz, doch Emile Sentis Schicksal wurde von seinem Leben besiegelt, und ich sage dir auch was wir noch tun können – wir werden versuchen sein Leiden etwas zu lindern, indem wir ihm in dieser schweren Stunde beistehen.“
Mit diesen Worten erhob er sich von seinem Lager und schritt in Richtung der Verwundeten, begleitet von Sergeant Maloir.
Wortlos schlossen sie eine stille Übereinkunft. Doktor Parnasse stand die Anspannung im Gesicht. Reauserp und Maloir deuteten den Sanitätern, dass sie sich Sentis

annehmen würden. Diese dankten es ihnen, da noch andere Verwundete ihrer Betreuung bedurften, und auch eine kleine Verschnaufpause hießen sie willkommen.
Reauserp machte sich um die Verfassung von Doktor Parnasse ernsthaft Sorgen. Dieser aber deutete seinen Helfern, es wäre kein Grund zur Besorgnis vorhanden, er müsse mit aller nötigen Konsequenz seine Arbeit zu Ende bringen.
Senti befand sich bereits im Fieberwahn, und es war höchste Eile geboten. Ob er noch Schmerzen spürte, konnte niemand genau sagen, auch der Arzt nicht. Sein Bein war bis zu den Lenden freigelegt. Es sah fürchterlich aus, die Schrotladung hatte den vorderen Teil des Kniegelenks vollständig zerstört, es war einfach nicht mehr vorhanden. An Stelle dessen klaffte eine offene Wunde, auch im Bereich des Oberbeines, wo Gewebe und Knochen ebenso verletzt worden waren. Dem Mann musste sein Bein zur Gänze abgenommen werden. Ein äußerst schwieriges Unterfangen, denn hier war insofern Vorsicht geboten, da der Patient mit Leichtigkeit verbluten konnte.
Reauserp und Maloir hielten Senti von beiden Seiten und waren bemüht, Nähe und Wärme zu spenden. Den Oberkörper nahm ein weiterer Sanitätssoldat in seine kräftigen Arme. Sie alle spürten den gepeinigten und verkrampften Leib ihres Kameraden, bis dieser schließlich das Bewusstsein verlor. Im Sinne von Sentis Leben setzte der Arzt Jean Parnasse die Säge an.

Eine traumatische Nacht wurde von der nahenden Sonne in morgendliches, nebelverhangenes Grau getaucht.
Die erste Konsequenz von Leutnant Reauserp war es, einen Boten mit einem ausgeruhten, guten Pferd zum Hauptquartier von Oberst Merle zu schicken. Er ließ mitteilen, dass verwundete Soldaten, die den immer schwieriger werdenden Weg mit Sicherheit nicht bewältigen könnten, zurückgelassen werden mussten. Natürlich würden ein paar Rekruten zusätzlich bei ihnen verbleiben, um auf das Eintreffen der benachrichtigten Männer aus Hermagor zu warten.
Langsam aber stetig kroch der Morgen herauf und der Tag gewann an Farbe. Die Atmosphäre war noch immer gespannt, der Schlaf fehlte in den Gesichtern der Soldaten. Man spürte in jeder Bewegung die Trägheit des Einzelnen.
Und doch mussten sie weiter. In aller Eile und stumm in ihren Handlungen, verstauten sie Gepäck in Rucksäcke und machten sich auf den Weg. Gezeichnet zogen die Missionstruppen weiter talaufwärts. Langsam bewegte sich der Trupp voran. Das Tempo bestimmten die Infanteristen. Immer wieder gab es Erkundungsritte von kleineren Gruppen, welche scharfen Auges die Vorhut bildeten. Dies waren meist Leute, die, sich der Gefahr bewusst, weder Tod noch Teufel fürchteten.

Erst am späteren Morgen waren die Soldaten aufgebrochen, darum auch der Marsch zu Mittag. Mensch und Tier konnten sich zwischendurch laben, doch es wurde kein Lager aufgeschlagen. Dafür war Reauserp die Zeit zu kostbar.

Die Sonne neigte sich bereits wieder gegen Westen, die Männer, die der Erschöpfung nahe waren, wurden von der herrschenden Hitze gequält. Das Tal war spürbar zu steilerem Gelände geworden, da kehrte einer jener Spähtrupps offensichtlich unruhig zurück. Die Soldaten suchten augenblicklich den Kommandanten auf. Maloir, ebenfalls einer dieser Späher, erstattete Meldung.
„Monsieur de Commandeur, in naher Entfernung befindet sich ein Weiler, verstreut ein paar Bauernhäuser, keine Menschen zu sehen. Ein oder zwei Hunde kläfften."
Reauserp erwiderte nachdenklich: „Es wird doch wohl kein Hinterhalt sein."
Maloir entgegnete: „Dafür ist es dort vermutlich zu klein."
„Trotzdem, wir müssen höllisch aufpassen und die Augen offen halten. Wir bewegen uns geschlossen weiter, bis der gesamte Trupp Sichtkontakt zu den Häusern hat, dann nehmt Ihr zu Fuß und zu Pferd so viele Männer wie gebraucht werden und fühlt vor. Der Rest kommt, so schnell wie möglich nach. Es wird auch nichts dem Zufall überlassen, alles, jeder Strohhalm wird umgedreht."
„Wahrscheinlich sind die Bewohner bei ihrer Arbeit auf den Feldern", bemerkte Maloir.
„Mag sein", wandte Reauserp ein, „dann werden wir sie holen und bei Gott, wenn einer auch nur einen Funken verschweigt oder mit den Widerständlern in Komplizenschaft steht, dem seh' ich es an den Augen an."
„Sehr wohl, Sire!"
Maloir wollte bereits abdrehen.
„Wartet!"

Reauserp blickte ihm fest in die Augen.
„Und dass Er seinen Rock ernst nimmt.“
Maloir salutierte und drehte wortlos ab. Nun galt es zu handeln, und es würde kein Spaziergang werden.
Angespannt, nach allen Seiten in höchster Bereitschaft stehend, so zogen die französischen Soldaten auf den Weiler zu. Ein paar wenige Gebäude samt Viehunterkünfte waren es wohl. Man hätte es direkt friedvoll nennen können, wäre nicht ein andauernd bellender Hund gewesen.
Von weitem erkannte niemand menschliche Anwesenheit. Maloir ritt mit einem erweiterten Spähtrupp langsam voraus, in seinem Gefolge einige Infanteristen im Laufschritt. Als sie die Ansiedlung erreicht hatten, fletschte ihnen ein verängstigter Hund seine Zähne entgegen.
Maloir gab einem seiner Männer ein Zeichen, sich dem Tier vorsichtig zu nähern. Beide, der Hund und der Soldat, hatten Angst voreinander. Der Köter wich zurück und fühlte sich in die Enge getrieben, setzte zur Gegenwehr an. In diesem Moment traf ihn das aufgepflanzte Bajonett des Vorderladers. Mit einem Jaulen sank er nieder, im Fallen stach ihn die lange Klinge noch einmal. Als das Tier verendend am Boden lag und noch immer Laute von sich gab, machte ihm der Soldat den Garaus, indem er seinen Hals durchbohrte, und sowie das dunkle Tierblut in die trockene Erde sickerte, blieb nur mehr der leblose Kadaver zurück.
Niemand, keine Seele hatte sich bemerkbar gemacht. Die Soldaten waren trotz dieses Geschehens uneingeschränkt aufmerksam und ließen ihr Umfeld nicht aus

den Augen. In der Zwischenzeit waren die Truppen am Weiler vollzählig zusammengekommen.

Der Körper des toten Tieres war noch nicht erkaltet, als über die Lichtung die ersten Menschen von ihrer Feldarbeit müde heimkehrten. Bereits vor Sonnenaufgang waren sie ausgezogen, um einen Gutteil ihrer Arbeit unter erträglichen Temperaturen zu verrichten.
Von weitem erblickten sie die Truppen der französischen Armee. Ahnungsvoll, dass dies nichts Gutes bedeuten konnte, spannten sich ihre Gesichtsmuskeln, und die Züge um Augen und Mund wurden noch härter. Instinktiv umklammerten sie die Werkzeuge eine Spur fester, und es sah tatsächlich so aus, als wären sie nicht mehr erschöpfte, heimkehrende Feldarbeiter, sondern bewaffnete, aufständische Landbevölkerung.
Und mögen solche Gedanken ihre Sinne gestreift haben, sie konnten es sich gut vorstellen, wie ein wehrhaftes Auftreten ihrerseits geendet hätte. Die armseligen paar Männer, Frauen und Kinder, deren Schicksal wäre vorschnell besiegelt gewesen.
Ihre Mienen waren wie versteinert, und in dem sturen Gesichtsausdruck einzelner konnte man die Unerbittlichkeit herauslesen, die vor allem gegen sich selbst gerichtet war. Eine Art tumbes Draufgängertum blitzte aus den Augen, welches unberechenbar, auch den Verlust des eigenen Daseins mit einzubeziehen schien. Ob dies bewusst oder unbewusst geschah, sei dahingestellt.
In stiller Übereinkunft hatten sie, ohne ein Wort zu sprechen, einen hünenhaften Menschen vorgelassen. Eine eigentümliche Ausstrahlung ging von ihm aus, breitete sich unaufhaltsam über die Sippe. Seine

Gefährten und Mitstreiter zogen sichtbar engere Kreise um ihn. Ängstlich, fast flehentlich suchten deren Augen die seinen.
Sein Blick aber ruhte ruhig auf dem getöteten Tier, wissend, die Situation nicht unterschätzen zu dürfen. Er spürte deutlich genug, gar nicht Mut oder irgendwelche Tapferkeit seiner Zunft, sondern viel mehr Angst und somit irrationale Bereitschaft zur Wehr. Ein Wink seinerseits hätte genügt, und sie wären zum Angriff bereit gewesen, ohne überhaupt zu wissen warum, nur um diese Bedrohung zu überwinden. Und sie wären alle des Todes gewesen.
Deshalb fragte er ganz ruhig, ohne den Blick vom toten Hund zu nehmen.
„Weshalb musste das sein?"
Er wartete.
Endlich hob er seinen ausdruckslosen Blick und seine Stimme verriet eine Spur von Ungeduld als er sprach.
„Ich habe Euch etwas gefragt, Monsieurs!"
Die Antwort folgte in Form von drei Soldaten, die ihn zu Boden stießen, ihm sein Bauernwerkzeug aus der Hand schlugen und ihn mit dem selben, blutigen Bajonett, welches das Tier zur Strecke gebracht hatte, bedrohten und in Schach hielten.
Nur in einer ersten Reaktion, reflexartig, rissen die Bauersleute ihre Sensen, Sicheln, Rechen, Mistgabeln und anderes Werkzeug zur Abwehr auf. Jetzt hatte es nicht mehr nur den Anschein, sie seien angriffsbereit, nun fühlten sie auch so.
Doch da legten einige von ihnen kurioserweise oder vielmehr aus Angst unaufgefordert die Werkzeuge zu Boden, noch bevor ein Franzose etwas sagte. Wohl in Anbetracht ihres, in sehr aussichtsloser Lage

befindlichen Wortführers und der übermächtigen Anzahl an Soldaten, welche bedrohlich bewaffnet waren, verließ sie einfach der Mut. Die Männer dachten gleichzeitig an ihre Frauen und Kinder, die nicht unbegründet in Gefahr gebracht werden sollten. Sie ahnten auch die Entschlossenheit der Eindringlinge und spürten ihre gereizte Stimmung. Noch wussten sie nicht die Gründe für deren Verhalten, doch es bedeutete mit Sicherheit Bedrohung.
Reauserp trat einen Schritt vor. Breitbeinig und im Angesicht der übrigen Bewohner des Weilers stand er vor dem im Staub Liegenden. In manchen Augen flackerte bereits nackte Angst, einige Weiber flennten, Kinder wurden unruhig. Es gab jedoch noch immer welche, die ihre Werkzeuge krampfhaft wie Waffen umklammerten.
Reauserp schaute stählern in die Runde.
„Alles an Werkzeugen auf den Boden!"
Sein Blick untermauerte den Befehl. Zaghaft, aber doch eingeschüchtert, kamen sie der Aufforderung nach. Er ließ ihnen Zeit. Ganz ruhig und aufmerksam brachte er die Geduld auf, ihren Bewegungen zu folgen. Er achtete darauf, dass keine unnötige Hektik ausbrach. Die Sprache seines Körpers kontrollierte die ungezählte Menge der einheimischen Ansiedler. Einige Soldaten sammelten die Gerätschaften auf und deponierten sie außer Reichweite.
Reauserp senkte, einmalig in seiner Demonstration, seine Augen und fragte ganz ruhig: „Wie ist dein Name?"
„Roland Stocksreiter."
„Bist du der Wortführer dieser Gemeinschaft?"
Stocksreiter nickte nur.

Reauserps Nasenflügel zitterten.
„Merke dir gut, wenn ich dich etwas frage, hast du wahrheitsgetreu zu antworten, also das Maul aufzumachen und als Ehrenbezeugung einen Offizier mit *Sire* anzusprechen.“
Der Leutnant fasste sich wieder, behielt die Nerven.
„Also noch einmal, bist du der Anführer hier?“
„Ja ... Sire!“
„Gut, Roland Stocksreiter, du und deine Sippe hier, versucht uns nicht zu täuschen. Ihr werdet jedes Detail, jede Einzelheit, die ihr wisst, genau schildern. Es ist nicht von Belangen, um was es sich handelt. Für euch geht es nur um wahrheitsgemäße Antworten – und um euren Kopf und Kragen.“
Zu Maloir gewand: „Sergeant! Trennt Frauen und Kinder von den übrigen, und sammelt alle Gruppen gesondert in entsprechenden Räumlichkeiten!“
Reauserp machte am Absatz kehrt.
Zwei seiner eigenen Leute halfen den am Boden liegenden Stocksreiter auf. Eine eigenartige Ruhe lag in der Luft, natürliche Geräusche wurden nicht mehr wahrgenommen.
In einer größeren Scheune fand man Platz für die Frauen und deren Kinder. Etliche Soldaten bewachten sie. Die Männer wurden in ein Haus geführt.
Reauserp trat in Begleitung von Maloir in die Unterkunft der Bauern. Die von ihrer Arbeit Heimgekehrten saßen voll Hunger und Durst übermüdet und mit angstvollen Gesichtern auf dem Boden.
Senah, der den verzagten Menschen gegenüberstand, fühlte Beklemmung aufsteigen. Er litt unsagbar, jetzt, in diesem Augenblick, von seiner Liebe entfernt, unerreichbar weit. Er hasste es in diesem Krieg zu sein,

und er verabscheute ebenso die todbringenden Waldläufer vom Flussufer.
Nun verfingen sich seine Gedanken an diesen Menschen, welche schuldig oder unschuldig, wissend oder unwissend die Konsequenzen tragen würden. Sie waren die Erstbesten, die dem Gesetz des Krieges Tribut zollen mussten. Hier hatten sie, die Besatzer, mit voller Härte durchzugreifen, und dies würde in seiner Wirkung verheerend sein, kaum fassbar. Doch was zählte schon ein Menschenleben. Der Atem des Krieges musste mit seiner schändlichen Fäulnis das Land vergiften, dann war sein Auftrag erst erfüllt.
Die Gedanken Reauserps drehten sich, und der Pesthauch des Hasses ließ ihn nicht mehr los. Sein Gehirn war zum Zerspringen, und er wusste, dass seine Leute von ihm Genugtuung verlangten, Vergeltung in jeglicher Hinsicht.
„Warum nur?!!“
Er schrie es.
„Warum!“
Und er merkte plötzlich, wie seine Stiefelspitzen die am Boden Darbenden mit voller Wucht trafen.
Die Getroffenen wollten aufspringen, sich wehren, doch französische Soldaten hielten sie zurück. Reauserp hielt inne, auf seinem Gesicht perlte Schweiß.
„Ihr mieses Pack,“ schrie er plötzlich, „wo habt ihr sie versteckt? Gebt sie heraus!“
Die Männer blickten verstört drein, sahen sich ungläubig an und wussten offensichtlich nicht, wovon er sprach. Niemand traute sich jedoch ein Wort zu erwidern. Willkürlich zeigte Reauserp in seinem grenzenlosen Wahn auf einen älteren Mann. Ein Soldat

packte ihn, führte ihn hinaus und stach ihn nieder, einfach so.
Die Bewohner des Weilers ahnten Schreckliches auf sie zukommen. Das qualvolle Gurgeln ihres Freundes und der dumpfe Aufschlag seines Körpers auf die Erde hatte sie jäh gelähmt. Sprachlos kauerten sie auf den Brettern in der von wenig Licht durchfluteten Rauchküche.
Reauserp packte einen halbwüchsigen Jungen an der Schulter, hielt ihn und schickte diesen vor die Tür, um nachsehen zu lassen, was geschehen war. Danach, so befahl er ihm, solle er hereinkommen und berichten. Es dauerte nicht lange, da stürzte der Junge ins Zimmer, die Augen weit aufgerissen, und stammelte: „Lois ... er liegt da draußen, seine Augen sind ganz verdreht ... soviel Blut, überall ..."
„Und so ergeht es jedem, der nicht bereit ist, die Wahrheit zu sagen!"
Der Leutnant sprach es deutlich und ruhig.
Zwei Mann mussten nun mit zum Verhör. Reauserp und Maloir sowie zwei Wachen gingen mit ihnen.
Lähmend hatte sich die Angst in den Gesichtern der Unglücklichen festgesetzt. Kein Ton fiel in der Zwischenzeit. Von der nicht weit entfernten Scheune hörte man ein paar Kinder lärmen und schreien. Keiner wusste aus welchen Gründen. Jeder schien mit seiner eigenen Situation beschäftigt zu sein, niemand konnte zu diesem Zeitpunkt genau abschätzen, wie ihm eigentlich mitgespielt wurde.
Nicht lange dauerte es, bis Soldaten die Leichen der beiden zum Verhör Abgeführten heranschleiften und sie dann liegen ließen wie unterwegs verlorene Säcke.
Unterdessen hörten die verängstigten Männer immer wieder Schreie aus der nahen Scheune. Es war ihnen

klar, dass dies ihre Frauen betreffen musste. Flehentlich sahen sie ihre Wachen an, doch diese waren unerbittlich und zu allem bereit. An ihren Gesichtern sah man die Entschlossenheit zu den Befehlen. So waren die gefangenen Männer hilflos gezwungen zu ahnen, was den Ihren widerfahren mochte.

Einzeln wurden die Frauen herausgezerrt, waren Kinder dabei, so ließ man diese zurück. Immer ein paar Soldaten entfernten sich gleichzeitig von den anderen, trieben ein Weib in einen Geräteschuppen. Als die Männer mit ihrer menschlichen Beute den Weg zurückgelegt hatten, war das bedauernswerte Geschöpf durch Misshandlungen und Rohheit beinahe ihrer Kleider beraubt. Der noch vorhandene Rest wurde an Ort und Stelle in Fetzen gerissen. Gellende Schreie der nackten Frauen wurden mit unbeschreiblicher Gewalt und Brutalität beantwortet, so dass diese augenblicklich verstummten.
Die Soldaten entledigten sich ihrer Waffen, wenn sie zu den Weibern gingen. Sie wollten ihren Demütigungen und Gewalttätigkeiten ungehindert freien Lauf lassen.
Bei der weiblichen Bevölkerung war kein Verhör notwendig, denn man wusste, es wäre Zeitverschwendung gewesen, sie zu befragen, also nutzte man die Zeit anders. Und gerade hier, in diesem abgeschiedenen Teil des Landes, konnte man uneingeschränkt Vergeltung üben und seine aufgestauten Aggressionen loswerden.
Wieder entfernten sich fünf, sechs Männer von der Truppe, ihre Waffen zurücklassend. Zwei von ihnen öffneten das Scheunentor und gingen hinein, wo sich zu Tode geängstigte Frauen und weinende, verzweifelte

Kinder befanden. Sie flehten, bettelten um ihr Leben, sanken auf die Knie, ihre Peiniger beschwörend.
Die Soldaten ließen ungerührt wie auf einem Sklavenmarkt die Blicke schweifen. Nach langem Zögern waren sie einig und holten sich eine jüngere Frau, die sie mit weit aufgerissenen Augen anstarrte. Nicht mehr ihrer Beine mächtig und zu keiner Reaktion fähig, sank sie lautlos in sich zusammen. An den Handgelenken zogen die Peiniger die dem Tode Geweihte quer über den Scheunenboden.
Das Tor zum Ausgang hatten sie noch nicht erreicht, als alles blitzschnell ging. Ein weiteres potentielles Opfer hatte sich eine Waffe sichern können. Diese Frau, in ihrem erlittenen Trauma selbst den baldigen Tod vor Augen, versuchte sich verzweifelt zur Wehr zu setzen. Sie sprang mit ungeahnten Kräften auf und schrie fürchterlich in diesen unglückseligen Tag hinein, um noch einen letzten Rest Mut zu erlangen.
Sie rannte vorwärts, schwang mit aller Kraft ein Messer, und noch bevor sich einer der beiden Männer umdrehen konnte, trieb sie einem Soldaten die Klinge bis zum Heft in den Rücken. Knochen krachten und klemmten, als die Waffe den Widerstand des Körpers überwand und in diesen eindrang. Das Erstaunliche war, dass sich die Frau in ihrer bedauerlichen Position nie gefährdet fühlte. Noch unglaublicher aber war, dass ihre Kraft und Schnelligkeit ausreichten, das Messer wieder aus dem Körper zu reißen. Es überraschte sie selbst ein wenig, wie leicht es war, diese Stichwaffe mit einem Ruck wieder zu lösen.
Ungläubigkeit drückte seine Miene aus, als der Soldat sich drehte. Er hatte keine Möglichkeit einer

Abwehrreaktion, als ihn das Messer ein weiteres Mal traf, ihn diesmal tödlich verletzte.
Alles, was diese mutige, verzweifelte Frau noch tun konnte, war den Angriff des zweiten Soldaten abzuwehren, indem sie diesem mit ihrer dritten, schnellen, unmittelbar aufeinanderfolgenden Handbewegung, seitlich den Hals aufschlitzte. Sein Blut schoss in kurzen, heftigen Stößen aus der Wunde, und in diesem Rhythmus schrie er röchelnd, bis er zu Tode kam.
Blutspritzer hatten auch sie befleckt, das Messer hielt sie noch in Händen, die Szene wirkte gespenstisch. Schon kam ein weiterer Soldat angelaufen, diesmal mit dem Karabiner im Anschlag. Er erfasste den Zusammenhang, drehte seine Schusswaffe um und noch bevor die anderen Häscher den Schauplatz des Geschehens ereilt hatten, traf er das Weib mit dem Gewehrkolben das erste Mal am Kopf.
Die übrigen Frauen und Kinder schrien durcheinander. Fürchterlich zugerichtet lag die Bedauernswerte in ihrem Blut. Endlos schien ihr Elend zu dauern, bis sie schließlich an den Füßen gepackt und fortgezogen wurde. Ihr zertrümmerter Kopf hinterließ eine blutige Spur. Auch die beiden Leichen der Soldaten, der letztere war mittlerweile verblutet, wurden entfernt. Zurück blieb eine aus der Ohnmacht erwachende Frau, kaum wieder zu sich gekommen, wurde sie auch schon genötigt, den Gewaltsamen zu Willen zu sein.
Der Geräteschuppen, wo sie ihr grausames Spiel trieben, ließ schon erahnen, was auf sie zukam. Holzbegrenzungen waren mit Blut befleckt, menschliche Exkremente waren auf dem Boden und an Gerätschaften zu sehen. Man konnte nachfühlen, welche Tragödien sich hier abgespielt haben mussten.

Der Gestank war erbärmlich und kostete große Beherrschung.
Die junge Frau schluchzte auf und zitterte vor Angst. Schon wurde sie auf die Knie geworfen, mit den Händen vorne an einem Holzgeländer festgebunden. Gleichzeitig legten sie eine Seilschlinge um ihren Hals, welche mit einem Ende am Geländer befestigt und am anderen von den Tyrannen wie Zügel gehalten wurde. Wobei sie so die Möglichkeit besaßen, durch Ziehen die Schlinge um den Hals des Opfers zu festigen.
Nun nahm auch schon der erste das Seil in die Hand, zog daran bis sein Opfer röchelte und riss ihr die Kleider vom Leib. Das tat er so lange, bis kein Fetzen mehr nackte Haut umhüllte und ihr Hinterteil den ungeschlachten Sinnen der Soldaten bloß dargeboten wurde. Instinktiv presste sie ihre Schenkel aneinander. Schon zog er an dem Seil, dass ihr das Blut im Kopf hämmerte, hielt gleichzeitig seine freie Hand an ihren Schritt und forderte sie auf: „Mach auf!"
Sie gehorchte umgehend, öffnete ihre Beine und hielt still. Er befahl ihr nun den Oberkörper nach vorne zu senken, um so die Stellung seines Begehrens zu erreichen. Kurz bot er sie noch den Blicken der umstehenden Soldaten feil, nahm dann ein paar Finger voll Schweinefett, um ihr Geschlecht seinen Wünschen entsprechend zu bearbeiten. Bei jeder Berührung zitterte sie vor Scham und Abscheu und zuckte zusammen. Als er damit fertig war, brachte er sich selbst in Position.
Nach weiteren Vergewaltigungen band man sie los, doch die Frau brach zusammen und hoffte auf das erlösende Sterben.

Die Nacht hatte den unmenschlichen, grauenhaften Tag endlich geschluckt. Stocksreiter hockte mit ein paar wenigen Männern noch in der Hauptkammer des Hauses, wohin sie gebracht worden waren.
Bis zur Stunde hatte noch kein einziger Franzose davon gesprochen, worum es sich wirklich handelte. Von den Gefangenen getraute sich kein Mensch zu fragen, denn die Nervosität und Unberechenbarkeit der Soldaten war nicht abzuschätzen.
Als plötzlich Leutnant Reauserp mit einigen seiner Leute ins Zimmer trat und seine Stimme erhob, klang diese entsprechend ungeduldig.
„Sprecht endlich! Wo halten sich die Waldläufer versteckt?"
Breitbeinig stand er da, seine Oberschenkel zuckten. Stocksreiter sah fragend seine Freunde an.
„Wirst du bald antworten!" schrie Maloir dazwischen.
„Ich habe keine Ahnung wovon Ihr sprecht, Sire."
Reauserp schnaubte.
„Ihr wisst genau wovon, wir sprechen, nämlich von dem räudigen, feigen Abschaum, von bewaffneten Verbrechern, die unsere Soldaten aus dem Hinterhalt am Flusslauf niedergemetzelt haben."
„Wir kennen diese Leute nicht und haben auch niemanden gesehen, so wahr uns Gott helfe, Sire."
„Und ihr meint, dass noch irgendjemand von euch so davonkommt?"
Er drehte sich abrupt um, verließ mit Maloir den Raum und gab vor dem Haus einigen Soldaten noch Anweisungen.

Wie schrecklich muss Krieg noch werden, um endlich die Menschen zur Räson zu bringen. Sie sind nichts weiter als unersättliche Kreaturen, die auf der Lauer liegen, um ihre zweifelhaften Bedürfnisse zufrieden zu stellen. In diesem Zusammenhang kann eigentlich kaum mehr von Bedürfnissen gesprochen werden. Der Krieg bietet den Menschen die Möglichkeit, ihre niedersten Triebe einzufordern, ihre bösartige, verbrecherische Ader auszuleben. Gleich einem Pesthauch fürchten sie die Auseinandersetzung, dabei geht es letztlich immer um Vergeltung.

Auch jetzt war es wieder so. Die ausgehungerten Männer warteten niedergeschlagen auf das Vorgehen der Soldaten. Sie wurden auch nicht lange im Ungewissen gelassen, denn bald trieb man Stocksreiter mit den anderen aus dem Haus.
Lagerfeuer vermittelten einen gespenstischen Eindruck. Schwer lastete die rauchige Luft über den tanzenden Flammen. Der Himmel war frei, der Mond von Wolken zersprengt. Drückend spürte jeder die Last dieses verkommenen Tages, der seine Heimsuchung zu Ende bringen musste.
Von Wachen umringt führte Stocksreiter ein Gruppe von Männern an, welche, in sich zusammengesunken, dem Befehl gehorchten. Reauserp und Maloir folgten in weiterem Abstand, so als wüsste die Gruppe bereits wohin. Zwischen den Feuern hindurch, über vertrocknete Wiesen und Felder zog sich ihr Weg in den angrenzenden Wald. Der flackernde Lichtschein erzeugte eine unerträgliche Spannung.
Innerhalb des lichten Baumbestandes, nährten noch immer die Feuer die Sicht im Umfeld der Menschen. Den Gefangenen band man am Rücken die Arme zusammen und danach wurden sie mittels Seilen an

einem höhergelegenen Ast fixiert. Nur Stocksreiter ließ man in der Mitte stehen, nicht gefesselt, ganz auf sich gestellt, seinem Selbst überlassen.
Bevor noch die Wesenszüge des Krieges weitergeführt werden konnten, fing Stocksreiter an zu schreien „Nein! Nein!“
Ein Wachsoldat schlug ihm mit der flachen Seite des Gewehrkolbens auf den Rücken, dass er vornüber fiel. Schon rissen ihn andere wieder auf die Beine, er stöhnte vor Schmerz.
Reauserp stellte sich vor ihm auf.
„Hast du jetzt etwas zu sagen?“
Der Geprügelte schluchzte in sich hinein. Wenn er nur in der Lage wäre, den anderen und sich zu helfen. Doch er begriff, dass ihr Schicksal besiegelt war.
„Keine Antwort? Keinen Laut? Nun gut, du willst es nicht anders.“
Stocksreiter blickte erschrocken auf, sah wie ein Soldat zu einem seiner Freunde ging und diesem ein Ohr abtrennte. Blitzartig erfolgte dieser Übergriff, kaum dass der Betroffene es merkte, fast kein Blut war zu sehen, nur die Angst im bleichen Gesicht. Ohne einen Ton von sich gebend – seine Schmerzen waren im Morast des Schreckens nicht spürbar – regte dieser sich nicht weiter.
Stocksreiter sprach nicht mehr, es war ihm nicht möglich, er versuchte für das Sterben bereit zu sein. In dieser verzweifelten Lage blieben den Männern nur noch Gebete.
Die Gefangenen wurden langsam an ihren Seilen in die Höhe gezogen. Sie befanden sich dadurch in einer Situation, die so grausam war, dass sie nicht einmal mehr schreien konnten. Nur Stocksreiter war noch zu

Wehklagen fähig. Unter Schluchzen flehte er um ein rasches Ende des Martyriums.
Als ihre Knochen verrenkt, gebrochen und zersplittert waren, kamen die Soldaten seinem Wunsch nach und erlösten die Elenden mit dem Bajonett. Stocksreiter ließen sie ungeschoren. Kein Franzose sprach mehr ein Wort. Die Toten fielen herab wie vertrocknetes Blattwerk. Das Schauspiel wurde abgebrochen, so schnell wie es begonnen hatte. Stocksreiter behandelten sie mit Ignoranz, um ihn als Zeuge ihrer Macht zurückzulassen. Ihm sollte das Geschehene in seinem Verstand verwachsen bleiben.
Als sich alle abwandten, um dem Schauplatz den Rücken zu kehren, die Toten zurücklassend, wurde er mit unsichtbarer Kraft mitgezogen. Er lief ihnen hinterher und konnte mit seinem rationalen Denken nicht mehr umgehen. Es war zu Ende, keine Frage stellte sich mehr, er selbst wurde nicht mehr benötigt. Die Aktion war ausgetragen, und Stocksreiter wurde ganz einfach und bewusst als Lebender sich selbst überlassen. Eine unsagbare Erschöpfung überkam ihn, und er sackte, nicht weit von den bedauernswerten Opfern entfernt, auf dem Waldboden in sich zusammen und fiel in eine kurze, peinigende Ohnmacht.

Beißender Qualm brachte Stocksreiter beinahe den Erstickungstod. Seine flirrenden Gedanken hatten ihn in seiner Bewusstlosigkeit jedoch nicht zur Ruhe kommen lassen.
Er hustete, keuchte, rang nach Luft, merkte schnell, dass der Wind den Rauch genau in seine Richtung blies. Er versuchte aus dieser Falle zu kommen, er spürte wie ihm schwindelte. Stolpernd, sich wieder

aufrappelnd, im Davonhetzen übergebend, wollte er dorthin gelangen, wo der Wind den Rauch zerteilte, hinaus aus dem Wald des Todes.
Es gelang ihm, und was er nun sah, nachdem seine schmerzenden, vom dichten Qualm tränenden Augen wieder schwache, verschwommene Umrisse wahrnahmen, ließ Roland Stocksreiter, einen gottesfürchtigen Mann, erschaudern.
Er nahm durch den Schleier dieses Morgengrauens die bereits abziehenden Soldaten der französischen Besatzer wahr. Ihr letzter Akt der Unmenschlichkeit war es gewesen, den gesamten Weiler in Brand zu stecken. Jedes einzelne Objekt war ein Raub der Flammen geworden.
Die Franzosen hatten ihn, Stocksreiter, übrig gelassen, er konnte es nicht fassen, da dies für ihn die unerträglichste Grausamkeit bedeutete. In seiner Verzweiflung wollte er den Soldaten nachlaufen, sie anschreien, dass sie doch Erbarmen mit ihm haben und sein verwundetes Herz in Stücke reißen mögen. So unsagbar schwer und beengt fühlte er seine Seele im Leib. Was sollte er hier schon alleine tun?
Plötzlich kam ihm ein furchtbarer Gedanke – die Kinder, er musste sehen, wo sie geblieben waren. Vielleicht konnte er noch irgendwen retten.
Wie von Hunden getrieben rannte er auf den lichterloh brennenden Weiler zu. Dort bot sich ihm ein Bild der Zerstörung und Verwüstung. Überall lagen geschändete und verstümmelte Leichen von Frauen und Männern. Tiere mit aufgeschlitzten Bäuchen lagen verendet umher. Von den Kindern keine Spur.
Stocksreiter rannte geradewegs auf jene Scheune zu, in der er sie vermutete. Inmitten des unglaublichen

Höllenfeuers, zwischen den züngelnden Brandherden glaubte er noch Stimmen zu vernehmen. Ohne zu zögern, trat er der lichterloh brennenden Scheune mühelos die Tür ein, sprengte ins Innere.
Er hatte keine Chance, denn Sekunden nachdem er eingedrungen war, brach das Gebäude krachend und zischend in sich zusammen und begrub endgültig die letzten lebenden Menschen unter sich.
Gespenstisch, vom Leben verlassen lag der zerstörte, entseelte Weiler in der beschaulichen Landschaft dieses Morgens.

Elsbeths innere, nicht mitteilbare Situation war von jüngsten Glücksgefühlen noch genährt, doch bereits von hereinbrechenden Schattenahnungen verzerrt. Unglaublich unterschiedliche Gefühlsregungen wechselten ab wie Tag und Nacht. Ihre hoffnungsvollen Erwartungen wurden relativiert, als sie zu begreifen begann, dass nichts absehbar war, worauf sie warten konnte.
Senah hatte sich von ihr so weit entfernt, dass es ihr schwer fiel, sich an seine Charakterzüge zu entsinnen, sein Wesen in fiktiven Bildern aufleben zu lassen. Die Tage, welche in der Zwischenzeit vergangen waren, ließen sogar sein Gesicht in Gedanken kaum mehr vorstellbar erscheinen. Elsbeth selbst fand keinen Halt mehr, war wieder ohne Hoffnung geworden, je mehr Zeit verrann. Es berührte sie unauslöschlich, weil für sie feststand, dass dieser Franzose ihre große Liebe war und es auch bleiben würde. Vermutlich, so dachte sie, empfand er ähnlich und litt ebenso sehr. Deshalb fühlte sie noch intensiver, und ihr Herz brannte.
Angestrengt versuchte sie Abend für Abend im Wirtshaus irgendwelche Gesprächsfetzen aufzufangen. Etliches hatte sich ereignet, sie erfasste ebenso die gedrückte Stimmung der Franzosen und sie hatte auch von dem Zwischenfall am Fluss gehört. Eine Abordnung sei unterwegs, um Hilfe zu leisten, doch mehr wusste sie nicht.
Eines jedenfalls war in diesen Tagen nicht nur ihr und den Wirtsleuten, sondern wahrscheinlich auch den Franzosen sonderbar aufgefallen. Seltsamerweise blieb das Hinterzimmer jetzt leer, und noch ungewöhnlicher schien, dass es dort genau seit jenem Tag, als die für die Mission abgestellten Soldaten unter Leutnant

Reauserp aufgebrochen waren, erstmals keine Stammgäste gegeben hatte.
Wie sollte man diese Tatsache vor den das Wirtshaus besuchenden Soldaten verbergen können? Es war ein außergewöhnlicher Umstand, der auffiel, und es konnte grundsätzlich nichts Gutes bedeuten. Dies zu vertuschen war schlicht unmöglich, denn es gab im Schankdurchgang keine Tür, die geschlossen werden konnte.
So sehnten sie im Wirtshaus die eigenen Leute herbei und hatten Angst, da sich diese durch ihre Entsagung ziemlich unklug verhielten. Je länger dieser Zustand andauerte, um so mehr schätzten die Franzosen das Verhalten der Heimischen als auffällig ein.
Die Lage war spürbar gespannt, auch wenn noch nicht darüber gesprochen wurde. Doch es war ein Umstand, der auf Grund der veränderten Situation bald Reaktionen heraufbeschwören würde.

Ein kleiner Trupp der stationierten Besatzer aus Oberst Merles Kontingent zog unmittelbar nach Eintreffen des erschöpften Boten aus dem Ort. Ziemlich genau wurde ihnen beschrieben, wo der Überfall der Waldläufer stattgefunden hatte. Nachdem die Soldaten ortskundig waren, bestand für sie kein Problem nach dem vorgegebenen Weg die beschriebene Stelle zu finden.
Es bot sich ihnen ein schändlicher Anblick. Sie waren in Erwartung ihrer verwundeten Kameraden gekommen, statt dessen fanden sie diese sowie deren Begleiter nur noch tot vor. Verzweifelt erhofften sie noch ein Lebenszeichen, doch jedem einzelnen gequälten Körper war das Leben genommen worden.
Blut, versickert, getrocknet und vermischt mit fremder Erde, Blut entsprungen den Auswüchsen eines Krieges, blendete die Augen der fassungslosen Kameraden. Ihre bedeutungsschweren Blicke fanden sich wieder, in den leeren, weit aufgerissenen, stumpfen Augen der Leichen, deren Seelen der Nutzlosigkeit ihres Sterbens weichen mussten.
Nie mehr würde dieser Boden sein wie vorher, getränkt mit bezugslosem, ungewolltem Blut, musste er nun noch die leblosen Körper der Fremdländischen in sich aufnehmen. Heimaterde wurde so ihr blinder, törichter Stolz genommen.
Waren sich die Waldläufer dessen bewusst, sozusagen die Heimatgetreuen, die sich im Recht sahen, die rächten und damit sämtliches, noch nicht vergeudetes Blut in Wallung hielten?
Irgendwann gibt es nur mehr den totalen Krieg, ohne Frage nach Unrecht oder Recht, nach Menschlichkeit und Liebe. Dann sind Menschen gezwungen nach dem

Kriegsrecht zu leben, ihrer selbst geschaffenen Ausgeburt von besagtem Recht und Gesetz.

Die Bevölkerung litt sehr unter den veränderten Umständen. Nervosität machte sich im Ort breit. Die französischen Okkupanten kannten kein Pardon mehr. In jedem einfachen Menschen aus dem Bauernstand sahen sie einen potentiellen Widerständler. Tatsache aber war, dass jene subversiven Kräfte, die das System zu untergraben versuchten, offenbar untergetaucht waren.
Umliegende Wälder und Dörfer hatten die Franzosen sukzessive abgesucht, und ständig patrouillierten ihre Späher. Sie vermuteten die Widerstandskämpfer entweder ganz nah oder bereits weit entfernt untergetaucht. Systematisch durchsuchten die Soldaten vor Ort sämtliche Häuser. Nirgends wurden sie fündig.
Im Wirtshaus hatte auf Initiative Bachlechners wieder eine Runde Ortsansässiger Platz genommen.
Der Wirt hatte bemerkt, wie unruhig und aufmerksam die Franzosen wurden, wenn sie nicht tranken. Jetzt sprachen sie dem Alkohol etwas weniger zu, da sie sich in einer Art Schockzustand befanden.
Bachlechner, oder eigentlich seiner Rosi, war die Absenz der Einheimischen gleich vom ersten Tag an verdächtig vorgekommen. Sie war es auch, die immer in Erfahrung bringen wollte, was dort im Hinterzimmer Wichtiges beraten wurde, drängte deshalb nicht nur ihren Ehemann, sondern auch Elsbeth, ob sie denn Ahnung hätten. Keiner der beiden konnte eine zufriedenstellende Antwort geben.
Dann, mit dem Verschwinden von Hager, Hinterleitner und den anderen, stimmte etwas nicht mehr. Unruhe

hatte sich mit einem Mal im Wirtshaus breitgemacht. Die offizielle Kunde von den getöteten Soldaten, den grausam zugerichteten Franzosen, diese Nachricht ließ die Menschen im Ort noch furchtsamer leben.
Instinktiv hatte Rosi Bachlechner gespürt, dass etwas unternommen werden musste. Wenn die Obrigkeit die Namen jener herausbekommen hätte, die sich nicht mehr im Hinterzimmer blicken ließen, dann wäre sie vermutlich auf einer gefährlichen Spur gewesen, kombinierte sie. Die Wirtin wollte sich bemühen, diese Anonymität des hinteren Schankraumes beizubehalten, denn noch hatte niemand nach Namen gefragt. Eines Abends nahm sie ihren Ehemann beiseite.
„Wir müssen versuchen, die französische Neugierde zu umgehen. Sie liegen momentan auf der Lauer."
Albert Bachlechner blickte seine Frau an. Sie hatte Recht.
„Was meinst du, macht sie wohl so verschreckt hier drin, fast spürbar unberechenbar?"
„Albert, ist nicht seit Tagen etwas faul in unserer Gastwirtschaft? Denk' einmal nach."
Er überlegte kurz, dann war ihm klar – das Hinterzimmer. Doch er wurde gleich wieder nachdenklich.
„Was willst du tun, Rosi?"
Er blickte sie fragend an.
Rosi Bachlechner trat näher an ihren Mann heran.
„Der Raum muss wieder lebendig werden, und ich weiß auch schon wie."
„Aber wie willst du das machen? Ich habe von den jungen Heißspornen seit Tagen nichts mehr gesehen. Ich glaube, die sind nicht einmal mehr im Ort.
Seit die Jungen verschwunden sind, trauen sich die Alten alleine nicht mehr her. Die haben sich

verkrochen, weil sie selbst ganz genau wissen, dass etwas faul ist. Das macht ihnen auf ihre alten Tage Angst. Der einzige Mensch, der mir über den Weg gelaufen ist, war Rupert, nur ganz allein traut auch der sich nicht ins Wirtshaus."
„Genau, Albert", Rosi versuchte nicht laut zu sprechen, „Rupert ist die einzige Möglichkeit, um das Misstrauen der Soldaten zu zerstreuen. Du musst versuchen ihn zu bewegen, mit ein paar Leuten wiederzukommen. Es müssen bekannte Gesichter hierher gebracht werden, des weiteren neue Leute, so dass das Verhältnis von früher wieder hergestellt ist. Das könnte die Franzosen wieder auf andere Gedanken bringen, ihre diesbezügliche Anspannung in Wohlgefallen auflösen. Albert, du musst aber sehr vorsichtig sein, denn wenn es irgendeinen Zusammenhang zwischen den gesuchten Waldläufern und unseren Verschwundenen gibt, und das fürchte ich fast, dann bete um Gottes Gnade."

Am nächsten Morgen war Bachlechner, dem Rosis Worte keine Ruhe ließen, sehr früh aus dem Haus. Sehr viel stand auf dem Spiel, denn wenn sie bei den Franzosen auch nur irgendwie in Verdacht gerieten, konnte es sie Kopf und Kragen kosten.
Dabei hatten beide wirklich keine Ahnung, von welchen Vorgängen auch immer. Zwar wurde bei den Dörflern immer viel und hitzig debattiert, doch es war nichts Auffälliges bei ihm hängen geblieben. Ob Rosi mehr wusste? Nach ihrer gestrigen offensichtlichen Besorgnis zu urteilen, wäre es ihr zuzutrauen.
Er, Albert Bachlechner, konnte nur den Rat seiner Frau befolgen und versuchen den debilen Knecht ausfindig zu machen. Möge der Herrgott ihm zur Seite stehen.

Kaum hatte der Wirt in aller Stille am frühen Morgen sein Haus verlassen und auch den Haupteingang sicherheitshalber abgeschlossen – aus Rücksicht auf die noch schlafenden Frauen, Elsbeth und Rosi, schlich er sich förmlich davon – da krachte und polterte es besorgniserregend am Eingangstor.
Elsbeth und Rosi, die noch todmüde ihren gerechten Schlaf ausklingen lassen wollten, erschraken fürchterlich. Angst kroch in ihnen hoch.
Zwischen dem ohrenbetäubenden Lärm hörten sie immer wieder Rufe, sie sollen endlich die Tür öffnen, eine Abordnung der Franzosen sei hier und begehre Einlass.
Doch es dauerte, bis Rosi, nur leicht bekleidet, endlich am Torschloss hantierte, mittlerweile wütend über das Vorgehen der Franzosen. Elsbeth hatte fürchterliche Angst und verließ ihre Kammer nicht. Endlich schnappte das Schloss auf.
„Was soll der Krach, Monsieurs?“
Rosi äußerte sich ärgerlich, doch ging ihr Protest in der lautstarken Meldung des jungen Sergeanten unter. In Begleitung von vier Mann überbrachte er der Bachlechnerin, sobald er sie im offenen Türspalt erspähte, folgende Meldung: „Madame Bachlechner, ich habe den Auftrag Euch mitzuteilen, dass meine Männer und ich die Vollmacht besitzen, Euer Haus nach flüchtigen Personen zu durchsuchen. Geht aus dem Weg, sperrt sämtliche Türen auf und lasst nichts wissentlich im Verborgenen, welches uns schaden oder behindern könnte, denn sonst herrscht auch in diesem Hause Kriegsrecht!“

Nach dieser Benachrichtigung stürmten sie zu fünft über die Schwelle des Eingangstores. Dort, wo schon derart viele Menschen den Fuß übergesetzt hatten, fiel es Rosi unermesslich schwer, ein Eindringen in diesem Moment geschehen zu lassen. Doch sie hatte keine Wahl und trat zurück.
Zwei, mit Gewehren und aufgesetzten Bajonetten bewaffnete Soldaten, stürmten ins obere Geschoss des Hauses. Der Sergeant mit den beiden anderen Rekruten wollte sich mit Rosi in die Kellerräume begeben, doch die Wirtin bestand darauf, vorher noch etwas zusätzlich anziehen zu wollen.
Die Soldaten versuchten eine schnelle Abwicklung zu erreichen, um so Druck auszuüben. Doch Rosi ließ sich nicht beirren. Schon war sie auf dem Weg in ihre Kammer und überließ die Soldaten sich selbst. Der Sergeant, welcher sich mit Namen Clemont vorgestellt hatte, rief ihr nach: „Wo ist eigentlich der Wirt?"
Doch Rosi kam nicht mehr dazu, zu antworten, ein greller Schrei aus dem Obergeschoss, ließ sie vorwärts stürzen.
Elsbeth – schoss es ihr durch den Kopf, schon war sie an der Tür zur Kammer, die weit offen stand, Holz war gesplittert, Elsbeth saß weinend und verängstigt, das Laken schützend vor den Körper haltend, in ihrem Bett. Die beiden Soldaten waren eben dabei die Kammer zu durchstöbern.
„Was fällt euch ein, ihr rohes Gesindel, macht, dass ihr hinauskommt!"
Rosi schrie ihren Protest von der Seele. Die Antwort gab ein gekonnter Schlag mit der Hand, und sie ging zu Boden.

Elsbeth, deren Tränen abrupt versiegten, sprang aus dem Bett und versuchte der Wirtin wieder auf die Beine zu helfen.
An der Lippe blutend, rappelte sie sich hoch, bemerkte aus den Augenwinkeln, wie die beiden Rohlinge die halbnackte Elsbeth mit ihren Augen gierig verschlangen. Schon war einer der beiden nahe daran die Tür zu schließen, da stürmte der Sergeant herein.
Rosi widersprach lautstark dem Benehmen und Vorgehen der Männer. Sergeant Clemont, der in der Tür stand, antwortete mit einer Feststellung: „Ihr habt mir noch immer nicht gesagt, wo sich Euer Ehemann befindet."
„Würden der Herr Sergeant so gütig sein und seine Soldaten aus diesem Zimmer befehligen und sich, bis wir angekleidet sind, eine Etage tiefer gedulden? Dann können wir weiterreden."
Ein kurzes Deuten mit dem Kopf genügte, und die Männer folgten Clemont über die Treppe nach. Sie mussten nicht lange zuwarten, denn Rosi und Elsbeth beeilten sich, um nicht den Unmut der Franzosen herauszufordern.
Die Wirtin, deren Verletzung deutlich zu sehen war, kam wutentbrannt die Treppe herunter und fauchte: „Ich werde mich über das Benehmen ihrer Leute bei Oberst Merle beschweren. Ihr dringt in unser Haus ein, behandelt uns wie Tiere und seid in höchstem Maße rücksichtslos."
Sergeant Clemont, der grundsätzlich ein geduldiger Mensch war, suchte nach klaren Worten.
„Madame Bachlechner, es dürfte Euch nicht entgangen sein, dass unsere, die französische Armee, dieses Land unter seine Verwaltung gestellt hat. Zudem befindet ihr

Euch in einer äußerst bedenklichen Lage. Wie ihr vermutlich auch wisst, sind aufständische Männer der einheimischen Bevölkerung nicht weit von hier unseren Truppen in den Rücken gefallen. Einige unserer Soldaten starben auf elende Weise. Die Freischärler schreckten auch davor nicht zurück, verletzte Franzosen zu töten.
Nun, es deutet vieles daraufhin, dass die Gesuchten aus Euren Reihen kommen oder sich zumindest in diesem Wirtshaus versteckt halten könnten. Es sind vereinzelte Gesichter, die diesem Dorfleben anscheinend abhanden gekommen sind und auch seit dem Vorfall am Fluss im Haus des Wirtes öffentlich nicht mehr zu sehen waren.
Auch aus diesen Gründen, Frau Wirtin, würde ich an Eurer Stelle meinen Mund nicht so voll nehmen. Und nun sagt Ihr mir, bevor jeder Winkel dieses Hauses umgedreht wird – wo ist der Wirt?"
Rosi schluckte unmerklich. Wie sollte sie sich verhalten? Zu welcher plausiblen Lüge wäre sie noch fähig?
Überraschenderweise antwortete Elsbeth statt ihrer, da sie sich wieder ein wenig beruhigt und gemerkt hatte, wie die Wirtin mit sich selbst uneins war.
„Der Wirt ist zu meinem Vater gegangen. Es wurde wieder Zeit eine größere Menge an Lebensmitteln hinauszubringen. Das tut er immer, denn solches ist für mich mit dem Ziehwagen zu schwer."
Elsbeth konnte dies nach bestem Gewissen behaupten, denn es stimmte sogar. Nur hatte die Wirtin von dieser nebensächlichen Aktion nichts gewusst, aber umso leichter war ihr jetzt.
„Und wer ist dein Vater?"
Sergeant Clemont wandte sich Elsbeth zu, die noch auf dem oberen Treppenabsatz stand.

„Der Walber-Schmied, am Ortsrand“, antwortete sie.
In Elsbeths Ohren klangen noch immer die Worte des Franzosen nach, als er davon gesprochen hatte, dass Soldaten zu Tode gekommen waren – sie hatte Angst.

Leutnant Senah Reauserps Truppen hatten nach Tagen des Aufmarsches ins hochgelegene Lesachtal die Zielregion erreicht. Der Sommer war noch immer heiß, auch in dieser Höhenlage. Für die natürliche Schönheit des Tales, welches sich der Gail entlang zieht, besaß kaum jemand Sinn. Die Sorgen waren tief verankert und überdeckten in ihrer Schwere das Bedürfnis des Menschen an Ästhetik.
Soweit war der restliche Weg der Truppen ohne Zwischenfälle verlaufen. Die Männer waren von der körperlichen Anstrengung erschöpft, doch die seelische Belastung des Krieges war ungleich größer. Manche waren nicht mehr in der Lage, klar zu denken, fühlten eine drängende Moral, sahen sich aber außerstande zu handeln. Bedrückend und ausweglos war ihre Situation, und die einzige Möglichkeit, die Besessenheit, die einen durch die Gräuel des Krieges ergriff, abzuwehren, war, wiederum zu kämpfen, im reellen wie im übertragenen Sinn. Über den Kampf war es zumindest kurzfristig möglich, dem Gesamten so etwas wie Akzeptanz zu verleihen und die marternden Gedanken auszuschalten, geistig zu fliehen.
In diesem oberen, die Grenze zu Tirol überschreitenden Tal waren die Nester der aufständischen Rebellen weit verzweigt. Diese mit dem Einsatz ihres Lebens unerbittlich kämpfenden Talbewohner fühlten sich nur Gott und ihrer Heimaterde verbunden.
Hauptmann Solair, in jener schweigsamen Gegend Befehlshaber der französischen Truppen, dessen Männer an Zahl und Moral bereits sehr in Mitleidenschaft geraten waren, befand sich nahe am Ende seiner Kräfte. Vergeblich hatte er Hilfe aus dem angrenzenden Tirol gefordert, doch dort wurde jeder einzelne Mann in den

hartnäckigen Auseinandersetzungen benötigt. Seine gesamte Hoffnung konzentrierte er daher auf das bevorstehende Eintreffen Leutnant Reauserps und einer schlagkräftigen Truppe.
Solairs Männer standen, ohne es eigentlich zu ahnen, mitten in einem anlagebedingten Krieg. Die Taktik der Freiheitskämpfer war auf Zermürbung und Demoralisierung angelegt. Sie hatten sich in die umliegenden, inneralpinen Hochtäler und Waldstücke zurückgezogen, in denen sie sich auch blind zurechtfinden würden. Ihre Anschläge zielten darauf ab, den Besatzern das Leben in jeder Hinsicht schwer zu machen. Sie sorgten für inszenierte Steinschläge oder nächtlich in Brand gesteckte Vorratshütten.
Natürlich trachteten sie auch nach der Gesundheit der Soldaten, in einem Ausmaß, indem sie es darauf anlegten, den Betreffenden derartige Verletzungen zuzufügen, dass diese zumindest außer Gefecht gesetzt waren, Betreuung und Hilfe brauchten und so dazu beitrugen, die Moral innerhalb ihrer eigenen Leute zu zersetzen. Tote in den feindlichen Reihen wurden, wenn es der Kampfverlauf erlaubte, vermieden, denn ein toter Soldat bedeutete für seine eigenen Leute kein Problem mehr. Die Aufständischen legten es vielmehr darauf an, dem Gegner soviel Verwundete wie möglich anzuhäufen.
Zusätzlich waren die Menschen im gesamten oberen Bereich des Tales abgewandert, hatten Dörfer, Ortschaften, Weiler und einzelne Häuser einfach zurückgelassen.
Die Franzosen hatten keinerlei Möglichkeiten in Repressalien zu ergehen und waren auch menschlich nur auf sich gestellt. Der Frust war groß, und es gab

innerhalb der Truppen auch immer wieder vereinzelte Suizidfälle.
Klarerweise war das Leben der in alle Winde verstreuten Bevölkerung kein dankbares mehr, auch abhängig von der Tatsache, dass kein Ende der Belastungen abzusehen war. Doch die Strapazen konnten nie so groß sein, um einen eingefallenen Feind als Herrn zu billigen und für die Rebellen, welche nur ihrer Schuldigkeit nachkamen, galt ungeschrieben – Freiheit oder Tod.
Eine angespannte, äußerst gereizte Stimmung brodelte im Gefüge der Mannschaft, als die Truppen mit Reauserp an der Spitze endlich ihr Ziel erreicht hatten.

Vermutlich ahnte Senah Reauserp etwas im Voraus, denn an diesem wunderschönen Tag des Sommers, welcher nach einem Regen nicht mehr elende Hitze verbreitete, hatte er sich innerlich schon losgesagt.
Er versuchte seine Hand voll Begleiter bei einem Aufklärungsmarsch zu motivieren. Es gelang ihm auch, denn er überzeugte durch seine vorbildhafte, unerschrockene Einstellung. Es beengte ihn nichts mehr, er war die Ruhe selbst, so, als schien er abgeschlossen zu haben.
Seine Gedanken weilten bei Elsbeth, bei ihrer Liebe zu ihm, bei ihrem großen Herzen. Vor kurzer Zeit noch wäre es für ihn undenkbar gewesen, eine solche Ergebenheit für möglich zu halten. Er hatte sein Herz an Elsbeth verloren, und empfand Genugtuung bei dem Gedanken, dass er begehrte. So erhielt sein Leben eine unerwartete, bedeutungsvolle Besonderheit.

Erst wenige Tage waren seit der Ankunft im Hochtal verstrichen. Die Neuangekommenen waren bemüht,

sich zu gewöhnen, die Strapazen des Anmarsches wieder abzubauen. Die letzten Tage waren ruhig gewesen. Jeder versuchte neuen Mut zu fassen, in der mittlerweile gestiegenen Anzahl an Rekruten suchte der Einzelne Rückhalt.
Hauptmann Solair wollte die neu gefundene Standfestigkeit seiner Soldaten nutzen und Spähtrupps ausschicken, die gegebenenfalls den Ernstfall durchführen konnten.
Leutnant Reauserps Aufklärungstrupp bestand aus ihm selbst als befehlenden Offizier und zehn Mann. Es war vermutlich der schönste Tag des Sommers. Leichte Nebelschwaden durchzogen die Täler, die das morgendliche Licht der Sonne vielfach brachen und in einem Farbenspiel den Tag schon frühzeitig verzauberten. Anmutig gewann diese Szenerie immer mehr die satten Farben der Natur. Alle Pracht breitete sich über das Land.
Reauserp war schon zeitig mit seinen Männern dem Tag begegnet. Er fühlte sich so leicht wie schon lange nicht mehr, sein Herzschlag hielt ihn kräftigend im Rhythmus.
Ihrer Bestimmtheit nach überquerten sie eine satte Wiese, die im Morgentau dem neuen Tag entgegenperlte. Ein Waldstück, in dem sich der Nebel gleich einem Gewebe spannte, folgte. Die Luft war gesättigt und in der Bewegung durch den Dunst sichtbar. Noch nicht lange dauerte ihr Fußweg, da hörten sie das Wasser rauschen. Es zog die Soldaten in ihrer Ausrüstung durch eine wasserführende Klamm, hin zu einem beschwerlichen Aufstieg.
Zeitweise blickten die, welche einem ungewissen Tag entgegengingen, fordernd nach dem Himmel, doch es

gab nichts zu erkennen. Ein Spiel mit der Geduld, denn der freie Blick, die Sicht nach oben, lässt auch die Seele aufatmen. Umso rascher führte ihr Schritt sie voran. Noch hüllte der feuchte Atem des Morgens sie ein.
Das Rauschen des Wildwassers schwoll an, und bald mussten die Soldaten den Einstieg zur Klamm geschafft haben. Von dort verschärfte sich die Steigung stetig.
Keiner von ihnen konnte sich wirklich vorstellen, in dieser abgeschiedenen Wildheit noch Menschen anzutreffen, die sich hierher zurückgezogen hatten. Und doch mussten sie in diesen unwegsamen Gegenden versuchen, mögliche Schlupfwinkel des Gegners ausfindig zu machen. Kaum vorstellbar, doch in den Zeiten dieses Krieges sollte besser mit allem gerechnet werden.
Direkt vor den Augen des Spähtrupps erschien es, als ob die Gischt den Wald mit Wasser anreicherte; der Weiser ihres Weges ward erreicht. Noch fühlten sich die Männer gut und strebten beharrlich dem Anstieg zu, auch wenn sie mehrmals gezwungen waren, zwischen Steinen und Stromschnellen zu queren.
Mit jedem Schritt dem Gebirge entgegen, wurde aus den brechenden Nebelfetzen immer mehr eine Imagination. Majestätisch ragten die zerklüfteten, senkrechten, teilweise überhängenden Felswände, ohne ein Ende abzusehen, in einen fliehenden Dunst.
Der Aufstieg wurde zusehends beschwerlicher. Zwischen engen, von steilen Abgründen begrenzten Passagen wateten die Soldaten in ausgeschwemmten, mit Wasser gefüllten Zerklüftungen bis zum Bauch im Nass. Längst hatte sich in diesen Höhen auch der Himmel aufgetan und spannte seine unendliche Weite in eigenartiger Stille über die Schlucht.

Senah führte seine Männer in dieser für ihn eher ungewohnten Charakteristik jener eindrucksvollen Landschaft bemerkenswert gut. Er eilte förmlich den Bergen entgegen, und seine jugendliche Athletik trieb ihn voran. Seinen Mitstreitern war er wohl Leithammel, doch sie taten sich sichtlich schwer, seinem Tritt in diesem Rhythmus Folge zu leisten. Dies bemerkte auch Reauserp und ließ ein wenig vom Tempo ab.
Das Rauschen des Quellwassers war einzigartig und beruhigend zugleich. Es nahm Besitz von seinen Sinnen, ließ alles scheinbar behäbiger und die Gedanken spielend werden. Diese kreisten um Elsbeth, und er nahm sie mit übersinnlichem Empfinden in ihrer Schönheit wahr. Melancholisch drängte sich ihr Anblick in die Erinnerung, fast traurig, doch so hatten sie sich gefunden und geliebt.
Er wollte nicht entmutigt sein und versuchte nur seine Liebe zu ihr in sich zu spüren, heute am ersten Tag, an dem er sich nach all den belastenden Ereignissen besser fühlte. Nichts sollte seine Laune eintrüben, kein negativer Beigeschmack die Freude, die er in sich trug, unterbinden. Er wollte einzig in Gedanken bei ihr sein, verklärt und besonnen durch die Reinheit und Schönheit der fremden Erde unter seinen Stiefeln. Das sollte ihm wohl gelingen.
Der oberste Anstieg der stürzenden Fälle glich einem Gang ins Ungewisse. Nicht, dass neuerlich Nebel die Sicht genommen hätte, es gab ihn nicht mehr an diesem Tag, er war den wärmenden Strahlen der Sonne gewichen. Einzig der steile, felsige Aufstieg, der den Stiefeln der Soldaten alles abverlangte und welcher aus dem Blickwinkel der Männer dort endete, wo das herabstürzende Wasser begann den Fels zu

schwemmen, bewegte die Fantasie. Was mochte sich wohl dort oben hinter diesem Übergang verbergen?
Senah eilte voran, konnte bangen Herzens, gleich einem Kind, seine Neugierde nicht zähmen. Seine Kameraden wähnte er in Sichtweite, immer wieder drehte er den Kopf, um sich ihrer Anwesenheit zu vergewissern, doch nichts konnte ihn mehr halten. Es schien fast so, als würde ihm die Zeit fehlen, um noch Unwichtiges abwarten zu können. An diesem hohen Punkt hatte ihn schon längst die Sonne erfasst. Sein Körper dampfte, und er stürmte weiter empor.
Sprachlos blieb Senah stehen, als sich vor ihm ein neuer, von ungeahnter Schönheit geprägter Horizont auftat.
Der Anblick bot ihm ein relativ breites, ebenes Bachbett, von dichtem Wald gesäumt, dessen Wasser sanft und friedlich dahinfloss. Keine Spur von einem stürzenden Wildwasser, da ihm noch das Gefälle fehlte. Die satten Wiesen, die sich anschlossen, rundeten die Romantik des Augenblicks ab. Man fühlte sich eingeladen, Senah vergaß beinahe den Auftrag seiner Mission. Im Hintergrund hob sich ein kofelartiger Berg vom sommerblauen Himmel ab, der so etwas wie die Krone einer tränenrührenden Landschaft war.
In seinen weit entfernten Gedanken fanden sich die liebliche Zauberhaftigkeit Elsbeths mit der seine Augen blendende Schönheit der Natur vereint. Die Rekruten, die er für diesen Aufstieg selbst ausgewählt hatte, holten ihn wieder aus seinen Träumen zurück.
Glitzernd spiegelte das spärliche Wasser des Bächleins. Sein klarer, ruhiger Lauf lud die Soldaten nach einem beschwerlichen Aufstieg zu einem kühlen Schluck ein.

Wie seltsam bedächtig es sprudelte, nur um die Rastenden zu laben?
Wären wir bloß doch solche, die offenen Auges durch dieses herrliche Land wanderten – wäre ich nur ein Reisender am Wegkreuz, dachte Reauserp, während die Männer sich erfrischten und tranken.
Nach einer kurzen Rast und dem Verzehr von etwas Proviant, wollten sie gestärkt ihren Weg fortsetzen. Ihre Füße schmerzten zwar ein wenig, doch es sollte nach einer ordentlichen Abkühlung im Wasser des Gebirges wieder leichter werden. Sie würden nun dieses Hochtal bergwärts gehen und sollten dabei höllisch aufpassen, nicht in einen Hinterhalt der Rebellen zu gelangen. Hier irgendwo in den unzugänglichen Wäldern der Abgeschiedenheit waren die Freiheitskämpfer zur äußersten Konsequenz bereit.
Leutnant Reauserp wollte eben Befehl zum Aufbruch geben, als er plötzlich Geräusche aus dem nahen Wald wahrnahm. In der ersten Verwirrung dachte er an Tiere, vielleicht größere, etwa Bären und bemühte sich, seine Waffe in Anschlag zu bringen. Doch keine wilden Tiere streunten durch das Unterholz, nein, es waren aufmerksame, landeskundige Späher der Aufständischen, welche die müden, unvorsichtigen Soldaten der französischen Besatzungsarmee überraschend und gezielt angriffen.
Noch aus den Augenwinkeln bemerkte Senah, dass es Menschen waren, wohl jene, die sie sich selbst bemühten aufzuspüren.
Es blieb ihm keine Zeit mehr zu überlegen, wie und mit welcher Waffe er sich verteidigen sollte. Kein einziger Schuss fiel. Die Angreifer versuchten sehr wirksam vorzugehen, indem sie mit möglichst geringem

Aufwand im Nahkampf den Feind wehrunfähig machten. Die Franzosen begriffen gar nicht, wie ihnen geschah, schon war der kurze, heftige Angriff von Seiten des Gegners gefochten und vorbei.
Reauserp, der noch mit einem unschuldigen Lächeln eines verlegen Überraschten seinem Gegenüber ins Gesicht sah, hatte keine Zeit mehr sich zu fassen. Das aufgesetzte Bajonett traf seinen schutzlosen Körper und durchbohrte von unten seine Brust. Die Wunde schmerzte ihn nicht, er spürte nur, wie sein Blut aus einem tödlich getroffenen Herzen sickerte. Binnen Sekunden wurde er schwächer. Der Stoß hatte ihn zu Boden geworfen. Seltsam, dachte er bei sich, so leicht war Sterben, so unsagbar bedürfnislos, und er fühlte sich endlich geborgen.
In seinem letzten Gedanken bei seiner Liebe Elsbeth weilend, wich ihm das Blut aus den Lippen und die Seele aus dem Leib.

Die Tage und Wochen waren nach Senahs Fortgang ins Land gezogen, und sie, Elsbeth, bemerkte zuerst ungläubig, dann jedoch unumstößlich die Tatsache ihrer Schwangerschaft. Keinem Menschen konnte sie davon erzählen, zwiespältige Gefühle taten sich in ihr auf. Wie gerne hätte sie Senah, ihren Liebsten, bei sich gehabt, um ihr Herz zu öffnen, bevor es überging und ihren müden Körper an den seinen gelehnt. Angst und Zweifel hatten sich in ihr breitgemacht, da es nur mehr eine Frage der Zeit war, bis ihr Umstand sichtbar wurde. Dazu war noch die Furcht um ihren Liebsten gekommen.

Nun, hier im Kindbett, war alles zur nackten Gewissheit geworden – der Tod Senahs und ihr einsames Dasein. Die grausamste Zeit war natürlich jene gewesen, als sie erfahren hatte, dass ihr Geliebter und Vater ihres ungeborenen Kindes im Kampf umgekommen war. Gefallen für Frankreich, getötet von ihren verteidigenden Landsleuten. Es war die schrecklichste Stunde ihres Lebens gewesen.
Was den Schmerz noch unerträglicher gemacht hatte, war die Tatsache, dass sie ihre Trauer verbergen musste, obwohl sie diesen und ihren veränderten Leibeszustand am liebsten hinausgeschrien hätte.
Doch sie hatte nicht als Franzosenhure gelten wollen und sich auch vorgenommen, die wahre Herkunft ihres Kindes nie preiszugeben. Lieber sprach sie nie mehr ein Wort, denn niemand würde sie je verstehen können, würde nie in der Lage sein zu begreifen, was sie fühlte, was sie bei Senah in dieser kurzen Zeit intensiver Empfindung gefühlt hatte. Auch wollte sie niemanden an ihrem wie eine Sternschnuppe aufblitzenden Glück teilhaben lassen. Unter ihrem Herzen hatte sie ein Kind der Liebe getragen, und es war ein Teil von ihm.
Es war ihr unmöglich zu erfahren, wie Senah gestorben war, ob sein Tod Leiden über ihn gebracht hatte. Sie wusste nur, dass er und die meisten seiner begleitenden Kameraden getötet und an Ort und Stelle der fremden Erde übergeben worden waren.

Tränen rollten ihre blassen Wangen herab. Es schüttelte sie heftig, und niemand kümmerte sich in dieser schweren Stunde ernsthaft um sie. Doch, der Pfarrer hatte sie, kurz bevor sie niedergekommen war, besucht. Er, eine Seele von Mensch, dem sie es auch zu

verdanken hatte, hier im Nonnenkloster aufgenommen worden zu sein, er war die Güte und Barmherzigkeit in Person.
Jetzt allerdings war sie allein, nicht einmal ihr neugeborenes Kind war in ihrer Nähe, und außer ihm hatte sie niemanden auf dieser unseligen Welt. Ihr Vater war nur mehr ein Schatten seiner selbst und nicht einmal mehr fähig sich auszutoben. Sie fühlte sich alleingelassen, einsam und durfte kaum Verständnis erwarten.
Nur eines hatte Gewissheit – Senahs Sohn hatte sich den Weg ins Leben gesucht, und sie, Elsbeth, hatte ihrem Geliebten dadurch einen letzten Dienst erweisen können. Für sie lebte er in ihrem Kind weiter.

Luftschmecken

Stumm saß er in der Kirchenbank. In sich zusammengesunken, den Blick leer. Verschwommen flackerten die Kerzen vor seinen Augen. Undurchdringlich immerzu sein Gesichtsausdruck.
Sein einziger Gedanke galt dem Auftrag. Pünktlich sollten die Kirchenglocken läuten und er hatte, seit er diese Verantwortung trug, den Herrn Pfarrer noch nie enttäuscht. Er nahm diese Aufgabe wichtig und ernst, da zählte sein Tun etwas, da wurde er gebraucht.
Überhaupt war der Herr Pfarrer, neben seiner Mutter, der einzige Mensch, der ihn mit Respekt behandelte. Deshalb schätzte er ihn unermesslich, und er hätte ihm dies so gerne mitgeteilt, doch Nikolaus war stumm, konnte nicht sprechen, sich nicht ausdrücken. Er fühlte Beengtheit in sich.
Still war es in der Kirche, abends brach nun die Dunkelheit wieder früher als gewohnt herein. Er liebte diese beruhigende Stille im Gotteshaus, wenn er hier ganz allein war und wartete. Da wollte er nicht einmal den Pater neben sich haben, denn in diesen Momenten war er dem Herrgott sehr nahe, verstand er sich so mit seinem Schöpfer, wie dieser ihn erschaffen hatte – wortlos.
In der Kirche fühlte er sich beinahe so geborgen wie in der reichhaltigen Natur, die eigentlich nie ganz still war. Ihm war es gewährt, die Geräusche des Lebens noch nachhaltiger zu empfinden, und er spürte diese mit der unglaublichen Intensität seiner Sinne. Doch wahrscheinlich waren Kirchen dazu da, um Gott in aller Stille zu begegnen.
Nun war es Zeit geworden, die Glocken zu läuten. Für ihn war es bereits ein Ritual. Die schweigende Kirche mit Klängen zu erfüllen, ihm allein war es vergönnt und

jedes Mal unbegreiflich, dass er es sein durfte, der diese Aufgabe zu verrichten hatte.
Pater Nikodemus betrat immer während des Glockenspiels die Kirche durch einen Seiteneingang der Sakristei. Er folgte stets dem Ruf des Mesners. Entweder fand er sich zum Gebet ein oder, wie heute, zur Vorbereitung der Abendmesse.

Im fünfzehnten Lebensjahr stand nun Elsbeths Sohn Nikolaus. Dem Leben ausgesetzt, spürte er den täglichen, inneren Kampf. Er merkte wie eine ungewisse Wandlung in ihm vor sich ging, für niemanden von außen wahrnehmbar.
Nikolaus, der seine zuckenden, fiebrig zitternden Arme und Beine oft nicht mehr kontrollieren konnte, meinte manchmal, dass sein Kopf nicht zu seinem Körper gehörte. Dann wenn sein Rumpf schrankenlos agierte.
Seine Sinne waren offensichtlich nur dann gebündelt, wenn er andächtig die Kirchenglocken läuten oder sich mit der Bibel zurückziehen konnte und im Begriff war, das Lesen zu erlernen. Ungezählte Stunden starrte er manchmal auf die bedruckten Seiten und wusste nicht, was er damit anfangen sollte. Ihn faszinierten die Schnörkel im Buch, und er hatte nur ein Ziel – deren Bedeutung zu erfassen. Er fühlte sich dazu hingezogen, nach und nach wurde ihm der Begriff des Buches offenbar.
Wenn er in sich gekehrt von dieser Welt Abstand nahm, dann lebte er den inneren Traum. Es schien dann so, als würde seine Behinderung nicht durchdringen können, einfach keine Möglichkeit haben, vorzustoßen. Das waren Momente in seinem Leben, in denen es in ihm

keimte, seiner Seele keine Grenzen zu setzen, doch es war eine schier haltlose Illusion.
Innere Zurückgezogenheit und fehlende Sprache hatten sein krüppelhaft wirkendes Wesen geprägt. Einzig die Liebe seiner Mutter, die uneigennützige Hingabe von Elsbeth, gab seinem Leben einen Sinn.

In der bescheidenen Küche des Pfarrhauses bereitete Elsbeth für den Herrn Pfarrer ein Nachtmahl zu. Wenn er von der Abendmesse zurückkehrte, hatte er meist noch Hunger. Auch Nikolaus, der ihn begleitete, wollte essen.
Vor etlichen Jahren schon hatten Elsbeth und Nikolaus bei Pater Nikodemus Aufnahme gefunden. Nach der Geburt ihres Sohnes war sie nur kurz ihrer angestammten Arbeit im Wirtshaus nachgekommen. Immer unerträglicher wurden die anzüglichen und oft gehässigen Bemerkungen der Gäste.
Der Pfarrer hatte sie um Hilfe gebeten, denn sein Haushalt befand sich nach dem Tod seiner Köchin in einem Ausnahmezustand. Für Elsbeth und Nikolaus bot sich eine Gelegenheit den ständigen Herabwürdigungen zu entgehen. Nikolaus war zu diesem Zeitpunkt noch ein Kleinkind, und Elsbeth war dem Pater dankbar für sein Angebot.
Sie führte den Haushalt des Pfarrhauses so gut es möglich war. Das Kochen ging ihr leicht von der Hand. Im Laufe der Zeit merkte sie, wie sich ihr Sohn in der beruhigend wirkenden Umgebung des Pfarrhauses und der Kirche immer wohler zu fühlen begann. Damit wurde auch sie glücklicher.
Obwohl sie in dieser Zeit noch ihren tyrannischen Vater zu versorgen hatte, klagte sie nicht. Sein Zustand war

der eines jämmerlich versoffenen Egoisten, der sich selbst kaum noch helfen konnte. Wäre Elsbeth nicht ein so warmherziger Mensch gewesen, um den Schmied hätte es zu dieser Zeit schlecht gestanden. Es nahm jedoch ein rasches Ende, irgendwann in diesen Jahren gab der Walber-Schmied sein kümmerliches, gramgebeugtes Erdenleben auf. Elsbeth fühlte Leere nach dem Tod ihres Vaters. Außer Nikolaus hatte sie nun niemanden mehr, von ihren beiden Schwestern hörte sie nichts. Die Schmiede stand seitdem leer.
Der Pater war ein bescheidener Mann, war froh über Elsbeths Hilfe. Sie war der gute Geist in diesem Pfarrhaus und ließ alles durch ihre behutsame, fürsorgliche Art warm und lebendig werden. So schmeckte auch das von ihr zubereitete Essen. Pater Nikodemus wusste das alles wohl zu schätzen. Er liebte Elsbeth und Nikolaus in seiner Güte über alles.

Das Abendmahl war fast fertig, als es am Haustor klopfte. Ungewöhnlich, dachte Elsbeth bei sich, sollte die Abendandacht früher als gewohnt geendet haben? Das Klopfen schien aber nicht von Nikolaus zu stammen, der immer unruhig dem Pater vorauseilte und nicht erwarten konnte, dass seine Mutter öffnete, obwohl der Pfarrer immer den Schlüssel bei sich trug .
Nein, das konnten sie noch nicht sein, denn Kirchenglocken hatte sie auch keine gehört.
Still war es an diesem herbstlichen Abend, als sie an der Tür fast etwas ängstlich fragte: „Wer ist da?“
„Der Gstettner-Bauer, Alfons Gstettner. Elsbeth, ich bin’s!“
Erleichtert schob sie den Riegel zurück und öffnete die Haustür.

„Alfons, du kommst gerade recht zum Abendessen, der Pater und Nikolaus müssten auch gleich hier sein. Komm' herein."
Alfons Gstettner trat ein, er blickte Elsbeth erwartungsvoll an.
„Elsbeth, du meinst doch nicht, dass ich gekommen bin, um den Pater zu besuchen? Na ja, wenn ich schon hier bin, rede ich immer gerne mit ihm. Doch sehen wollt' ich dich, denn du lässt dich bei uns zu Hause gar nicht mehr blicken. Mutter und Vater lassen dich und Nikolaus schön grüßen.
Daher bin ich hier, um dich zu fragen, ob du mit Nikolaus wieder einmal vorbeikommen möchtest?"
Elsbeth, die wieder in die Küche zurückgekehrt war, verschwammen die Gedanken. Sie dachte an früher, als sie ein Mädchen und zu den Gstettner-Bauersleut geflüchtet war. Auch mit Alfons hatte sie sich immer gut verstanden, und essen durfte sie, soviel sie wollte.
Sie sah Alfons an, der sie erwartungsvoll anblickte.
„Ja, Alfons, ich, nein wir werden kommen, sobald ich mich hier etwas freimachen kann. Wir werden euch besuchen, Nikolaus freut's auch immer. Wie geht's deinen Eltern, sind sie gesund?"
Alfons hatte schon vor geraumer Zeit den Hof vom Vater übernommen, dieser kränkelte, nicht zuletzt wegen der unseligen und unruhigen Zeit. Seit die Franzosen im Land waren, war der Alt-Bauer nicht mehr genesen. Alfons' Mutter, die Bäuerin, war noch immer die bestimmende Seele im Haus und am Hof.
Daher brauchte Alfons eine Frau, und er wollte Elsbeth, es war sein Wunsch, sie heimzuführen.
„Danke, Mutter geht es ganz gut, und Vaters Gebrechen kennst du ja, er fürchtet sich schon jetzt vor dem

Winter. Elsbeth, bitte komm doch bald vorbei, lass nicht wieder soviel Zeit vergehen.“
„Ja, ich versprech’ es, doch jetzt denk’ ans Essen, denn es gibt Tirolerknödel und Salat. Hast keinen Hunger?“
„Weißt Elsbeth, wenn ich dich seh’, wenn ich in deiner Nähe sein kann, brauch ich sonst nichts mehr. Aber weil du so gut kochst, und die Knödel so g’schmackig riechen, nehme ich deine Einladung gerne an. Natürlich nur, wenn der Herr Pfarrer nichts dagegen hat, und außerdem darf ich dann noch etwas länger bei dir bleiben.“
Hitze stieg Elsbeth ein wenig ins Gesicht.
„Pater Nikodemus“, antwortete sie, „ist ganz bestimmt erfreut über deine Gesellschaft. Wo bleibt er eigentlich nur?“
In diesem Moment vernahm sie das ungeduldige Klopfen ihres Sohnes. Sie beeilte sich, die Tür zu öffnen.
Nikolaus umschlang in eckiger Unbeholfenheit seine Mutter, sie drückte zärtlich ihren Sohn an sich. Als er Alfons wahrnahm, konnte er sich nur schwer unter Kontrolle halten, schnitt Grimassen und verrenkte als Ausdruck der Freude unbeschreiblich seine Gliedmaßen.
Alfons, der Elsbeths Sohn zwar kannte, aber doch nicht so vertraut mit ihm war, wusste nicht so recht, wie er damit umgehen sollte.
Elsbeth bemerkte sein Unbehagen und erklärte rasch, indem sie Nikolaus behutsam über Rücken, Kopf und Arme strich: „Nikolaus freut sich, dass er dich hier sieht, er hat dich in guter Erinnerung. Ich will ihn nur beruhigen, dass er sich in seiner Freude nicht mehr schadet als nutzt.“

„Ah, der Alfons Gstettner, ich hab' dich schon vermisst", begrüßte der eintretende Pater den Gast.
„Guten Abend Herr Pfarrer, die Arbeit am Hof lässt mir nicht soviel Spielraum."
„Jetzt, wo du schon hier bist, wirst du dich mit uns doch zum Abendmahl gesellen? Elsbeth und Nikolaus sind da bestimmt einer Meinung mit mir."
Aus der Küche hörten sie das Einverständnis.
„Dann nehme ich dankend an", entschied Alfons.

Als wenig später Alfons mit dem nochmaligen Versprechen Elsbeths, sie würde so bald wie möglich einen Besuch auf dem Gstettner-Hof machen, wieder auf dem Heimweg war, bemerkte Pater Nikodemus Elsbeths etwas gedämpfte Stimmung.
„Elsbeth? Hat dir das Essen nicht bekommen? Also mir hat es wie immer ausgezeichnet geschmeckt und auch Alfons ..."
„Nein, Herr Pfarrer, das ist es nicht."
„Was dann, was bedrückt dich, mein Kind?"
Elsbeth zögerte.
„Willst du gerne mit dem Alfons gehen und mich aber nicht enttäuschen? Mach dir darüber mal keine Sorgen."
„Herr Pfarrer, ich bin sehr glücklich, ich und vor allem Nikolaus könnten es nicht besser haben. Es ist für ihn hier unschätzbar, nie könnte ich ihm sein Glück nehmen. Im Pfarrhaus, in der Kirche, in Eurer Nähe, da werden seine Augen heller. Ich weiß ja nicht, wie er fühlt, wie es in seiner Seele aussieht und wie viel und was er von seinem Leben begreift. Eines weiß ich aber bestimmt, dies hier ist seine Welt, und der liebe Gott

hat damit einen Weg gefunden, ihn glücklich zu machen.“
Nachdenklich setzte sich Elsbeth auf einen Stuhl. Der Pater ließ ganz bewusst eine kurze Pause wirken, bevor er vorsichtig das Wort ergriff.
„Mit dem lieben Gott hast du gewiss Recht, Elsbeth, ich brächte es nie übers Herz, Nikolaus etwas von dem zu nehmen, was ich als seinen inneren Reichtum bezeichnen möchte. Mir fiele es nie im Traum ein, auch nur daran zu denken.
Nikolaus könnte jeden Tag bei mir sein, wenn er wollte und mich auch weiterhin unterstützen. Es bedarf diesbezüglich keiner Änderung, das weißt du, Elsbeth.
Meinst du aber nicht, dass der liebe Gott auch an dich denkt, dir einen kräftigen, jungen Bauern schickt, der im Herzen gut ist? Ich weiß auch, dass du dich von Kindheit an mit dem Alfons immer gut verstanden hast. Gstettner-Bäuerin zu werden – Elsbeth, ich meine, du bist die Beste, die Alfons kriegen kann. Er weiß das auch, aber ich denke, er hat dich auch sehr gern, mit einem Wort, du hättest es gut bei ihm.“
Nachdenklich blickte Elsbeth zu Boden, der Pater versuchte ihre Körpersprache zu deuten.
„Ich merk’ schon, deinem unzweifelhaften Gesichtsausdruck nach zu urteilen, dass du ihn nicht liebst, damit stellt sich die Frage nicht mehr, doch eines solltest du tun, wenn du so fühlst – sag’ es ihm.“
„Ich kann nicht“, murmelte Elsbeth ganz leise, „er ist ein so herzensguter Mensch, ich kann ihm nicht weh tun. Er würde es nicht verstehen.“
„Denk’ daran, wie lange er sich schon um dich bemüht, wenn du ihn nicht enttäuschen willst, musst du offen zu ihm sein und das schon bald.“

Es schauderte Elsbeth bei dem Gedanken nicht mehr eine tiefere Liebe für einen Mann aufbringen zu können. Nie könnte sie nach ihrer schicksalhaften Begegnung mit Senah auf leichfertige Weise die Frau eines anderen Mannes werden. Unbeschreiblich war seine Liebe, die er ihr geschenkt hatte, als ob diese Begegnung nicht von dieser Welt gewesen wäre. Niemand könnte dies je verstehen, mit keinem Menschen würde sie ihre Gefühle teilen können.
Einem Mann, der sie begehrte, könnte sie nie im gleichen Maße Zuneigung entgegenbringen. Sie wusste nicht, ob es immer so sein würde, doch sie wusste, welch tiefe unbeschreibliche Empfindungen Liebe loslöste, alles andere zählte nicht.
Pater Nikodemus hatte Recht, sie durfte niemanden unnötig kränken, sie musste Alfons nahe bringen, wie sehr sie ihn als Mensch und Freund schätzte. Ihm jedoch mehr zu geben, war sie nicht in der Lage.

Nikolaus hatte die Gunst der Stunde genutzt, um sich heimlich mit der Bibel auf sein Zimmer zurückzuziehen. Heimlich deshalb, weil er einfach Angst vor der Reaktion der Erwachsenen hatte.
Von allem Anfang an hatte ihn dieses geheimnisvolle Etwas fasziniert, fühlte er sich zu dem hingezogen, was die Menschen Schrift nannten. In der Kirche wurde bei Andachten und Gottesdiensten immer wieder die große Bibel zur Hand genommen, um daraus vorzutragen. Dort tat er auch seine ersten Blicke in dieses heilige Buch. Unbegreifliches Erstaunen und eigentümliche Faszination galten dem bedruckten Papier. Er konnte nicht davon lassen, immer wieder besah er sich die verrenkten Gebilde.

Er verstand darin eine Nähe zu seinen mühevollen, unkontrollierten Gebärden. Beide waren sie Ausdruck – die endgültigen, unwiderruflichen Formen im Buch und die überreizten, nachahmenden, nie zur Ruhe kommenden Bewegungen seines Körpers.
Er blieb in seinem Blick an des Pfarrers Lippen hängen, wenn er diesen aus dem Buch lesen hörte. Die meisten Worte erreichten seinen Verstand nicht, da ihm vielerorts die Erklärung fehlte und er keine Möglichkeit hatte, danach zu fragen.
Für Nikolaus bedeutete es eine große Bereicherung, in Erfahrung zu bringen, dass dieses Sprechen mit dem Buch Lesen genannt wurde. Und er wusste, dass es eine große Herausforderung sein musste, des Lesens mächtig zu werden. Es würde ein seelischer Umbruch auf dem Weg zu seinem persönlichen Glück sein.
Nun befand er sich im Zimmer bei seinen akribischen Versuchen, die Buchstaben zu deuten. Die Konturen der Schrift nahmen mit ihm eine Art Verbindung auf. Für ihn war es ungleich schwieriger, denn er konnte doch sonst nur bei der Predigt beobachten und hören, nie selbst die Stimme klingen lassen, sondern nur im Geiste repetieren. Unsagbar viel Zeit bedeutete es für ihn, den einzelnen Buchstaben in der Vielfalt seiner Möglichkeiten wirken zu lassen. Nikolaus' Eifer war ungebrochen.

Alfons Gstettner unterdrückte seine Ablehnung und war wieder einmal im Begriff, das Wirtshaus zu betreten.
Bei all dem französischen Gesindel, wie er meinte, bedeutete es für ihn eine außerordentliche Überwindung, dorthin zu gehen. Die lästerlichen Blicke, die jeder Einheimische aushalten und keineswegs entgegnen konnte, waren unerträglich. Deshalb wählte er einen späteren Zeitpunkt, dann, wenn nicht mehr so genau auf Eintretende geachtete wurde, da die Blicke bereits trübe geworden waren.
Alfons bemühte sich unauffällig an den Tresen zu gelangen, dort blieb er abseits stehen, denn an den fadenscheinigen Diskussionen im Hinterzimmer wollte er auch nicht unbedingt teilnehmen.
Rosi Bachlechner begrüßte den seltenen Gast: „Alfons, dass du dich wieder einmal anschauen lässt! Wo warst denn immer?“
„Rosi, gib mir ein Bier, ich hab Durst!“
„Ja ja, schon gut, wird gleich erledigt. Willst dich nicht hinten hinsetzen, ein paar bekannte Gesichter sind schon da?“
Alfons hatte sich schon wieder abgewandt, verstohlen blickte er durchs Lokal, sah sich durch die stickige Luft die fremden Leute an. Was mochte wohl in diesen Menschen vorgehen, die nicht nur hier waren, um die Wirtshäuser anderer zu belagern. Er konnte es nicht begreifen.
Rosi stellte ihm den Krug hin. Der überlaufende Schaum riss ihn aus seiner Versunkenheit.
„Bist wohl übel gelaunt heute? Schade, da seh’ ich dich so selten, und dann ist es nicht möglich, ein vernünftiges Wort mit dir zu reden.“

Wortlos nahm er die Hülse voll Bier, saugte gierig und geräuschlos daran und folgte der Wirtin mit seinem müden Blick. Als er absetzte, sich den Bierschaum aus dem Oberlippenbart wischte und Rosi wiederkehrte, sprach er, endlos durch sie hindurch blickend: „Wo ist eigentlich Albert?“
Über die Schulter rief sie ihm zu: „Der hütet das Bett!“
Sie musste sich sehr beeilen und dabei hoffen, dass es nicht allzu viel Geschäft geben würde. Wehmütig dachte Rosi an Elsbeth zurück. Und jetzt noch die plötzliche Krankheit von Albert, ihr blieb auch nichts erspart, jünger war sie schließlich nicht geworden. Trotzdem musste sie nun schneller laufen.
Alfons Gstettner gesellte sich nun doch zu seinen Landsleuten ins Hinterzimmer, denn es wirkte geradezu verräterisch, wenn man bei den Franzosen stehen blieb. Eigentlich war er nur gekommen, um ein Bier zu trinken, doch wer wollte das schon verstehen.
Kaum betrat er den Raum, empfingen ihn auch schon die ersten schrägen Stimmen. Er hatte dies erwartet, denn die Wirtshausgeher sahen in ihm einen Außenseiter, und vielleicht konnte man daraus auch einen Franzosenfreund machen.
Alfons hatte nicht einmal die Zeit, sich zu setzen, da hörte er schon die lästernden Stimmen, welche scheinheilig danach fragten, warum er nicht weiter bei seinen Freunden, den Franzosen, stehen geblieben war. Er wollte sich keineswegs auf einen Streit einlassen und umgehend wieder kehrtmachen, da vernahm er eine Gehässigkeit, die ihm schwer zu schaffen machte.
„Ach, übrigens Alfons, heute traf ich ungewollterweise deine Franzosenhure mit ihrem schwachsinnigen Balg. Sah aber nicht so aus, als ob sie von dir träumte, denn

sie war gerade im Begriff, sich einen anderen Mann anzulachen. Der halbwüchsige Idiot neben ihr ...“
Weiter kam er nicht mehr.
Alfons zog seinen noch halbvollen Tonkrug durch und schleuderte ihn aus vollster Kraft in Richtung des Kontrahenten. Dieser war durch die schnelle, unerwartete Bewegung nicht in der Lage zu reagieren und wurde mit voller Wucht am Hals getroffen.
Das begleitende hämische Gelächter war wie ausradiert, dem Getroffenen blieb die Luft weg, und noch im Kippen des Stuhls wurde er durch die nachkommende Wucht Alfons' über den Tisch zu Boden gestreckt.
Doch der Frevler konnte sich nicht mehr zur Wehr setzen, denn der äußerst harte Anschlag des Kruges hatte ihm die Besinnung geraubt. Und doch überlegte Alfons noch, diesem Schweinehund die letzte Luft aus dem Hals zu drücken. Er kam nicht mehr dazu seine Überlegung fertig zu denken, schon rissen ihn Franzosenhände mit einem Ruck von seinem bewusstlosen Opfer und nahmen ihn in Gewahrsam.

Das Land und seine Menschen befanden sich in einem sehr bezeichnenden Zustand. Niemand konnte die Situation mehr gutheißen. Die immer wiederkehrende Zermürbung der besetzenden Truppen lähmte die Menschen.
Verfall wird jene unverwechselbare Phase eines Niedergangs genannt, wenn niemand mehr in der Lage ist, seinem Nächsten zu trauen. Eine Eigenart nahm von den Menschen Besitz, keiner konnte die Bedrücktheit ausleben.
Noch immer wechselten Tag und Nacht, schien die wärmende Sonne auf Berge und Täler, wie das bleichende Mondlicht die Nacht in Frage stellte. Doch in den Köpfen der Menschen machte sich Dumpfheit breit, sie versuchten mit der Verkrümmung ihrer Seelen umzugehen. Ein immer wieder aufflackerndes Bemühen um den beklemmenden, verzweifelten Aufstand im Geiste ließ all jene hoffen, die noch glauben konnten.
Sie beschworen vor allem eine Überwindung des Schmerzes, der sie niederdrückte, und wenn sie selbst ihr Leben dabei lassen müssten. Sie brauchten sich nur umzusehen, um für jedes Stückchen Land, welches ein Teil von ihnen war und sie ein Teil von ihm, das Letzte zu geben. Niemals würden sie sich dem Joch beugen und Verrat an der ihnen anvertrauten Erde üben.
Die Franzosen mutmaßten diese Identifikation mit der einzigartigen Verbundenheit von Mensch und Natur in diesem Land.

Es gab Zeiten, da zählte Nikolaus keineswegs als unbedeutender Tropf und Schwachsinniger, nein, da war er durchaus willkommen. An jenen Tagen war er für beinahe jeden einzelnen Dorfbewohner von Nutzen. Nikolaus fühlte diese Tage herannahen, seine empfindsame Gabe spürbar werden. Es machte sich derart bemerkbar, als ob in ihm etwas in Wallung geriete und er über sich vollends die Kontrolle verlieren würde. Doch es entwickelte sich ganz genau das Gegenteil, er wurde anfällig, hochsensibel für äußere Einflüsse. Dieses Phänomen kündigte sich über Tage hindurch an und war in seiner Wirkungsweise exakt. Gänzlich undefinierbar als Aktion gipfelte es als absolute Ausnahmesituation.

Der vibrierende und spannungsgeladene Körper des Jungen ahnte bestimmte Naturbegebenheiten voraus. Meist trafen diese in ihrer Dramatik die Menschen auf unangenehme Art.

Am Höhepunkt seines ungewöhnlichen Befindens konnte Nikolaus seine Ahnungen auch deuten. Zuerst war ihm nicht ganz klar gewesen, warum sich dieses Gefühl bemerkbar machte, so intensiv einspielte, dann trug es sich zu, dass seine Deutung tatsächlich und in jedem Fall auch zutraf. Je vertrauter ihm die Gefühlslage wurde, desto deutlicher kam er zur Erkenntnis des Luftschmeckens.

Bemerkenswert zwar, doch es war nicht anders, als dass Nikolaus aus der scheinbar unmerklichen Luft ein Verständnis herausfilterte. Einen Geschmack, der ihm Tage davor vermittelte, es würde ein eher einseitiges Ereignis geben. Diese Tatsache veranlasste die meisten Bewohner des Ortes dazu, ihn in dieser Phase als Freund zu behandeln. Hier waren die Dörfler bestrebt,

den unbestrittenen, eigenartigen Fähigkeiten, welche auf dem Wege der Gebärden ausgedrückt wurden, zu vertrauen.
Wenn etwa Hagel unmittelbar vor der Ernte oder ein vorzeitiger Wintereinbruch drohte, wurde Nikolaus gebraucht. Ehrfürchtig wurde ihm für diese Weisdeutungen Respekt gezollt, und in solchen Zeiten wurde er als Luftschmecker tituliert.
Nikolaus wusste um seine goldenen Tage und versuchte sich dahingehend auch entsprechend in Szene zu setzen. Nicht öfter als vielleicht zweimal im Jahr hatte er diese energieraubenden Eingebungen, und dabei war es ihm kaum möglich, darauf nicht zu reagieren.
So war es auch im vergangenen Jahr, zu Beginn des Sommers, die Nächte waren kurz und lau, da kam es über ihn.
Sein Körper geriet völlig außer Kontrolle, Hitze überkam ihn, ohne dass er schwitzte. Tagelang lag er in dieser Selbstzügelung bis er eines Morgens Feuer schmeckte. Ganz deutlich kam es über seine Zunge, ein verheerendes Feuer sollte bevorstehen. Die Leute im Dorf wurden gewarnt und zur Vorsicht gemahnt, einige quittierten es mit überheblicher Skepsis.
Sie wurden eines Besseren belehrt, als zwei Tage später die Feuersbrunst ihren Lauf nahm. Aus Selbstentzündung dürfte es zu dieser Katastrophe gekommen sein. Dem Dorf und dessen Menschen war ein beträchtlicher Schaden zugefügt worden. Danach wurde er wegen seiner hexenhaften, aber gottgewollten Eigenart nie mehr nicht ernst genommen.
Diese Fähigkeit hatte Besitz von ihm genommen, sie saß fest in seinem Kopf und krallte dort den Mythos der Bewunderung hinein. Es war jedes Mal ein ungeheurer

Auftrieb für seine Wesensart. Dieselben, die den scheinbar verkrüppelten Idioten sonst mit Ächtung straften, spielten sich zu gegebener Zeit als seine Gönner auf. Seine, Nikolaus', absonderlichen Tage wurden nur ganz selten durch diese unerklärliche Form der Begabung abgelöst.

Eine noch viel gröbere Problematik wurde tagtäglich drängender. Neues, ungestilltes Verlangen bewegte sich auf unergründlichem Niveau und trat als pubertäre Strömung zu Tage, die sich ebenso im Kopf festsetzte und von dort aus ihr Heil suchte.
Die neuartigen Gefühle waren für ihn nicht bewertbar. Er fiel in eine tiefe Leere, weil er nicht ahnte, wie ihm geschah. Sein körperliches Empfinden war für ihn nicht einschätzbar.
In der Sexualität trifft den Menschen die Wahrheit immer ungeschminkt. Die Unvollkommenheit des Lebens wird schonungslos dargestellt.
Die erwachende Sinnlichkeit von Elsbeths Sohn verwirrte diesen nachhaltig. Immer öfter trieben ihn Träume, die er nicht nachvollziehen konnte, in einen inneren Konflikt. Sein nächtens zuweilen erigierter, feuchter Penis und die begleitenden Gefühle vernebelten die Zusammenhänge endgültig. Eine Situation, der er nicht gewachsen war, da keine Möglichkeit bestand, eine wie immer geartete, existenzielle Bewertung zu erhalten.
Der erste Samenerguss, ein viel zu unbedeutend kurzer Moment, stürzte Nikolaus vollends in die Krise und führte zu völliger, innerer Aufgelöstheit.
Deutlich wurden zeitweise Schwankungen auf der Beziehungsebene zu seiner Mutter. Es war ihm nicht

klar, dass er versuchte, Elsbeth als Frau zu betrachten, was ihm emotional gänzlich unmöglich war. Doch es drängte ihn, seine Wandlung zuzulassen.
Auch Elsbeth bemerkte natürlich eine gewisse Wesensveränderung an ihrem Sohn, maß dem vorerst aber nicht viel Bedeutung bei.
Die Anzahl seiner Erektionen nahm zu, die innere Aufgeriebenheit ebenfalls, seine Reaktion war ein Schutzmechanismus in Form von noch tieferer Zurückgezogenheit. Bald merkte Nikolaus, dass ihm dies nichts nützte. Er war der Träger seiner Wesenheit und musste bereit sein, sich selbst zu begleiten.
Anleitung durfte er zwar keine erwarten, aber der Versuch, sich treiben zu lassen, war eine Möglichkeit. An noch unbekannten Ufern würde er stranden. Seine Unsicherheit bestand jedenfalls auch darin, nicht zu bemerken, was gut oder böse war. Dies gelang ihm zwar nicht einmal im Ansatz, aber immer deutlicher griff die Tatsache, dass die wesentlichen Themen der Menschen unter der Oberfläche rumorten.
Nikolaus entsann sich, dass seine Mutter nie Geheimnisse aus ihrem Körper machte und er sie bestimmt schon unzählige Male ganz vertraut so gesehen hatte, wie Gott sie schuf. Allerdings wurde dieses von ihm nie als Auffälligkeit näher in Betracht gezogen. Auch nicht die ganz gewöhnliche Begebenheit, in der Elsbeth ihren Sohn wusch und auch für sich selbst dieser Notwendigkeit nachkam.
Es sollte nun eine andere Bedeutung erlangen. Nikolaus fieberte neuerdings dem gemeinsamen Waschtag entgegen, für ihn hatte sich diese Welt schlagartig verändert.

Es dauerte nicht lange, um dem wöchentlichen Ritual wiederum nachzukommen. Elsbeth füllte die große, hölzerne Wanne der Waschküche mit heißem Wasser. Dunst hüllte den Raum in undurchdringliches, nebelhaftes Licht.
Nikolaus war noch intensiver bemüht, sich in seiner geheimen Art den Büchern zu widmen, sein mühevolles Lesen und Schreiben in der inneren Gefühlswelt Platz greifen zu lassen. Es gelang jedoch keineswegs, das eine durch das andere zu verdrängen. Sein Leben forderte in komplexen Facetten sein Recht.
So auch an jenem bedeutungsschweren Abend, als Elsbeth das Bad bereitete. Die Düfte und Gerüche der Essenzen, die verwendet wurden, zogen ihre unsichtbaren Spuren.
Nie musste sie Nikolaus zu einem Bad holen, immer war er von selbst erschienen. Die angenehmen und beruhigenden Duftnoten, die aus der Waschküche strömten, lockten seine verbliebenen Sinne stärker als alles andere.
An jenem Abend strich ebenfalls eine Einladung zum Bad an seiner Nase vorüber. Nikolaus zitterte und versuchte innezuhalten. Die Schrift der offenen Bücher verschwamm vor seinen Augen, die Buchstaben begannen einen imaginären Tanz. Krampfhaft starrte er weiter auf die Seiten. Die losgelösten Gefühle in ihm, durch die anregenden Baddüfte aus der Verborgenheit geholt, ließen ihn nicht mehr frei.
Elsbeth machte sich unterdessen keine Gedanken um ihren Sohn, denn dieser hatte noch nie eine vollgelaufene Wanne versäumt, so empfindlich war seine Nase. Platz hatten sie beide genug, in dem

großen, hölzernen Bottich. Langsam begann sie mit dem Ablegen ihrer Wäsche.
Der Drang danach, die Waschküche aufzusuchen, wurde für Nikolaus immer größer. Wärme stellte er sich vor, die Waschküche beheizt, wohlig warm mit züngelnden Flammen den Kesselofen befeuert, das Wasser darin kochend. Eine äußerst entspannte Situation schwante ihm. Die Tür geschlossen, so dass die Wärme im Raum gespeichert blieb, die hohe Temperatur, die an Hitze grenzte, das heiße Wasser zu Nebel verdunstet. Die lange Vorbereitung erfüllte diese umfassende Komposition.
Dass dies alles die Handschrift seiner Mutter war und sie die Arbeit mit Liebe ausführte, das empfand auch Nikolaus so. Für sie begann schon mit der Vorbereitung zum Bad die eigentliche Entspannung. Nikolaus schätzte auch die beruhigende Stille, die Begegnung an sich, auf der besonderen Ebene in der Beziehung zu ihr. An diesem Abend stellte er sich seine Mutter zwischen den Nebelschwaden des feuchten Raumes vor, doch in Gedanken konnte er sie nicht erkennen. Seine Bewegungen verrieten Nervosität, es drängte ihn danach, sie zu sehen. Langsam und leise schlich er trotz seiner bedauernswerten Verrenkungen zur Tür des Badraumes. Zwischen Ritzen und Fugen drang die schwere, feuchtgeschwängerte Luft nach außen.
So gut er nur konnte, versuchte er geräuschlos die Tür zu öffnen und durch den engen Spalt zu schlüpfen. Im ersten Moment nahm ihm der Dunst völlig die Sicht, doch dann sah er seine Mutter, die ihn, mit sich selbst beschäftigt, noch nicht wahrnahm. Elsbeth war dabei, die Unterbekleidung zu lösen, summte ein Lied vor sich hin und stand bald völlig nackt im Waschraum.

Nikolaus, der diese Augenblicke in sich aufsog wie ein Dürstender, sah seine Mutter mit anderen Augen. Sie bewegte ihren Körper vor, stand mit einem Bein bereits im Waschtrog, als sie ihren Sohn erblickte.
„Nikolaus, was ist? Ich habe schon auf dich gewartet.“
Sie machte eine einladende Handbewegung.
Schon wollte Elsbeth zu ihm eilen, da fing er bereits eilig und hastig an, sich selbst zu entkleiden. Natürlich tat er sich in seiner Unkontrolliertheit schwer, doch er musste unbedingt verhindern, dass seine Mutter sich ihm näherte. So blieb er außer Reichweite, entfernte sich noch zwei weitere Schritte und stolperte über seine Kleidung.
Elsbeth, die sein übereifriges Gehabe verdutzt registrierte, ließ ihn walten. Sie deutete seine eigenartige Verhaltensweise im Zusammenhang der letzten Tage, an denen er sich bereits sonderbar benommen hatte.
Um keineswegs etwas falsch anzugehen, versank Elsbeth bis zum Hals im wärmenden Wasser, welches für sie immer Labsal bedeutete. Nikolaus, ohne weiter Zeit zu verlieren, stürmte geradezu in das schützende Nass und saß seiner Mutter gegenüber.
Sie suchte seinen Blick, doch er wandte sich ab. Bis zum Kinn steckte er in der wohligen Wärme. Verstohlen blickte der Junge zu seiner Mutter, deren weiße Brüste an der Wasseroberfläche glänzten und urplötzlich gemeinsam mit ihrem Kopf abtauchten.
Als sie dabei ziemlich lange unter Wasser blieb, spürte Nikolaus ihre strampelnden Beine gegen die seinen stoßen, und unvermeidlich berührte sie auch sein Gesäß und Geschlecht. Gedämpft durch das Wasser erlangten die Bewegungen in der Berührung so etwas wie

Zärtlichkeit. Nikolaus fühlte ein Kribbeln durch seinen Körper fahren, nahm die Unbedachtsamkeit seiner Mutter wahr, und seine Bewegungen ließen durch die ungestüm ausschlagenden Gliedmaßen das Wasser überschwappen.
Elsbeth tauchte prustend wieder auf. Das Wasser rann wie ein dünner Film über ihr Haupt. Sie strich mit beiden Händen über Augen und Haar.
„Nikolaus! Was ist denn in dich gefahren? Du wirst es noch schaffen, dass wir im Trockenen sitzen."
Rundum war alles klitschnass, dunstige Schwaden verschleierten die Sicht, Temperatur und Luftfeuchtigkeit entsprachen der Atmosphäre des Bades. Das Feuer im Heizofen loderte noch immer unter dem Waschbottich. Rauchend zeugte das Wasser im Kessel davon.
Elsbeth erhob sich vorsichtig zu voller Größe, hielt sich an den Rändern der Wanne fest, um nicht auszugleiten. Nikolaus erhaschte gierig einen Blick auf ihre Nacktheit. Er hielt in seinen Bewegungen inne und den schnappenden Mund offen.
Sie bemerkte sein Verhalten, wollte aber ihr Tun in gewohnter Weise fortführen. Behände stieg sie aus dem Bottich, holte mit einem Holzeimer neues, dampfendes Wasser und gab es vorsichtig zum Badewasser.
„Gefällt es dir?" rief sie Nikolaus zu, doch seine Anwesenheit verlor sich in seinen fixierten Augen. Er saugte jede Bewegung seiner Mutter auf. Als sie wieder ins Wasser kam, war er bereits erschöpft.
Elsbeth tat wie sonst auch und schickte sich an, ihrem Sohn den Kopf zu waschen, doch dieser wich irritiert zurück. Doch er konnte sie nicht davon abhalten und

erkannte die Nutzlosigkeit seines Zögerns, denn sie begann zielstrebig ihr Vorhaben.
Bei dieser Tätigkeit federten ihre bleichen, sehr schönen Brüste dicht vor seinem verschreckten Gesicht. Er wand sich unter seinen feurigen, inneren Attacken und genoss diese zarten, massierenden Hände wie nie zuvor. Sein erigierter Penis schmerzte, war im überdies anregenden, warmen Wasser zur vollen Größe angeschwollen. Phasenweise schloss er die Augen, um die sanften Bewegungen der weichen Brüste nicht sehen zu müssen.
Nikolaus verstand nicht, wie ihm zumute war, was war geschehen in diesen jüngsten Wochen? Seine Mutter, Elsbeth, brachte mit ihrem Körper diese eigenartigen Gefühle in Wallung. Nie zuvor war ihm Ähnliches in den Sinn gekommen. Ihr Verhalten war auch nicht anders als sonst. Diese bodenlosen, Halt suchenden Gefühlslandschaften, die vormals in seinen Träumen aufgetaucht waren, konnten nicht allein mit seiner Mutter in Verbindung stehen. Er stellte zwar eindeutig fest, dass sein Glied davon hauptsächlich betroffen war, aber er konnte keinen Zusammenhang erkennen.
Das, was er neben den Regungen in seinem Körper zudem fühlte, war peinlichste Scham, doch auch dies war ihm unbegreiflich. Sein Gewissen war rein und doch bedrückt von der urplötzlichen Veränderung, die eigentlich seine Entwicklung bedeutete. In der Welt seiner Vorstellungskraft hatte keine Erklärung Platz, nur war ihm klar geworden, dass Berührung auch Linderung bedeuten konnte.
Elsbeth richtete sich auf und drängte Nikolaus ebenfalls, sich zu erheben. Ihre Waschrituale waren wie

immer äußerst ergiebig, und sie dachte gar nicht daran, heute etwas anders zu machen.
Nur widerwillig gehorchte ihr Sohn, und sie sah zwischen seinen Beinen den Grund dafür. Sie seifte seinen Oberkörper kurz ein, deutete ihm, wie er fortfahren sollte, machte es an ihr selbst vor, doch sah nur in verständnislose, konfus wirkende Augen, die sie anstarrten.
Obwohl sie nun fast scheute, blieb ihr nichts anderes übrig, als selbst, so wie immer, Hand an Nikolaus zu legen. Das gemeinsame Bad hatte sich bereits in die Länge gezogen. Seltsamerweise ließ Nikolaus, nun eher beruhigt, mit sich umgehen. Er war dankbar für die behutsamen Hände seiner Mutter und ließ mit ihrer Hilfe dem Dröhnen im Kopf ein Ende bereiten.
Nur flüchtig hatte sie ihn berührt, spürte dabei die Hitze, die von seinem Geschlecht ausging, welches zum Zerbersten gespannt war. Schon wollte sie ihren Sohn wieder in die Wanne setzen, als sie seine Verkrampfungen bemerkte, die befremdlichen Zuckungen seines Gliedes wahrnahm und seine Samenflüssigkeit ins Badewasser und über ihren Körper ergießen sah.
Kein bedauerlicher Einschnitt in ihrem Seelenleben, so empfand Elsbeth. Vielmehr bangte sie um das Wohl ihres behinderten Sohnes, der schon als Kind einem Leben voll schwerwiegender Probleme ausgesetzt war und nun, in der Phase zum heranreifenden Mann, diesem verlangenden Leben schutzlos ausgeliefert sein würde.
Tränen liefen Elsbeth über das Gesicht. Zärtlich säuberte sie Nikolaus und beendete mit ihm einen Abend im Bade, der nicht mehr war wie einst.

Die lauen Tage wirkten sehr beruhigend auf die Menschen. Altweibersommer wird diese Zeit genannt, und jedem war sie wohl ein Ziel, ein Lichtblick im sonst fordernden Jahreslauf. Man spürte in dieser Zeit eine verträgliche Ruhe aufkommen, wie eine Zäsur des Alltags. Das hieß zwar keineswegs, dass die Zeit aussetzen und die Menschen innehalten würden, aber es gab eine verbindende Atmosphäre in diesen Tagen der stabilen Wetterlage.
Auch Elsbeth war nach den belastenden Wochen wie verwandelt. Zuerst die extreme Phase des Sommers, abgelöst von den viel zu lange andauernden Niederschlägen. In den Bergen war es danach spürbar kälter geworden. So waren die wenigen, ausgleichenden Tage mit der ungewohnten Milde der Sonne und dem diesigen Licht eine willkommene Bereicherung zwischen den Jahreszeiten.
Man sollte dieser besonderen Offenbarung des Jahres große innere Aufmerksamkeit schenken, fand Elsbeth. Unschätzbar waren diese Stunden – gleichsam eine Sünde, wäre man nicht genügend dankbar dafür gewesen.

Elsbeths noch ausständiger Besuch am Gstettner-Hof drückte schwer auf ihr Gemüt. Sie wusste, es war etwas, was besser gestern als morgen zu erledigen gewesen wäre. Seit seinem letzten Besuch hatte sie Alfons nicht mehr gesehen, und das musste wohl mehrere Wochen her sein. Ihr Herz war während jener Zeit sehr schwer geworden, und es tat ihr selbst am meisten weh, dass sie Alfons hatte abweisen müssen, aber alles andere wäre nicht ehrlich gewesen.

Natürlich hatte Elsbeth von dem Vorfall im Wirtshaus gehört, auch von Alfons' edelmütigem Verhalten, was ihre Person betraf. Es tat ihr sehr Leid, dass er dafür einige Tage von den Franzosen festgehalten wurde. Elsbeth wollte den Gerüchten im Dorf nicht noch mehr Nahrung geben, indem sie ihn besuchte.
Die heißen Tagen des vergangenen Sommers ließen auch bereits verheilte Wunden wieder aufreißen. In ihrer Erinnerung wurde jene unbeschreibliche Zeit, die Senah wiederkehren ließ, in vielschichtiger Intensität lebendig. Jeder Geruch kam geradezu in durchdringendster Art und Weise hoch und schmerzte sie. Die Leidenschaft ihrer einst großen Liebe kroch Elsbeth so unter die Haut, als ob es gestern gewesen wäre. Nur bei ihm hatte sie so empfunden.
Da tat die bedeckende Trägheit des beschwichtigenden Nachsommers eine unvergleichliche Wirkung. Die fühlbare Erinnerung war grausam schön und doch kaum auszuhalten.

An einem Sonntagnachmittag des wunderbaren Altsommers bat sie Pater Nikodemus, er möge für die restlichen Stunden des Tages auf sie verzichten. Elsbeth dachte daran, nicht nur den Hof des Gstettner-Bauern, sondern im Anschluss auch Rosi Bachlechner und den Wirt aufzusuchen. Rosi war die Einzige, der sie sich wegen Nikolaus anvertrauen konnte.

Alfons Gstettner stand an diesem milden Nachmittag gedankenverloren vor dem Haus, als sein Herz zu jubilieren begann. Zuerst war er nicht sicher, doch bei näherem Hinsehen, als er den Jungen an seinen

Gebärden erkannte, begriff er, dass Elsbeth zu Besuch kam. Seine Beine kamen in Bewegung.

Elsbeth wurde wieder mit einer Erinnerung konfrontiert. Sie selbst war es einst, die unverhofft Besuch bekommen hatte, unvorbereitet war sie gewesen, als damals Senah dem Haus zustrebte. Er hatte sie bei der Arbeit überrascht und ihre Sinne wurden von der angenehmen Art des jungen Offiziers bald ergriffen.
Damals ahnte sie noch nicht, was sie fühlen würde, doch als er so einfach bei ihr auftauchte, bestätigten sich mit einem Schlag die eigenen, inneren Schwächen. Sie erlebte erstmals ein Hochgefühl, welches der Liebe zuzuschreiben war, aus dem Herzen gewachsen.

An dem ruhigen, milden Sonntag, als Alfons dankbar und freudestrahlend auf sie zueilte, befand sich ihr Herz ebenfalls in Aufruhr – doch unter erheblich anderen Vorzeichen.
Nikolaus, der sichtlich in Stimmung war, konnte es kaum erwarten, auf den Bauernhof zu kommen, zuckte aber doch ein wenig zurück, als er den Fremden auf sie zulaufen sah. Erst aus der Nähe gewann das Gesicht für ihn eine gewisse Bekanntheit. Trotzdem suchte er Körperkontakt zu seiner Mutter.
„Elsbeth, ich freue mich so, dass ihr hier seid. Nun bist du wirklich gekommen, eigentlich dachte ich ... vor lauter Arbeit gibt es wieder keine freie Zeit für dich.“
Alfons musste sich beherrschen, Elsbeth nicht gleich um den Hals zu fallen, so drückte er nur etwas überschwänglich ihre Hand und strich Nikolaus freundschaftlich über den Kopf.

„Ich hab's doch versprochen. Natürlich nur wenn's dir recht ist ... und deinen Eltern, sonst kann ich gerne ein andermal wiederkommen."
Elsbeth wollte noch ein paar Entschuldigungen geltend machen, doch Alfons ignorierte ihre Einwände einfach. Beide, Elsbeth und Nikolaus, geleitete er einladend, aber bestimmt zu seinem Hof.
„Elsbeth, sieh dir dieses Fleckchen hier nur gut an, würde es dir nicht gefallen?"
Er sah Nikolaus dabei an.
„Was meinst du? Du wärst die Prinzessin hier, die ich zur Königin machen würde."
Elsbeth lächelte, eine sehr leidvolle Begeisterung zuckte um ihre Lippen.
„Es ist sehr schön hier, Alfons."
„Schön nennst du das?"
Alfons lachte hohl und tat gleichzeitig erstaunt.
„Wie kamst du nur in derart großer Bescheidenheit auf diese Welt? Dein Gemüt zeugt von einem weiten Herzen."
Verloren sah sie ihn an, blickte durch ihn hindurch, den Kummer in der Brust, ihm die Enttäuschung ins Gesicht sagen zu müssen. Doch es gelang ihr nicht, so aus dem Bauch heraus, obwohl eine knappe Benennung klare Verhältnisse geschafft hätte. So sagte sie nur für den Augenblick: „Wenn es keine Umstände macht ... wir haben nur etwas Durst ..."
Am Hof herrschte sonntags meist friedliche Ruhe, nur unterbrochen von Lauten aus den Tierbehausungen, dem Gackern der Hühner, die umherliefen, und vielleicht sah man noch die eine oder andere Magd, die sich um die Stallbewohner kümmerte. Doch jetzt, um

diese Jahreszeit, waren die Ställe meist noch leer, die Tiere noch auf den Wiesen und Weiden.
Das Bauernhaus lag in der sonntäglichen Ruhe, und Elsbeth fühlte trotzdem eine Bedrängnis, die ihre Seele belastete. Sie hätte nicht herkommen dürfen, denn vielleicht führte ihr Besuch bei Alfons zu Missverständnissen.
Nikolaus spielte in seiner unbeholfenen Art schon mit den Katzen, und in diesen Augenblicken freute sie seine unbelastete Aufgeräumtheit. Erstaunlich seine Vertrautheit, die er hier gänzlich ungewohnt an den Tag legte, nur zu erklären mit seiner uneingeschränkten Liebe zu Tieren.
Auch Alfons bemerkte diese willkommene Ungezwungenheit des Jungen und wies Elsbeth vorsichtig darauf hin.
„Es freut mich, dass sich Nikolaus hier wohl fühlt. Sicherlich ein Umfeld, das seinem Wesen entspricht."
Elsbeth lächelte unverkennbar voll Nervosität und versuchte vom Thema abzulenken.
„Ich wollte auch deine Eltern besuchen und guten Tag sagen. Sind sie im Haus?"
„Ja, natürlich, doch möglicherweise ruhen sie noch, wir werden sehen."
Elsbeth drängte trotzdem der Haustür zu, um so vielleicht ein allgemeines Gesprächsthema zu haben.
In der Küche war es wegen der kleinen Fenster, die nur wenig Tageslicht zuließen, düster. Hier mischten sich Elsbeths Gefühlsregungen, sie nahm den Geruch wahr, den sie als Mädchen empfunden hatte, vieles war noch immer gegenwärtig. Durch die Erinnerung spürte sie tiefe Dankbarkeit in sich, jene Zeit wollte sie trotzdem nicht wieder lebendig werden lassen.

Als Alfons mit seiner Mutter eintrat, wurde ihr bewusst, wie sehr die Gstettner-Bäuerin von einem entbehrungsreichen Leben gezeichnet war. Und diese Frau freute sich Elsbeth zu sehen.
„Sieh' nur, Mutter, wer hier ist!"
Alfons brüllte es fast, und Elsbeth glaubte, dass eine altersbedingte Schwerhörigkeit der Frau zu schaffen machte.
Schon war die Bäuerin bei ihr und umarmte sie.
„Schön dich zu sehen, Kind. Ich dachte schon, du hättest uns ganz vergessen, aber nun bist du ja hier. Alfons freut sich sehr."
„Aber Mutter, lass sie doch einmal verschnaufen, sie kann doch so nicht zur Ruhe kommen. Elsbeth, setz' dich, du wirst müde sein und vielleicht ..."
„Nein, lasst nur, es hat gut getan, das Gehen, endlich bin ich einmal aus dem Alltagstrott herausgekommen."
Beide, Mutter und Sohn, fixierten Elsbeth, und plötzlich erhob die alte Frau das Wort: „Das ist doch kein Leben so, Kind. Pater Nikodemus ist zwar ein ehrenwerter Hirte, doch du und dein Nikolaus, ihr könntet es besser haben."
„Doch, es geht uns gut, der Herr Pfarrer ist eine Seele von Mensch, Nikolaus fühlt sich sehr wohl dort ..."
Elsbeth erschrak ein wenig und rannte zum Fenster.
„Wo ist er überhaupt?"
Alfons beruhigte sie: „Mach dir keine Sorgen, hier ist er gut aufgehoben, es gibt für einen Jungen viel zu entdecken, und er kommt auf andere Gedanken."
Elsbeth wurde nachdenklich.
„Vielleicht hast du Recht ..."
„Natürlich habe ich Recht, ich bin doch selbst ein Junge gewesen, und es wurde mir nie langweilig in der

Umgebung unseres Hofes. Der Wald ist auch in der Nähe."
„Ja, aber du weißt doch ... Nikolaus ..."
Alfons ließ sie nicht aussprechen.
„Ich weiß, was du meinst, Elsbeth, aber glaube mir, er wird hier seine eigene Situation vergessen, und es gilt Neues zu entdecken, das kannst du mir glauben."
Alfons' Augen glänzten, er sprach gestenreich auf Elsbeth ein und wollte nicht ihren Widerstand wahrhaben. Die Altbäuerin nickte immerfort, und auch sie ließ die junge Frau nicht aus den Augen, dass Elsbeth beinahe körperlichen Druck verspürte.
„Bestimmt sollte es zu Anfang gelingen, sein Wesen zu beschäftigen ... doch dann?" murmelte sie leise vor sich hin.
Ihr Kopf schien zum Bersten, ihre Gedanken überschlugen sich, drängten nach vor, doch Elsbeth wollte sie ziehen lassen und fragte nach dem Befinden des Gstettner-Altbauern. Mutter und Sohn mussten sich bei dem raschen Themenwechsel erst sammeln, und Alfons antwortete nach kurzem Zögern: „Ich weiß auch nicht, wo er heute so lange bleibt, er wird doch nicht wieder eingeschlafen sein? Warte ein wenig, ich werde gleich nach ihm sehen."
Alfons wollte vom Tisch weg zu seinem Vater eilen, doch Elsbeth hielt ihn am Arm zurück. Seine Mutter wurde ganz aufgeregt und erinnerte ihren Sohn daran, wie sehr ihr Mann gezeichnet sei und momentan viel zu schwach, um überhaupt Besuch zu empfangen.
Alfons tat wie ihm geheißen und ließ sich aus seiner halbgebückten Stellung wortlos wieder auf den Stuhl sinken. Elsbeth merkte die Stimmungslage und versicherte, niemanden stören zu wollen.

„Vergiss nicht, deinem Vater schöne Grüße zu bestellen.“
Die alte Bäuerin erschrak.
„Du wirst doch nicht schon wieder gehen wollen?“
Jetzt sprang Alfons endgültig von seinem Platz auf.
„Nein, nun gibt’s noch was zur Stärkung.“
Schon war er auf und davon, wartete etwaige Einwände nicht ab und eilte zum Vorratslager.
Der Jungbauer wurde von seiner hastigen, ungehobelten Art geprägt. Seine Abwesenheit nutzte die Bäuerin, um ihren Sohn ins Gespräch zu bringen. Umständlich versuchte sie Elsbeth zu umgarnen.
„Kind, es hat dir doch bei uns immer gut gefallen, weshalb machst du es dir so schwer?“
Elsbeth fühlte sich dem Drängen in der Stimme der alten Frau ausgeliefert, und es war ihr klar, dass die Bäuerin eigentlich meinte – *warum machst du es uns so schwer?*
Sie bemühte sich auch Verständnis aufzubringen, denn die Nöte der Alten drehten sich alleine um ihren Sohn, der vielleicht nicht die richtige Ehefrau bekommen würde. Wer käme sonst schon als Jungbäuerin in Frage? Die Sorgen betrafen außerdem den Lebensabend der beiden Alt-Bauern, die schon jetzt mehr gebrechlich als gesund waren. Die Ängste der Gstettner-Leute lagen auf dem Tisch. Doch wer scherte sich um Nikolaus’ und ihre Bürden, dachte Elsbeth.
„Meinst du nicht auch, Alfons kommt für dich gerade zur rechten Zeit? ... Er ist doch ein kräftiger Mann auf den man sich verlassen kann.“
Niemand, so dachte Elsbeth, war befähigt, ihre wahre Empfindung begreifen zu können. So blieb keine einzige Möglichkeit, um Zutrauen zu erlangen.

Die Bäuerin versuchte es noch einmal.
„Du wirst doch nicht sagen wollen, dass er dir nicht gefällt? Er ist doch ein Mannsbild, wie man ihn nicht alle Tage zu sehen bekommt."
Elsbeth blieb stumm, ihre Gedanken wanderten, nur Gesprächsfetzen drangen an ihr Ohr, sie wollte gehen.
Alfons, der mit treuherzigen Augen zurückkehrte, versuchte mit einer schmackhaften Aufwartung der Situation eine Wende zu geben. Er zweifelte selbst an dem Gelingen, wollte es sich doch nicht eingestehen. Bei Gott, er hegte nur gute Absichten und meinte es gewiss ehrlich mit Elsbeth, doch tief drinnen spürte er, dass es nicht genug wäre. Er ahnte, dass sie ein außergewöhnlicher Mensch war und er mit seinem Ansinnen scheitern würde. Sie war für ihn vermutlich viel zu weit entfernt.
Elsbeth erhob sich, der Tisch war angehäuft mit den köstlichsten Leckerbissen, die sie alle unbeachtet ließ.
„Alfons, bitte, ich muss mit dir sprechen."
Ihre ernsten Worte ließen ihn stocken, sein Magen krampfte sich zusammen, er ahnte, was kommen würde. Wortlos folgte er ihr nach draußen. Elsbeth zitterte, trotz der angenehmen Temperaturen fröstelte ihr.
Schweigend gingen sie nebeneinander, jeder mit seinen eigenen Gedanken beschäftigt. Nikolaus war in der Zwischenzeit nicht mehr zu sehen, niemand achtete darauf. Elsbeth blieb stehen, ihr Atem wurde ruhiger, sie selbst innerlich überzeugt und erleichtert über den eigenen Mut. Ihre Frage traf ihn unerwartet.
„Alfons, liebst du mich?"
Er stockte.

„Oder nennst du es vielleicht anders, aber sag' trotzdem, was du für mich empfindest?"
Seine Augen hielten ihrem Blick nicht stand, er senkte den Kopf, unfähig zu antworten. Er konnte sie nie besitzen, sie nie als seine Frau bezeichnen, dafür hatte Gott ihn nicht geschaffen.
Elsbeth war es ein großes Bedürfnis, die Situation zu klären, und sie hakte nach.
„Sind es doch nur Wunschgedanken, die erfüllt werden sollen? Was ist es wirklich?"
Er musste sich wenigstens rechtfertigen.
„Elsbeth, du bist bildschön, und die Leute können reden was sie wollen, für mich bist du ein Mensch, der sein Herz am richtigen Fleck hat."
„Alfons, ich weiß, bestimmt hätte ich es gut bei dir, aber ... ich liebe dich nicht ... und du liebst mich auch nicht, denn sonst würde es uns anders ergehen. Glaube mir, alles was du brauchst, ist eine tüchtige Bäuerin. Du denkst wahrscheinlich, dass alles andere sowieso von alleine kommt.
Das sind die echten und einzigen Gedanken eurer Zunft. Vielleicht ist dies auch die richtige Einstellung, und wahrscheinlich hat man es dann wesentlich einfacher im Leben. Ich, Alfons, und das musst du verstehen, kann nicht über meinen eigenen Schatten springen, und es geht mir nicht unbedingt gut dabei, aber ich kann nicht anders.
Such dir eine tüchtige Frau, die deiner würdig ist, denn du bist ein herzensguter Mensch. Versuch zu begreifen, dass wir beide gemeinsam kein Glück finden würden."
„Elsbeth, ich habe deine Ablehnung befürchtet, hoffentlich triffst du die richtige Entscheidung für dich."

„Alfons, wenn es dir hilft, es hat keineswegs mit dir persönlich zu tun, doch mir ist in meinem Leben die Liebe begegnet, eine Liebe, wie sie nie tiefer bewegen kann. Versuche zumindest mein Seelenleben anders zu sehen, dann will ich dir von Herzen danken."
Benommen stand er da. Ehe er noch antworten konnte, vernahmen sie undefinierbare Töne, die Elsbeth Angst bereiteten.
Nikolaus!
Ihr stockte der Atem, was ist nur mit ihm? Sie lief, rannte dorthin, woher die seltsamen Geräusche kamen – zum Stall.
Als Elsbeth und Alfons die Stalltür aufrissen, entdeckten sie Nikolaus nicht sofort, aber sie hörten ihn, vernahmen auch die Geräuschkulisse seiner Bewegungen.
Langsam gewöhnten sie sich an das dämmrige Licht im Inneren des Gebäudes – und Elsbeth sah sie zuerst. Die Kleidung ihres Sohnes lag nicht nur verstreut umher, sondern war teilweise wie Dekoration in der gesamten Scheune verteilt. Sie hatten Mühe diese aufzulesen und alles in der Eile zu finden. Und oben auf dem Schober, dort wo sich das meiste Heu befand, hörten sie Geräusche von eigenartiger Natur.
Alfons stieg langsam die Leiter hoch. Elsbeth folgte ihm.
Als sie den Heuboden erreichte und Alfons wie angewurzelt dort stehen sah, erblickte sie gleichzeitig ihren Sohn Nikolaus. Er wälzte sich, vollständig nackt, mit überdrehten Augen im Heuvorrat und nahm niemanden mehr wahr. Der Junge befand sich in einer Art Trancezustand und schien von seiner Umgebung wie abgeschottet zu sein. Zusätzliche Dramatik

verkörperte der Kalbsstrick, den er um seinen Hals gebunden hatte, und wie um sich selbst zu züchtigen, zog er immer wieder daran.
Die Situation war bizarr und grotesk. Elsbeth befand sich gänzlich unvorbereitet in einer Atmosphäre des Unheils. Sie erlebte Nikolaus in einem Zustand der Auflösung, undefinierbares Gewinsel und Gestöhne von sich gebend.
Sie liebte ihren Sohn, doch war es ihr unmöglich in diesem Augenblick auf ihn zuzugehen. Alfons, der wie gelähmt zwischen ihnen stand, flehte sie an doch etwas zu tun. Der Junge war der Erschöpfung nahe, doch es war keineswegs ein Ende absehbar. Alfons kam ins Schwitzen und wusste nicht, wie Nikolaus zur Räson zu bringen wäre. Elsbeth zitterte am gesamten Leib, klammerte sich hilflos an die krampfhaft zusammengeknäulten Sachen ihres Sohnes und weinte. Das Schluchzen machte Alfons noch unschlüssiger.
Da sah er das Seil vom zuckenden Körper des Jungen herabhängen und reagierte blitzschnell. Mit einem Griff hielt er das lose Ende fest und zog ruckartig daran. Die Augen des Nackten quollen hervor, sein Gesicht lief rot an, er schnappte nach Luft. Mit den Händen trachtete er instinktiv Befreiung zu erlangen. Wiederholt zog Alfons an, und der Strick fixierte noch enger den aufgeblähten Hals. Nikolaus röchelte und fiel kraftlos in sich zusammen. Leblos lag sein Körper in der Bewusstlosigkeit, Alfons kniete nieder um den Kalbstrick rasch zu lösen und die Atmung des Jungen wieder zu ermöglichen.
Seine Mutter begann ihn langsam anzukleiden.

Noch ganz verstört machte sich Elsbeth wieder auf den Weg. Rosi Bachlechner wollte sie noch aufsuchen, sonst käme sie wieder nicht dazu. Eigentlich hatte sie sich darauf gefreut, doch nach dem Erlebten war ihr seltsam zumute.
Alfons hatte das erschöpfte Kind ins Haus getragen, wo er später eingeschlafen war und Elsbeth versichert, er würde ihn nicht aus den Augen lassen. Sie könne Nikolaus holen, wann es ihr beliebe, doch sie bat nur, ihn über Nacht ausruhen zu lassen.
Den Kopf voller zermürbender Gedanken, schier aufgelöst und doch mit dem Wissen, ihren Jungen in guter Obhut zu haben, traf sie bei den Wirtsleuten ein.
Sie betrat das Haus durch den Hintereingang und dachte sofort an Senah, als er in jener heißen Sommernacht den Weg durch dieses Tor zu ihr gefunden hatte. Sie schloss kurz die Augen, als sie die Tür aufdrückte, und sie spürte ihr Herz ähnlich wie einst pochen.
Im Gastraum und dem angeschlossenen Hinterzimmer rührte sich kaum etwas, zu jung war noch der Abend. Rosi fiel Elsbeth gleich um den Hals und begrüßte sie herzlich.
„Bist du heute alleine oder ist Nikolaus noch vor dem Haus?“
Elsbeth verneinte: „Er ist am Gstettner-Hof geblieben ...“
„Ah, wird’s dann doch etwas aus Alfons und dir, das ist aber schön, ich dachte schon ... aber Elsbeth, was ist? Du weinst ja.“
Elsbeth schluchzte in sich hinein. Die vertraute Umgebung und Rosis Stimme, der Geruch an den Wänden

und Hölzern löste Melancholie aus, die sie letztlich überwältigte.
„Rosi, verzeih ... aber es war hier lange Zeit mein Zuhause.“
„Ich weiß, Elsbeth ... doch es bedrückt dich auch etwas. Heraus damit.“
Wieder versagten Tränen ihr die Stimme.
„Na komm schon, so schlimm wird es nicht sein.“
„Nikolaus ... es geht um Nikolaus ... sein Verhalten wird immer sonderbarer.“
Elsbeth schilderte Rosi die Vorfälle, die sich ereignet hatten. Sie spürte dabei auch eine Entlastung, die ihrer Seele gut tat.
In der Wirtin hatte sie eine aufmerksame Zuhörerin, die Elsbeth wie ihre eigene Tochter kannte und liebte. Deshalb fühlte Rosi bei ihren Schilderungen sehr mit. Als sie nun geendet hatte vom vergangenen Nachmittag zu erzählen, war Rosi betroffen und enttäuscht zugleich.
„Das heißt, dass du eigentlich nie die Absicht hattest, Alfons als Ehemann in Betracht zu ziehen. Und was Nikolaus betrifft, hast du irgendeine Erklärung dafür?“
Für Elsbeth war es jedenfalls nicht leicht, auch wenn sie zu Rosi sprach, über Nikolaus' jüngstes Verhalten zu berichten, doch hier konnte sie vielleicht am ehesten ernstgemeinte Ratschläge erwarten. Außerdem brachte sie es nicht fertig, Pater Nikodemus einzuweihen. So versuchte sie, Rosi die sensiblen Ereignisse nahe zu bringen.
„Es gab in jüngster Zeit für Nikolaus schwere, innere Zerwürfnisse. Ich selbst kann nicht abschätzen, ihn nicht fragen, auch an seinen Augen nicht ablesen, was ihn bewegt. Doch eines ist mir klar, seine Entwicklung

ist auch durch den Umstand der Behinderung nicht aufzuhalten. Und ich fühle, wie er ein inneres Bedürfnis nach Liebe hat, wahrscheinlich mehr als so manch gesunder Mensch, vermutlich noch intensiver. Natürlich bleibt auch sein Heranreifen zum Mann nicht aus, und er ist vor allem nicht schlüssig, wie er damit umgehen soll."

„Wie meinst du das, Elsbeth?"

„Es ist in der derzeitigen Situation sehr schwierig für mich mit ihm Kontakt zu haben, ich meine das Nahverhältnis, das Nikolaus unweigerlich braucht."

„Lehnt er es ab, sich momentan nach irgendwelchen Richtlinien zu halten? Will er ausbrechen, eigene Regeln aufstellen?"

„Nicht unbedingt, er zeigt zwar erstaunlicherweise mit einem Mal Scham und das mit gutem Grund, doch ich kann mir vorstellen, dass er im Grunde nicht weiß, was mit ihm geschieht. Hier bin ich an einem Punkt angelangt, wo mir völlig unklar ist, wie ich mich verhalten soll."

„Meinst du, er ist durch seine geschlechtliche Veränderung verwirrt?"

„Ich denke, das ist genau das Thema."

„Wie macht es sich bemerkbar?"

„Er befindet sich phasenweise in einem anderen Bewusstseinszustand, ist verwirrt, kann sich natürlich nicht mitteilen, geschweige denn unter Kontrolle halten, betrachtet mich neuerdings vermutlich als Frau, beispielsweise im Bad, mit geradezu außergewöhnlicher Neugierde. Er weiß nicht, woran er ist und spürt neue Gefühle in sich, sicher sehr schöne, gleichzeitig ahnt er so etwas wie eine verbotene Versuchung."

Rosi war durch die Ausführungen Elsbeths sehr nachdenklich geworden. Sie schwieg eine Weile, bevor sie antwortete.
„Elsbeth, es ist für mich sehr schwierig solches nachzuvollziehen, da ich selbst nie eigene Kinder hatte, doch ich denke, dass ich dich trotzdem sehr gut verstehen kann. Nicht zuletzt deshalb, weil du für mich wie eine Tochter bist.
Ehrlich gesagt, in deiner derzeitigen Situation fällt es ungemein schwer, entsprechend zu reagieren. Ich denke aber doch, das Einzige, was du bewusst tun kannst, ist Nikolaus' Eigenart zu akzeptieren, ihn nicht irgendwie zu beengen, einzugrenzen, und du selbst solltest dich nicht anders als sonst verhalten. Auch wenn es dir schwer fällt, versuche so wenig wie möglich deine Verwunderung zu zeigen."
Elsbeth war sehr froh darüber gesprochen zu haben, allein diese Tatsache machte sie innerlich leichter. Sie hatte in Rosi Bachlechner eine Vertrauensperson, und dafür war sie dankbar. Es tat ihr nur Leid, sie so wenig zu sehen. Rosis einfühlsame Art tat einfach ungemein gut.
Elsbeth sehnte sich zurück in jene Zeit, in der sie als blutjunges Mädchen unter diesem Dach gelebt und gearbeitet hatte. Sie sah es nicht verklärt, doch sie hatte sich hier sehr wohl gefühlt, auch wenn ihr Schicksal in diesem Haus seinen Anfang nahm. Überdies hatte sie die schönsten Stunden ihres Lebens hier verbracht, denn in ihrer ehemaligen Kammer hatte sie liebestrunken ihren Sohn empfangen.
„Rosi, ich danke dir, vor allem weil du mir zugehört hast, auch die innere Anspannung ist fast weg, und mir geht es spürbar besser."

Elsbeth blieb noch ein wenig, und als die Soldaten vorne im Schankraum zu gewohnter Stunde vermehrt eintrafen und es immer voller wurde, Rosi auch keine Zeit mehr für sie hatte, verließ sie mit vielen wehmütigen Gefühlen im Herzen das Hinterzimmer. Sie ging aus dem Wirtshaus, wieder durch die Hintertür, nicht ohne noch vom Garten aus einen letzten Blick zu jenem Fenster im Obergeschoss zu werfen, durch das ihnen, Senah und ihr, einst der Mond in jener schwülen Sommernacht soviel Stimmung vermittelt hatte.

In den Tälern war es spürbar unruhiger geworden. Seit geraumer Zeit und das bedeutete verstärkt in den vergangenen Wochen, lehnten sich die Menschen gegen die Fremdherrschaft immer dreister auf. Sie ließen des öfteren Durchhalteparolen verkünden, um so die eigene Moral zu heben und die der Franzosen zu schwächen.
Grausamer konnte dieser Krieg nicht mehr werden, zuviel an Leid hatten die Menschen bereits erlebt, und sie zahlten mit gleicher Münze zurück. Es konnte kaum noch extremer werden und was in diesem Zusammenhang fast täglich passierte, wurde einfach hingenommen. Diese Zeit, welche nun die dritte, unmittelbar aufeinanderfolgende Herrschaft der Franzosen in diesem Land war, würde wohl endgültig darüber entscheiden, wer die Oberhand behalten sollte.
Die Hartnäckigkeit der Talbewohner war für diesen Widerstand, welcher die Besatzung ins Wanken brachte, maßgeblich verantwortlich. So ging man auch aufs Barbarischste gegen die Einheimischen vor, es gab keinen Spielraum mehr, und ein einziger Funke von Verdacht genügte, um hart einzuschreiten.
Die andauernde Verschleppung der Besatzungszeit, die sich nach wiederholtem Auflösen von neuem wieder einstellte, machte die einheimische Bevölkerung sehr zäh und widerstandsfähig. Sie wurde zusehends abgeklärter und ausdauernd in ihrer Strategie, Krieg zu führen. Die Zeit, welche auf Dauer natürlich aufrieb, arbeitete im Grunde für die Menschen der Täler, und das wussten diese mittlerweile.
Der Kern des Widerstandes war kompakt geworden, und das gegenseitige Vertrauen wuchs. Man fühlte die

Entscheidung nahen, auch weil die Rekrutierung der Landsmänner aus den angrenzenden Tälern zunahm.
Die Konzentration der französischen Truppen hatte sich in den Raum um Hermagor verlagert. In den schwerumkämpften Seiten- und Hochtälern konnten sie der Menschen nur schwer habhaft werden und wurden immer wieder erfolgreich zurückgedrängt. Unglaublich viel an Zeit, aber auch Material und vor allem Leben der besetzenden Soldaten, welche in der Mehrheit sehr jung waren und schwer den Tod hinnehmen mussten, wurden dort zurückgelassen.
Immer öfter zogen sie sich aus diesen Regionen wieder zurück, um in leichter zugänglichen Siedlungsgebieten zu dominieren. Die Widerständler setzten nach, und so kam es für die Besatzer in diesen Gegenden nicht nur zu Aufeinandertreffen mit der Armee, sondern im immer gröberen Ausmaß zum Kampf mit den Heimattreuen.
Seit Tagen und Wochen gab es mit Truppen, die aus dem Gitschtal vorstießen und solchen, die über das Obere Gailtal hereinkamen, kleinere Gefechte rund um Hermagor. Und dieses Nachrücken riss nicht mehr ab. Oberkärnten war die Region, in der sich immer mehr Truppenbewegungen konzentrierten.
In den Nächten gab es kaum Verschnaufpausen, an Schlaf war nicht mehr zu denken. Nur unmittelbar im Ort selbst schien es noch Stagnation zu geben, dort befand man sich noch in der Ruhe vor dem Sturm, aber im Untergrund wurden für die entscheidende Phase Vorbereitungen getroffen.
Alfons Gstettner war auch einer jener Aktivisten, von dem Elsbeth sich nichts dergleichen hatte vorstellen können. Der Herr Pfarrer hatte ihr diese Tatsache

berichtet. In den nächsten Tagen sollten sie Vorsicht walten lassen, denn es würde eine größere, umfangreiche Operation gegen den Feind geben.
Die Situation könnte sich verschärfen oder gar außer Kontrolle geraten, niemandem war es möglich vorauszusagen, was passieren würde. Eines war gewiss, man erwartete freiwillige Schützen, welche aus dem gesamten Oberkärntner Raum nachrückten und die Truppen der regulären Armee. Mit ihnen gemeinsam wollte man die Situation in den Griff bekommen.
Pater Nikodemus war sehr aufgeregt und erzählte, wie Alfons Gstettner im Wirtshaus seine schützende Deckung verlassen und all jene gewarnt hatte, die es ihm Wert waren. Der Pfarrer berichtete Elsbeth von der Entschlossenheit Alfons' und dass dieser es gar nicht mehr erwarten konnte, das Gesindel aus dem Tal zu jagen.
Für unbeteiligte Zivilisten gab es unter Umständen noch die Möglichkeit, in die Berge zu gehen, die derzeitigen Temperaturen ließen es noch zu. Da aber bereits mehr als die Hälfte des Septembers vorüber war, musste man in entlegenen Bergregionen jederzeit mit einem etwaigen Wetterumschwung rechnen. In jedem Fall sollten sie schon zeitgerecht um Proviant und Ausrüstung bemüht sein, denn diese zu erwartenden Gefechtsphasen könnten länger andauern.
Des Nachts hörte man von weitem undeutlich die Stimmen des Krieges. Nicht alle Bewohner von Hermagor und Umgebung schreckten im Schlaf auf, denn viele waren das nächtliche Kriegstreiben schon gewohnt. Zudem verhielten sich einige so, als könnte man die nahenden Gefechte, die todbringenden Kämpfe, weit weg wünschen. Die Angst lähmte zwar

die meisten Menschen, doch etliche waren von sich aus zum Sterben bereit.
Noch waren die Franzosen die Herren der Region. In ihrer ohnmächtigen Wut legten die Menschen die drohende Entscheidung in Gottes Hände. Wenn der Tod kommen musste, dann sollte es schnell gehen. Man war in jedem Fall bereit, bis zum Äußersten zu kämpfen. So verhielten sich die einfachen Denkmuster einer rechtlosen und unterdrückten Bevölkerung.
Elsbeth konnte in diesen Nächten wachsender Unruhe und nackter Angst keinen Schlaf mehr finden. Besonders die Nacht war ein Gefängnis, regungslos verharrte sie in ihrer Kammer, verließ diese nur, um nach Nikolaus zu sehen. Seine Sinne offenbarten ihm, wie unheimlich bedrängt die Situation war. Elsbeth sah immer öfter mit besorgtem Gesichtsausdruck nach ihm, auch das verunsicherte Nikolaus. Immer wenn der Morgen sich wieder lichtete, gab es so etwas wie leichte Entspannung.
Auch Pater Nikodemus fühlte sich nicht wohl in seiner Haut, denn auch das Pfarrhaus wurde in solchen Zeiten mit Drohgebärden bedacht. Er sorgte sich deshalb sehr um seine Mitbewohner Elsbeth und Nikolaus. An Abenden, welche erahnen ließen wie die Nacht sein würde, brachte er beide in der Kirche unter, denn die schien ihm im Ernstfall sicherer zu sein. Er selbst wollte das Pfarrhaus unter keinen Umständen verlassen.
Eine jener angespannten Nächte endete anders als erwartet. Im dösenden Morgengrauen, als die Menschen die Angst gegen die Erschöpfung tauschen wollten, begann der Widerstand instinktiv aus dem Bauch heraus.

Einzelne Gruppen von Freiheitskämpfern sabotierten Einrichtungen der Franzosen. Wer ihnen von französischer Seite entgegentrat wurde einfach niedergemacht – Gefangene vermied man bewusst.
Der Überraschungseffekt war geglückt, niemand rechnete zu dieser Tageszeit mit dergleichen. Erbittert wurde um jeden Zentimeter Boden gerungen. Gleichzeitig strömten die Befreier durch sämtliche Talzugänge herein. Die Franzosen waren eingekesselt und wurden an den See zurückgedrängt. Der Morgen war noch nicht weit fortgeschritten, da war die Erde schon von Blut getränkt.
Elsbeth flüchtete bei Tagesanbruch mit ihrem Sohn in die Waschküche des Pfarrhauses, dort bekam sie von den kriegerischen Auseinandersetzungen rund um das eigene bedrohte Leben am allerwenigsten mit. Sie begriff, dass Pater Nikodemus unter Lebensgefahr die Kirche aufgesucht haben musste. Wie um Einhalt zu gebieten, versuchte er den wie von Sinnen kämpfenden Parteien beider Seiten mit dem Geläut der Glocken die Vernunft in Erinnerung zu rufen. Doch vergebens.

Auch Alfons Gstettner war dabei, sich die Füße wund zu rennen.
Eine starke Konzentration kämpfender Franzosen befand sich im Gitschtal unter wachsendem Druck. Gefechtsmäßig kämpften sie gegen heimische Widerständler, die von Drautalerseite herübergekommen waren. Sie schenkten einander nichts, als der Stoßtrupp, dem sich Gstettner angeschlossen hatte, von Möschach her eingriff. Im Kampf Mann gegen Mann wurden die schon geschwächten Franzosen über die Gössering

getrieben und suchten ihr Heil in der Flucht durch den Wald.
Alfons Gstettner zog an vorderster Stelle und in euphorischer Weise gegen den Feind. Die Männer vom Landsturm kannten keine Furcht, und jeder von ihnen war der langjährigen, verhassten Besatzer überdrüssig geworden.
Alfons forderte das Schicksal, mit seiner inneren, tiefen Überzeugung gewann er mächtig an Selbstvertrauen und beschwor so das Glück im Kampf.
Der Feind wich vor dieser geballten Ladung Entschlossenheit zurück. Versprengt in den Wäldern nahm so mancher Franzose Reißaus, vornehmlich jene Soldaten, die des Kämpfens müde waren. Das Hauptkontingent wurde über Obervellach in stundenlangen, immer wieder aufflackernden Gefechten an den See zurückgedrängt.
Alfons war an diesen ermüdenden, ausdehnenden Kampfhandlungen stets beteiligt. Den ganzen Tag währte die aufreibende Kampfbereitschaft. Entsprechend sah sein geschundener Körper aus. Aus mehreren leichten Wunden blutend, schmerzte sein Leib. In den Kampfpausen bemerkten seine Kameraden und er diese Umstände umso deutlicher.
Die Sinnlosigkeit des Krieges zeigte in verheerenden Auswüchsen ihr beschämendes Antlitz. Wieder neigte sich ein Tag dem Ende zu, und man verstand noch weniger den Sinn, die Botschaft des zur Neige gehenden Lichts.
Willkommen war die Zäsur der Nacht für beide Seiten. Sämtliche Aktivitäten wurden diesmal eingestellt, denn die Kräfte konzentrierten sich auf die baldige

Entscheidung. Alfons fiel dösend in einen unruhigen Dämmerzustand.

Elsbeth verbrachte die Nacht in der Waschküche in einem traumreichen, nervösen Halbschlaf, der nur von der ungewöhnlichen Ruhe dieser Nacht ermöglicht wurde. Als sie den anbrechenden Tag im dunstigen Morgenlicht aus schlaftrunkenen Augen besah, vermisste sie Nikolaus.
Mit einem Schlag war sie hellwach und begann überall nach ihrem Sohn zu suchen, doch der blieb verschwunden, ohne jede Spur. Gemeinsam mit Pater Nikodemus machte sie sich auf die Suche nach ihm. Sie fühlte keine Furcht mehr, denn es war unerlässlich, unbedingt klaren Kopf zu behalten.
Unterdessen befand sich Nikolaus seit vergangener Nacht im angstvollen Zustand auf der Flucht. Vor seiner eigenen Furcht trieb ihn der aufgleißende Morgen in einen Teil dunkler Einsamkeit. Seine einzige Hoffnung war der Wald, der immer stiller und abgeschiedener wurde, je weiter und höher er sich vorwagte. Dort, in diesem scheinbaren Niemandsland fand er vorübergehend seine Ruhe. Deutlich verspürte er, wie seine innere Aufgelöstheit in dieser entspannten Sprachlosigkeit immer mehr zum Erliegen kam.
Dem ersten Kampf des Tages, welchen das Licht über die Finsternis für sich entschied, sollten bald unglaubliche Handlungen der Menschen folgen.

Alfons Gstettner spürte beim Erwachen jeden Knochen im Leib. Er hätte es lieber gesehen, wenn die Franzosen schon aus dem Land wären. Doch dem war noch lange nicht so, und er wusste wieder, warum er und seine

Mitstreiter sich mit Leib und Leben für diese Sache verwendeten ... auch er war bereit, wenn es sein musste bis zum bitteren Ende durchzuhalten.

Gespenstisch tauchte der Morgen die Szenerie in unwirkliche Bedeutungslosigkeit. Man sah sich dem Feind gegenüber, der an den Ufern des Sees Stellung bezogen hatte, und es deutete alles darauf hin, dass die natürliche Begrenzung des Wassers ein Zeichen des Himmels war.
Die heimischen Truppen auf den leichten Anhöhen gegen Nordwesten überblickten den See samt Feind. Dieser psychologische Vorteil sollte von den verwegenen Kämpfern noch geschickt ausgenützt werden. Mit dem Licht des neuen, aufstrebenden Tages war den Franzosen unweigerlich ein entscheidender Knick in ihrer Moral widerfahren.
Die Anspannung in den Gesichtern der hartnäckigen Talbewohner verhieß Unnachgiebigkeit bis zum Äußersten. Es gab nichts mehr, das sie zurückhalten konnte. Die Entscheidung musste fallen.
Der helle Morgen wäre in seiner Reinheit vollkommen gewesen, die unglaubliche Naturbelassenheit in der sonst stillen Region einzigartig. Die Menschen machten es in ihrer trügerischen Absicht zunichte. Nun galt es zu leben oder sterben, die qualvollen Jahre der Besatzung abzuwenden oder sich endgültig der Knechtschaft zu beugen.
Noch nie hatte es etwas Ähnliches an den Gefilden des Sees gegeben, zumindest war keinem der Menschen aus den Dörfern solches bekannt.
Die verfeindeten Truppen standen einander in der Weite ihrer Distanz gegenüber. Langsam kam Leben in

ihre Bewegungen, wie von selbst, geradezu mechanisch setzten sich einzelne Kämpfer in den Rhythmus des Schritts. Für viele sollte es das unabwendbare Ende bedeuten. Vereinzelt riefen sie einen unartikulierten Schlachtruf – gequält, tief oder schrill, andere wieder angstvoll-mutig, nur um der Situation Herr zu werden. Doch der verirrte Schrei zum Kampf machte sie groß, stärker und mächtig, und sie wuchsen über sich hinaus, den Franzosen zum Trotz.
Schon fielen die Ersten in den anstürmenden Reihen, da der Feind sie mit berechnenden Kugeln empfing. Sie suchten die Nähe der Unrechtmäßigen, um diese gnadenlos zu vertreiben oder den Schlachthieb anzuwenden.
So kam es dann auch. Unter den Freiheitskämpfern gab es Männer, die für diesen Nahkampf prädestiniert waren. Sie führten Werkzeuge und Waffen mit, welche auf den Bauernhöfen und in den Dörfern täglich von Nutzen waren, der Krieg verlangte es.
Immer schneller liefen oder humpelten die Aufständischen dem Feind entgegen, der scheinbar ruhig darauf wartete. Es trennte sie nicht mehr viel. Die Gewehre wurden immer hektischer nachgeladen, während in den Reihen die Schützen knieten, um Salve für Salve abzufeuern. Die Heranstürmenden schossen und trafen dabei ebenso die Vordersten in den Reihen des französischen Gegners.
Die Distanz verminderte sich zusehends. Bald würden sie dem Feind ins Auge blicken. Erbärmlich schrill vernahm sich die Geräuschkulisse, als die Menschen mit ihren Waffen aufeinander trafen. Grässliche Töne und schauerliche Szenen boten die Fertigkeiten dieser

Schlacht. Der Abgrund tat sich auf, die Unmenschlichkeit war im Begriff den Höhepunkt zu erreichen.
Alfons spürte seinen Körper nicht mehr, befand sich mitten in den Kampfhandlungen und wusste nicht, ob es sein Leben war, um das er kämpfte oder er danach trachtete, anderes zu vernichten. Die Gedanken begegneten sich unausgereift auf einer flüchtigen Ebene.
Etliche der französischen Soldaten waren bereits bis in das seichte Wasser des Sees zurückgedrängt worden. Für sie gab es im immer tiefer werdenden Gewässer kein Entrinnen mehr. Unbarmherzig wurden sie bis in den Tod voran getrieben. Gnade konnte an diesem Tag niemand mehr erwarten. Zu lange hatte die Herrschaft gedauert, hatten die Bewohner sich dem Diktat beugen müssen.
Die Heftigkeit ihres Vorstoßes überraschte die Truppen der Franzosen sichtlich. Teile von ihnen zogen sich kurzfristig zurück, um sich wieder zu sammeln. Doch es nützte nicht mehr viel, jedes zaghafte Vorgehen ihrerseits wurde mit neuerlichen Attacken geahndet, und diese waren in ihrer Ausführung fürchterlich. Wer erschossen wurde, konnte noch den schnellsten Heldentod erleiden. Viele Sterbende mussten lange und qualvoll auf ihre Erlösung warten. Auf beiden Seiten gab es ungezählte Opfer.
Gstettner hatte mit Herzblut und letztem Einsatz gekämpft, bis ihn durch eine Unachtsamkeit ein Gewehrkolben am Kopf traf. Er wurde zu Boden gestreckt und blieb wie ein hingestürzter Sack liegen. Seinem Widersacher gelang es in der kurzen Zeit, die ihm verblieb, nur mit einem schnellen, ungezielten Bajonettstich die Schulter zu verletzen, bevor er im

Kampfgetümmel selbst der Unterlegene war. Alfons konnte sich seiner Bewusstlosigkeit nicht mehr erwehren.
Niemand vermochte zu sagen, wie lange diese entscheidenden Kampfbewegungen am See angedauert hatten. Tatsache aber war, dass die Oberkärntner den Sieg davontrugen, dadurch dass der Feind kopflos geflohen, aber zum Großteil getötet oder kampfunfähig gemacht worden war. Irgendwann waren die Launen des Krieges überwunden, zurück blieb ein Elend auf Erden.
Pulverdampf schwängerte die Unüberschaubarkeit des Schlachtfeldes. Ganz plötzlich waren Kämpfe, Gemetzel und die Angst der Menschen gewichen. Selbst das brodelnde Wasser des Sees hätte sich beruhigt, wären da nicht umhertreibende, leblose Körper gewesen, die einer unmerklichen Strömung folgten. Utensilien der Soldaten tänzelten herrenlos auf der Wasseroberfläche, unbrauchbar geworden und von ihren Besitzern nicht mehr eingefordert.
Der Krieg hatte Tribut beansprucht für einen möglichen Frieden. Die übriggebliebenen Kämpfer sahen sich überrascht einem abrupten Schlachtende gegenüber. Doch es war Tatsache, dass kein kampffähiger Franzose mehr unbehelligt umherlief. Man sah sie nur noch tot, verwundet oder auf der Flucht, und die übrigen hatten sich ergeben.
Langsam kroch der endgültige, kalte Atem des Todes in die Gedärme und Knochen der Überlebenden. Rissig und beschwerlich setzten die Gehirne ihre rationalen Funktionen wieder in Gang.
Ein unvermeidlicher Gestank breitete sich aus, vereinzelt bewegten sich noch sterbende Soldaten. Der

Landsturm war sich seines Sieges noch gar nicht recht bewusst. Die Erde war aufgewühlt und von Blut durchtränkt. Erschöpft setzten sich die Männer auf den getretenen Boden, um stumm zu verweilen.
Verlassen und gar unwichtig, nicht wie noch vor geraumer Zeit so heiß umkämpft, wirkte die Gegend. Etliche Leiber, manche ineinander verkeilt, lagen weit verstreut umher und zogen einen erschreckend großen Bereich, der blühendes Leben in kürzester Zeit zur Todeszone umgewandelt hatte.

Pater Nikodemus und Elsbeth, seit den frühen Morgenstunden auf den Beinen um Nikolaus irgendwo zwischen den chaotischen Zuständen ausfindig zu machen, erreichten auf ihrem Weg das zur Ruhe gekommene Schlachtfeld.
Fassungslos starrte Elsbeth über die am Boden Liegenden. Trauer und Wut mischten sich zusätzlich in die Gedanken zur Sorge um ihren Sohn. Angstvoll schlichen sich Mutmaßungen ein, in denen sie Nikolaus in das Gefecht verirrt, mitten im Kampfgetümmel sterbend niederbrechen sah. Hastig und angestrengt blickend eilte sie zwischen den Kriegsopfern hindurch. Sie schaute in Dutzende gebrochene Augen, bis sie plötzlich ein lebloses, ihr bekanntes Gesicht vorfand. Kaum zu erkennen mit eingetrockneter, blutverschmierter Kruste.
Alfons lag bewegungslos im Gras und Elsbeth wähnte ihn schon tot, als sie die leichten Zuckungen an seinem Hals erspähte. Eiligst holte sie Wasser um den Verwundeten zu laben. Sie benetzte seine Lippen sowie Gesicht und Hals. Als er zaghaft seine Augen aufschlug

und sprachlos in ihr verwirrtes Gesicht schaute, gab sie ihm vorsichtig zu trinken. Sein Atem wurde ruhiger.
Auch Pater Nikodemus hatte alle Hände voll zu tun, um Verwundete zwischen den Toten ausfindig zu machen. Erste Sanitäter und Helfer begannen ihre schwere Arbeit.
Die zurückgebliebenen Niederungen der Gewalt raubten Elsbeth beinahe den Verstand. Ihr Herz bebte ob dieser unglaublichen Geschehnisse, angerichtet vom Krieg, welcher aus den Tiefen der Minderwertigkeit des Menschseins kam.

Nikolaus kam zitternd wieder zu sich, als wärmende Sonnenstrahlen den verkrümmten und viel zu dürren Körper des Jungen beschienen. Lauernd saß er auf, und seine Gedanken mengten sich mit Empfindungen wie Kälte oder Hunger. Er wusste nur, dass er Sicherheit hatte. Hier in den Wäldern war für ihn das Bedürfnis nach Freiheit gestillt. Er musste geschlafen, in gottesfürchtiger Weise den einsamen Platz unter freiem Himmel gewählt haben, denn Nikolaus spürte, dass er nicht alleine war.
Seine Furcht galt nur den Menschen unter deren Ausgrenzung er litt. Der Wald hatte Geborgenheit zu bieten, friedliche Absichten. Seiner Mutter zuliebe nahm er den Weg zurück.

Den schnellen Tod zu sterben, war vielen Männern dieses Kriegs, vor allem dieser entscheidenden Schlacht, nicht vergönnt. Unzählige lagen noch immer, schmerzverzerrt, im Dreck des dampfenden Feldes, an den Folgen leidend, schwer zugerichtet, nachdem das Gefecht geschlagen war.

So erging es auch jemanden, geschlagen am Boden liegend, dessen Gesicht Elsbeth nicht vergessen hatte. Schwer verwundet lag er dort, als sie den Blick von seinem Antlitz nicht lassen konnte. Ihn, Philipp Maloir, Sergeant und Vertrauter Senah Reauserps während ihrer gemeinsamen Mission in das Tal der oberen Gail, bemerkte die junge Frau, als sie verängstigt durch die Reihen der Verwundeten und Toten wandelte.
Elsbeth kniete nieder. Als sie so nah seine Züge trotz der Umstände aufnehmen konnte, kam die Erinnerung an den Abend im überfüllten Schankraum des Wirtshauses vor dem Tag des Fortgangs der Truppen zurück. In ihren Gedanken wusste sie noch immer ganz deutlich von Maloirs Nähe zu Senah.
Er versuchte zu sprechen. Seine Bemühungen schlugen jedoch fehl, die Silben kamen tonlos über seine Lippen. Elsbeth spürte sein Verlangen, Stimme und Sprache wiederzuerhalten und bemühte sich nun ihrerseits.
„Seid Ihr der, den ich meine?"
Maloir nickte.
Irgendwie fühlte sie sich unbehaglich, denn es konnte keinen Menschen geben, dem Senah sich anvertraut haben könnte. Und doch musste er zumindest eine Ahnung von der Vergangenheit haben. Kurz rang sie innerlich, ob es überhaupt Sinn brächte, einen derart schwer Verwundeten anzustrengen. Doch sie konnte diesem Menschen mit seinem verlangenden Blick nicht die Möglichkeit nehmen, sein Herz zu öffnen. Ehe sie noch zu Ende gedacht hatte, sprach er.
„Mein Name ... ist ... Maloir ... Philipp Maloir. Ich kenne Euch, obwohl es schon lange … Zeit … her ist."
Er schöpfte Atem. Elsbeth sagte nichts, wollte ihn nicht unterbrechen, sie war nun auch neugierig geworden.

„Ihr seid doch ... das bezaubernde Geschöpf ... aus dem Wirtshaus ... von Albert Bachlechner ... hab ich Recht?“
Nun war es an Elsbeth, ihre Zustimmung zu geben, und sie antwortete: „Ja, ich bin es.“
„Ich dachte es mir ... Ihr werdet Euch ... möglicherweise auch an mich erinnern können ... an jene Zeit ... in der ich zur Pflicht gerufen wurde ... Leutnant Senah Reauserp ... in seiner Mission ... zu unterstützen.“
Er brach ab.
Elsbeth fühlte Hitze in sich aufsteigen.
Maloir wartete.
Sie näherte sich seinem Gesicht, etwas verstört und mit leicht zuckenden Mundwinkeln.
„Was wisst Ihr von seinem Tod?“
Maloir, der sichtlich immer erschöpfter in sich zusammensank, brachte einen unbändigen Willen auf, um sich mitzuteilen. Mehrmals versuchte er neuerlich zu sprechen. Es fiel ihm immer schwerer. Mit geradezu unmenschlicher Anstrengung gelangen ihm schließlich noch sehr begehrte Worte: „Ich weiß, ... dass Ihr seine, Senahs ... große Liebe gewesen seid ... oder ... zumindest ahnte ich es .... Er ... war ein ... Gefangener seiner selbst ... und die Liebe zu Euch ... machte ihn innerlich frei. Sein Leben ... konnte nur solch ... ein Ende ... finden, ... und er war bereit dafür ... mit Eurer Liebe ... in seinem Herzen.“
Elsbeth zitterte, Tränen rannen über ihr Gesicht. Sie versuchte sich zu fassen, als sie fragte: „Ward Ihr bei seinem Tod zugegen?“
Maloir hustete, bevor er antworten konnte: „Unsere Mission führte uns ... gleich in den ersten Tagen ... nach unserer Ankunft ... in die ... alpinen Regionen. Wir

hatten den Auftrag ... den Feind auszumachen, ... Senah führte die Gruppe, ... er war so ... anders, ... zielstrebiger. Er eilte geradezu ... dem Ort seines Verderbens ... entgegen, ... als ob er ... nichts versäumen ... dürfte.
Wir wurden überrascht ... aus dem Hinterhalt ... und Senah ... traf es ungeschützt, ... als einen der Ersten ... kaum, dass er es mitbekam. Nur Erstaunen ... machte sich in seinem Gesicht bemerkbar ... Leichtigkeit ... schien er zu empfinden, ... und es war, ... als ob ihm das Sterben ... nicht schwer fiel."
Elsbeths Sinne schwanden, doch sie hörte von ferne jedes einzelne Wort, das er sprach, und er redete langsam.
„Warum es mir ein Bedürfnis ... ist, ... als ich Euch sah, ... diese, meine Erinnerung ... zu schildern, war ... der Umstand, ... dass er mit Eurem Namen, ... ja, seine Lippen formten ... Elsbeth ... seinen letzten Atemzug tat."

Nikolaus spürte Befreiung in sich. Sein unbändiger Wille zum Leben drängte ihn, ergriff Besitz von seinem Geist, sodass sich sein gestörtes Verhältnis zu seiner ungeahnten Sexualität auf unheilvolle Weise entlud.
Elsbeth war sehr vorsichtig mit ihm geworden und ließ ihn nur mehr selten aus den Augen, außer Pater Nikodemus hatte Nikolaus in seiner Obhut. Doch den Pfarrer beunruhigen wollte sie auch wieder nicht, womöglich teilte er ihre Ängstlichkeit gar nicht und hielt ihre Empfindungen für überzogen.
An diesem Morgen, als Elsbeth ihren Sohn unter der Aufsicht des Paters in den Pfarrhof entlassen hatte, konnte sie nicht wissen, dass Nikolaus den nahen Weg zur Kirche nicht mitmachte und verspielt im Pfarrhof verblieb, während der Pfarrer im Gotteshaus verschwand. Eigentlich keine ungewöhnliche Vorgangsweise, im Gegenteil, man war bemüht, auch Verantwortung zu überlassen.
Gelangweilt spielte der Junge im Hof mit Steinen, als er plötzlich ein Mädchen erblickte. Linkisch nahm er ihre Anwesenheit wahr. Es blieb ihm ihre körperliche Entwicklung nicht verborgen. Nikolaus war daran, seine Gebärden als Instrument zur Kommunikation einzusetzen, und es gelang ihm, sie zu beeindrucken, da ihr noch nie dergleichen widerfahren war.
Sie mochte wohl noch nicht das Alter des Jungen haben, doch war sie physisch wesentlich weiter entwickelt als er. Da stand sie und besah verblüfft seine Verrenkungen, trat vorsichtig näher und starrte mit halboffenem Mund erstaunt auf die abrupten Bewegungen.
Sie sprach ihn an, doch Nikolaus zeigte keine Reaktion. Sein Ansinnen war nur darauf gerichtet, ihre

Aufmerksamkeit zu erregen. Es gelang ihm auch, gemeinsam mit ihr den Weg zur Scheune zu gehen. Nikolaus tanzte noch immer unaufhörlich – so meinte das Mädchen. Sie sah ihm weiterhin gespannt zu, was er seinerseits als Interesse an ihm deutete. Im Grunde lag er nicht falsch, doch stellte sich ihre Beachtung ihm gegenüber ganz unglücklich dar.

Seine Bewegungen trieben ihm Schweiß auf die Stirn, Hitze erfasste seinen Körper. Längst vibrierte die Lust in ihm ekstatisch, und er versuchte seinem Verlangen Ausdruck zu geben. Das Erstaunen des Mädchens wechselte in Aufregung und letztlich Furcht, denn die Gesichtszüge Nikolaus' nahmen sonderbares Aussehen an.

Sie erkannte die Eigenartigkeit der Situation und wollte überstürzt dem tranceartigen Zustand des Jungen entfliehen. Der Junge war durch ihr Verhalten irritiert und klammerte sich angstvoll an sie. Er wollte sie sichtlich beruhigen und vor allem verhindern, dass sie fortging. Das war zuviel für das Mädchen, sie missverstand es. Die harten, fast gewaltvollen Berührungen erregten zusätzlich sein Gemüt, und er fand sich in einem Strudel voller deutungsschwerer Gefühle wieder. Er ließ sie nicht mehr los, die weichen, weiblichen Formen überwältigten ihn, und ihr ganz persönlicher Geruch raubte ihm durch diese Nähe die Sinne. Krampfhaft hielt er sie fest, hatte sie beim Handgemenge bereits zu Boden geworfen und zerrte an ihren Kleidern. Ihr verzweifelter Widerstand löste zusätzlich seine Kraftreserven und gab ihm ein neues, nie gekanntes Gefühl der Überlegenheit.

Plötzlich spürte er, wie sie unter seiner Last litt, wie Angst aus ihren Augen sprach und seine knochigen

Finger, bereits zu Klauen mutiert, rissen endlich den Stoff ihrer Kleidung mühelos in Fetzen. Die nackte Haut sprengte ihm beinahe den Atem. Sein Verstand wurde von seinen Sinnen geprügelt, und sein Herz bebte ob dieser verwerflichen Eindrücke.
Das junge Mädchen, völlig apathisch dieser bedrohlichen Auswüchse ausgeliefert, war vorerst wie gelähmt, fand dann, trotz ihrer scheinbar ausweglosen Situation, zumindest ihre Stimme wieder und schrie aus Leibeskräften. Nikolaus hörte dies nicht, er hatte selbst keinen Spielraum mehr.
Der Pfarrer stürmte aus der Kirche, Elsbeth aus dem Haus und etliche Dorfbewohner, die das Schreien vernommen hatten, rannten in den Pfarrhof. Gleichzeitig trafen sie bei der Scheune aufeinander und hörten von dort die gellenden Rufe des Mädchens. Ansatzlos stürzten alle durch das Scheunentor und fanden eine einzigartige Situation vor. Die Notschreie des Mädchens verschallten schlagartig. Beängstigend ruhig spielten sich die folgenden Szenen ab, wobei Nikolaus anfangs nicht mitbekam, was um ihn herum geschah.
Noch bevor jemand ihn berührt hatte, zog man mit blitzschnellen Griffen das Mädchen vom Boden auf und brachte es in Sicherheit, erst dann packte man Nikolaus an den Haaren und nur dort, und zog ihn fort. Sie schleiften ihn wortlos über den Boden bis zum nächsten Baum. Jemand hatte einen Strick mitgenommen.
Der Pater kniete nieder und betete, Elsbeth starrte auf die Bilder vor ihren Augen, immer wieder liefen sie wie ein Film ab. Sie hatte nicht die Kraft zu klagen, zu weinen, nahm nur mit jeder Faser ihres Leibes, mit jedem Nerv, den sie besaß, Schmerzen wahr.

Auch als die Schlinge kunstgerecht gebunden wurde, die das Standrecht des eben überstandenen Krieges dokumentierte, brachte Elsbeth keinen Ton hervor. Traumatisch blickten Nikolaus' Augen. Er merkte es kaum, als sein Kopf in die Schlaufe gesteckt wurde – festgezogen und ins Seil gefallen war ein zusammenhängender Ablauf. Nikolaus baumelte nicht, hing aber und zuckte. Seine gequälten Kopfbewegungen in Todesangst, gepaart mit dem Gewicht am straff gespannten Strick waren zuviel für das alte Seil. Es riss ab und der Körper des Jungen sackte zu Boden.
Es waren seit der Vorkommnisse in der Scheune nur Minuten vergangen. Vom geschockten Mädchen fehlte jede Spur, sie hatte nicht die Dramatik der jüngsten Geschehnisse aus unmittelbarer Nähe erleben müssen.
Der Junge lag gekrümmt auf der Erde, reglos. Bedenkliche Stille war eingekehrt, man wartete auf ein Lebenszeichen.
Der Pater kniete noch immer, halbherzig war nun sein Beten in dieser schmerzlichen Phase, seine Blicke suchten Elsbeth. Sie hockte zusammengesunken auf der Erde.
Die von der Gewalt des Krieges gezeichneten Dorfbewohner, durch die vollzogene Justiz des Lynchens zur Ruhe gekommen, blickten alle gespannt auf den am Boden Liegenden. Sein Atem stand still.
Pater Nikodemus fasste sich, kroch auf allen Vieren zu Nikolaus hin und löste den Strick um seinen Hals. Ein Vorgehen, das dem Unglücklichen offensichtlich das Leben rettete. Seine Bewegungen setzten ein, zwar zaghaft, doch sie signalisierten Lebendigkeit.

Die Dörfler, vom Ausgang ihrer Handlung mit gemischten Gefühlen angereichert, verließen wortlos den Schauplatz.

Elsbeth erwachte und fand sich kraftlos in ihrem Bett wieder. Erst allmählich kehrten die letzten schrecklichen Erinnerungen zurück. Ungläubigkeit überkam sie, innere Leere nahm ihr jede Energie. Sie fühlte sich, allein durch die Tatsache, am helllichten Tag im Bett zu sein, hundeelend und krank. Ihr Herz trug Trauer und unsagbare Müdigkeit lähmte sie.
Ihr erster Gedanke galt Nikolaus, und sie wollte sich bereits erheben, um nach ihm zu sehen. In diesem Moment öffnete sich sehr bedacht die Zimmertür, lautlos lugte der Pfarrer durch den Türspalt herein, um Elsbeth nicht aus dem Schlaf zu schrecken. Als er sie wach sah, trat er leise ins Zimmer.
„Elsbeth, ich habe dich hoffentlich nicht geweckt?"
„Nein, Pater, ich bin eben wach geworden. Wie geht es Nikolaus?"
Sie sah ihn mit großen Augen fragend an.
In seiner ruhigen Art antwortete er einer sorgenvollen Mutter: „Du kannst beruhigt sein, mein Kind. Nikolaus schläft noch immer, er befindet sich in einer Art Tiefschlaf. Der Doktor meinte, Nikolaus' Zustand der Erschöpfung sei immens groß, und es grenze nahezu an ein Wunder, dass er überlebt habe. Er schläft nun schon seit gestern Morgen. Der Arzt sagte, dass dies die beste Medizin sei."
Elsbeth wollte aus dem Bett springen.
„Ich will Nikolaus sehen ..."
Der Pfarrer hielt sie zurück.
„Auch dir hat der Arzt Ruhe verordnet, und du solltest jegliche Aufregung vermeiden. Außerdem wäre es nicht gut, Nikolaus zu stören."
Es gelang Pater Nikodemus sie davon abzubringen. Später sank sie wieder in den Schlaf.

Die Dämmerung hatte eingesetzt, als sie im Halbschlummer etwas Vertrautes an ihrer Seite spürte. Nikolaus schmiegte sich an sie, zitterte an seinem Leib und schluchzte. Behutsam nahm sie ihren Jungen in die Arme und versuchte seinen ungemein großen Schmerz zu lindern.
Es wurde ihr sehr schwer ums Herz, die Tatsache, dass sie ihren Sohn emotional nicht erfassen konnte und er ihr innerlich immer ein Fremder bleiben würde, war noch nie so schmerzhaft gewesen wie in dieser Situation. Einer Mutter blieb das Wesen des eigenen Kindes verborgen. Nichts wusste Elsbeth vom Seelenleben ihres Sohnes, und so gut wie gar nichts konnte sie dagegen tun. War es wirklich des Schöpfers Wille, ihr diese Bürde aufzuladen und Nikolaus – welches Leben musste er fristen? Wie weit bewegten ihn überhaupt Verstand und Gefühl?
Sein rastloser Körper hatte sich ein wenig beruhigt und Elsbeth hatte das Gefühl, dass sich seine Aufgewühltheit etwas entspannte. Es war ein Versuch, ihrem Sohn mehr Liebe und Nähe, Wärme und Geborgenheit zu geben. Vor allem wollte sie Nikolaus den übermächtigen, zermürbenden Druck seiner für ihn unbegreiflichen Gefühlswelt nehmen.
Angeschmiegt, Seite an Seite, schliefen beide einen erschöpften, traumlosen Schlaf.

Am darauffolgenden Abend nahm Nikolaus sein Umfeld nicht mehr zur Kenntnis. Niemanden wollte er zu Gesicht bekommen. Vergeblich bemühten sich seine Mutter und der Pater um ihn, er entglitt ihnen mehr und mehr.

Elsbeth war verzweifelt, seine Körpersprache machte ihr Angst. Immer wieder hielt sie Nachschau bei ihm, seine Augen starrten ausdruckslos vor sich hin.

Schon einige Tage hatte er einen entsprechenden Geschmack auf seiner Zunge. Latent und vorerst undefinierbar, und immer wieder wurde er unterbrochen, von den Ereignissen in seiner Konzentration abgelenkt.
Doch schließlich schmeckte er den Hintergrund seines beispiellosen Daseins. In diesen Momenten erlebte Nikolaus seine Behinderung als Wandlung.

Zu später Stunde holte der Junge Federkiel, Papier und Tinte hervor. Sein erstes Wort, welches er in zittrigen Buchstaben auf das Papier kritzelte, war:

Mutter

Nach längerem Betrachten des einen Wortes als Anrede für den Menschen, der für ihn das Liebste auf der Welt war, das er besaß, fügte er noch an:

Nikolaus geht

Es waren seine ersten Worte, die er schrieb, die ersten Worte, die er je an einen anderen Menschen gerichtet hatte. Immer ruhiger war er dabei geworden, bis der aufkommende Wind seine Aufmerksamkeit anzog.

Das Unwetter, welches nahte, trieb ihm Bläschen auf die Zunge. Es stand eine nachhaltige Auseinandersetzung in und mit der Natur bevor. Ganz deutlich

drang es in ihn. Diesmal fasste er es nicht als Warnung auf, sondern als Aufforderung.
In aller Stille tastete er sich lautlos aus dem Hause. Keine Wehmut bedrückte ihn bei seinem nächtlichen Fortgang. Sein Leben würde nie in geordneten Bahnen verlaufen, und so versuchte er seinen eigenen Weg zu schlagen.
Es tat ihm sehr Leid, nie eine Möglichkeit zu einer direkten Konfrontation gehabt zu haben. Das Begehren, sich seiner Mutter nahe zu bringen, etwas zu verdeutlichen, verschaffte seinem aufgerührten Herzen unglaubliche Befreiung. Letzten Endes war dies wohl der einzige Grund, die Faszination um das Lesen und Schreiben, nämlich jener, sich dem liebsten Menschen endlich mitzuteilen. Es war wohl etwas, wofür es sich gelohnt hatte zu leben.
Unaufhaltsam trieben ihn die Geschmacksnerven seiner Zunge voran. Sein Ziel, vorerst noch in seinem Sinn gewachsen, wurde bereits hörbar durch ein unbedeutend grollendes Zeichen aus den nahen Bergen. Lautlos hellte sich zuweilen der Himmel am nächtlichen Horizont. Das Wetter tönte und blies, machte sich immer deutlicher bemerkbar und ließ sich nicht mehr aufhalten.
Ähnlich fühlte sich auch Nikolaus, haltlos und keineswegs aufhaltbar. Er wollte die Hülle zurücklassen, die ihn beengte und seinen Ausdruck zeitlebens behinderte.
Sein einziges Ventil neben der getriebenen Suche in Sprache und Schrift, war die aufkeimende, unbekannte, nicht in Worte zu fassende Lust. Dieser zärtlich spürbare Anflug von Wesensveränderung hatte ihn federleicht gemacht. Für Nikolaus war diese

Möglichkeit der Zuneigung eine neue Form der Verständigung, welche doch seine Vorstellungen gänzlich sprengte.

Ein verheerendes Unwetter lag in dieser aufgeladenen Lufthülle. Nikolaus bot seine ganze Kraft auf, um gegen solche Urgewalten anzukommen. Die Berge verstanden sich als Mahnmale der Schöpfung und gleichzeitig als gnadenvoller Schutzwall.
Nikolaus' Unkenntnis war geblieben, seine Art dem Leben entgleiten zu wollen, wurzelte auch in seiner pubertierenden Sexualität. Nie wäre er dem entkommen, keineswegs hätte er so neben Elsbeth bestehen können. Er mochte die Berührung ihrer samtenen Haut, ihre Nähe zu ihm, ihren vertrauten Atem, ihre Wärme. Kein schöneres Gefühl könnte er sich wünschen und wie grausam, hier musste er ausbrechen. Sehr still war er gelegen bei ihr, dampfend in seinem Schlaf, bis ihn fröstelte nach dem Verlust seines zaghaften Begehrens.

Die ersten groben Tropfen klatschten auf ihn nieder. Blitze zuckten bereits gefahrvoll ums enge Tal. Drohend folgte das Dröhnen des Donners nach. Seine Zunge entbrannte nun finalisierend, sonst spürte er nichts mehr, er ging immer weiter hinaus, den Bergen entgegen, dorthin, wo nach Erzähltem sein Vater den Tod gefunden hatte.
Die Elemente brachen mit geballter Kraft und ganzer Wucht zwischen den Bergen hervor. Regen prasselte sturmgepeitscht, waagrecht in den Schlund der Nacht. Grelle Blitze zuckten und gaben für Bruchteile von Zeit einen Blick in diese Welt unfassbarer Entfaltungen frei. Bäume knickten, andere stemmten sich entgegen, deren

Wurzeln klammerten im Erdreich nach Halt. Vielfach misslang es, gab der aufgeweichte Boden der Gewalt nach.
Die Wasser schossen in den steilen Rinnen und Furchen hinab. Schäumend und sprudelnd tosten die vom Blitz erhellten und Sturm getriebenen Unmengen von Sturzbächen zu Tal.
Inmitten dieser apokalyptischen Ereignisse bewegte sich ein Mensch. Längst waren sämtliche Brücken und Rückwege abgebrochen, keine Umkehr war mehr möglich. Dieser winzige Mensch in der allmächtigen Größe der Schöpfung blickte nur noch bergan. Mit jedem Schritt, den er nach oben setzte, jagte er gedanklich zurück. Seine Verbundenheit galt Elsbeth, seiner Mutter. Durch die Aufrichtigkeit seiner Liebe zu ihr hatte Nikolaus Kraft und Vertrauen in seine Handlung gewonnen.
Nichts gab es mehr, das ihn aufhalten konnte, so sicher ging er den Weg ohne Ziel, quälte er sich durch ein Vorankommen ohne Wiederkehr.
Die letzten engen Gedanken an den Krieg schwemmten die stürzenden Bäche fort. Was blieb, war ein leises Zaudern mit dem Schicksal und unbändige Gewissheit im Erreichen seiner eigenen Grenzen. Nun war er dabei diese zu überschreiten, neue Dimensionen eines Seins zu finden.
Als das Herbstwasser in übermächtiger Form den Berg reinigte, fühlte sich Nikolaus in ihm geborgen und seinem Vater nahe.

Am frühen Morgen fand Elsbeth einen Brief, der unter der Tür in ihre Kammer gelangt war. Unschuldig lag er

zu ihren Füßen. Sie hatte Angst, ihn aufzuheben und zu lesen, ahnungsvoll sträubten sich ihre Gedanken.
Elsbeth wusste, dass dieser stumme, doch in sich so schreiende Zeuge, nur von Nikolaus kommen konnte. Zitternd nahm sie das Blatt vom Boden auf, entfaltete es und nahm die krakelige Schrift wahr.
Ihre Tränen säumten die Wangen und ein Schauer durchzog ihren Körper.
Während die tosenden Wasser den Leichnam des Jungen freigaben, war Elsbeth zur Lossprechung im Gotteshaus. Hernach verließ sie den Ort, nicht ohne vorher die Glocken zu läuten.